訳あって、溺愛ヤクザの嫁になりました。

桔梗 楓

Kaede Kikyo

EB
エタニティ文庫

目次

訳あって、溺愛ヤクザの嫁になりました。

プロローグ

「椿、あの約束を、覚えているか」

父は、殺しても死なないと思っていた。

憎まれっ子世にはばかるという言葉があるように、世間様から後ろ指をさされ、忌《い》み嫌われている彼は長生きするだろうと。

もしかすると、私——北城椿《ほうじょうつばき》よりも生きるのではないかと。

そんな根拠のない思いは、今日この日、水の泡のように消え失せる。

「覚えているよ」

涙声で答える。これが最期《さいご》の会話なのだと、悲しくも直感した。

「どうか、あの約束だけは……守ってほしい。俺の、気持ちを受け取ってくれ」

私は父の手をぎゅっと握りしめる。骨と皮だけで、力のない弱々しい手。

あんなにも元気で、力強くて、ちょっとは加減してほしいと思うくらいだったのに。

「大丈夫。絶対に——お父さんの意志は、守るから」

そう言うと、父は安心したように目を閉じた。

消毒液の匂いがする豪華な病室。沈痛な面持《おもも》ちのお医者さん。

窓の向こうは、昼だというのに雲がかかって薄暗かった。二月の初め――雪が音もなくちらちらと降っている。

死に顔は安らかだった。こんな顔もできるんだって驚くくらい穏やかで、別人みたいだった。

だからだろうか――。私は、父の死を目の当《ま》たりにしても、あまり悲しいとは感じなかった。むしろ、ようやく苦しみから解放されたんだなって、安堵に似た気持ちを抱《いだ》いた。

父はいわゆるヤクザだった。関東一の規模を持つ反社会団体『神威会《かむい》』の二次団体、北城組の組長という肩書きを持っていた。

私がじっと父の死に顔を眺めていると、病室の扉がバンと開く。

「親父！」

血相を変えて飛び込んできたのは、真澄《ますみ》さん。

いくつもの修羅場をくぐり抜けてきたとひと目で分かるほどの厳《いか》つい顔に、筋骨隆々の大柄な姿。ビジネススーツが今にもはじけそうなほどパツパツで、まるでクマのような人だ。彼は北城組の若頭で、組織内では実質ナンバー二。次の組長の座に最も近い人でもある。

「間に合いませんでしたか……」

真澄さんの後から入ってきたのは、柄本《つかもと》さん。真澄さんとは対極の、スマートな男性だ。シャープなメガネが似合っていて、理知的な雰囲気を醸《かも》し出している。

彼は北城組の顧問で、神威会の若中《わかなか》でもある。そして柄本組の組長だ。元弁護士で、法律にとても詳しい。父がよく頼りにしていたご意見役だった。

二人は父の死に顔を見つめ、辛そうにため息をつく。

「で、手を尽くしたのですが」

同席していたお医者さんが下を向いて、心苦しそうに言った。

面と向かって教えたわけではないけれど、父がヤクザということに薄々気づいていたらしい。真澄さんや柄本さんから恫喝《どうかつ》されないか、怯えている感じがした。

しかし二人とも、怒る事はない。

「いや、先生は頑張って下さった。最期《さいご》は身体が痛まないよう、処置してくれはったんやろ」

真澄さんは関西出身で、いまだに関西弁が抜けない。彼の言葉に、お医者さんはちょっとホッとした感じで「そうですね」と頷いた。

父は、重病を抱えていた。

それが発覚した時には全てが手遅れで、私も真澄さんも柄本さんも、口には出さずとも心のどこかで覚悟していた。

ただ、入院してからも父は相変わらず元気でうるさく、豪快な口調も変わらなかった。もしかすると父ならアッサリ完治して退院してしまうかもと、根拠のない希望を持ってしまうほどだった。昔から生命力に溢《あふ》れていた彼なら、それこそ『殺しても死なない』のではないかと――

しかし、永久《とわ》の眠りについた父を眺めていると、彼は特別でもなんでもない普通の人だったんだなと思う。ただ、すごく元気な性格だっただけで。

――二日後、とあるお寺で、しめやかに葬儀が執《と》り行われた。

神威会の会長や執行部が出席するほどの、大がかりなお葬式だ。

黒い紋付き袴の組員が列を成す中、高名なお坊さんがお経を唱える。ぽくぽくと木魚を叩く音が鳴り響く。

その音を聴きながら、私はまだ心のどこかで、あの棺《ひつぎ》からひょっこりと父が顔を出すんじゃないかと、そんなありもしない妄想をしてしまっていた。

でも、火葬場に移動して、最後のお別れをするために、父の棺《ひつぎ》に花を添える時――、手の甲がそっと父の頬に触れた。

びっくりするほど、冷たかった。

人間ってこんなに冷たくなるんだって思うくらい、氷みたいだった。

その時、私はようやくすべての現実を受け入れた。まるで夢から醒《さ》めたみたいだった。

父は死んだ。私の唯一の親が死んだ。そう思ったら、勝手に涙が零《こぼ》れ出た。

病室で亡くなったばかりの父を見た時も、葬式の準備をしている最中も、一粒も涙を零《こぼ》さなかったのに、今は蛇口が壊れたように止まらなかった。

「お父……さん、お父さん！」

こんな失態を見せてはいけないのに。北城組の組長の一人娘として毅然《きぜん》とした態度を取らなくちゃいけないのに。冷たくなった父にすがりついて泣く自分を止められなかった。

「お嬢……」

柄本さんが私の肩にそっと触れる。私に感化されたのか、北城組の組員の何人かが嗚《お》咽《えつ》を上げた。

刻限になり、父の棺《ひつぎ》が火葬される。

待機時間、私は会場の隅に座り込んで泣いていた。そんな私の傍《そば》には柄本さんがいて、私に温かい飲み物や甘いお菓子をすすめてくれた。

柄本さんは、十年前に北城組の顧問として屋敷に出入りし始めた頃からずっと親切で、優しい人だった。真澄さんはそんな彼を見ては「お嬢を甘やかすな」と苦言を呈《てい》していたけど。

私にとって柄本さんは優しい人、真澄さんは怖い人。そして父は対極にいる二人を豪快に受け入れて笑う事ができる、すごい人だった。

第一章

お葬式の次の日、私が父の寝室で洋服や本などを整理していると、ノックもなしに真澄さんが入ってきた。

「お嬢、ここにいたか。ちょい話がある」

「うん。……何？」

なんとなく話の内容は察しがついたけど、私はあえて問いかけた。

「北城組の跡目、俺が継ぐ事にした」

「ふうん。幹部で話し合って決めたの？」

「跡目は序列で決まるもんやろ。話し合いなんか必要ないわ」

私はこれ見よがしにため息をついた。

「あのねえ真澄さん。そんなやり方で、組員がついてきてくれるわけないでしょう？」

整理を中断して立ち上がると、ぱっぱとジーンズについた埃を払った。

「そうやって何でもかんでも自分勝手に決めてしまうから、余計な反発が生まれるのよ。実際、あなたが組長になるのは嫌だって不満の声も届いているんだからね」

「あいつら俺に直接言えばええのに、何でいちいちお嬢にチクるんや」

真澄さんが渋面を浮かべる。

そりゃ、真澄さんにそんな事を言ったら最後、徹底的に鉄拳制裁が行われるからに決まっている。大柄でクマみたいな彼は、その体格に見合うだけの腕力を持っているのだ。北城組の荒事はほぼ間違いなく真澄さんが関わっている。北城組を含めた多くの組織を束ねる神威会ですら、真澄さんには一目置《いちもく》いていると噂されているほどの武闘派ヤクザなのだ。

顔は怖いし、態度も悪い。そんな人だから、私は子供の頃から彼が苦手だった。いつも父の後ろに隠れていたものだ。でも、さすがに二十二歳になった今では、面と向かってしっかり意見も言えるようになった。

心身共に、私も強くなったという事だ。

「せめて会議はしたほうがいいんじゃない。一方的に『俺が組長だ！』なんて言い出したら、他の幹部もいい顔はしないでしょう」

「そんなん知るか。組で一番強い奴が組長になればええんや。文句があるならいつでも受け付けたる」

パキポキと指を鳴らして早くも臨戦態勢。粗野で喧嘩っ早くて、凶暴な獣みたいだ。

お父さんはよくこんな人を飼い慣らしていたなあと感心してしまう。

「そうやってすぐ腕力に頼ろうとするところも、反発を生んでいるのよ」

まったくもう、と私は腰に手を当てた。すると真澄さんは呆れたように私を見下ろす。

「あんなあ、俺らはヤクザやで。金を稼ぐにはアタマも必要やけど、基本的に大事なんは誰が一番強いか、やろ。大体お嬢は組の事に口出しすぎや。女は黙って引っ込んどくもんやろ」

「む……っ」

さすがにムカッとして真澄さんを睨《にら》み付ける。

彼は徹頭徹尾この態度だ。女というだけで私を見下《みくだ》し、すぐに蚊帳《かや》の外へ出そうとする。

計算事が得意な組員が少ないせいで、私が北城組の経理を担当しているのに。言っておくけど、私は北城組の財政事情に関しては真澄さんより詳しいんだぞ。悔しかったら私より計算の速い組員でも見繕《みつくろ》って来いというのだ。

「でも、そうやな……そろそろ潮時でもある」

「潮時？」

「親父は死んだ。これで、お嬢の保護者はこの屋敷に一人もおらん。つまり、お嬢がここにおる理由はもうないっちゅう事や」

私は目を見開いた。つまり、真澄さんは……

「私を追い出して、北城組を乗っ取るつもり？」

北城の名がつく者をすべて排除して、自分の組にしてしまうつもりなのか。もしかしたら、組名も変えるつもりなのかもしれない。

すると真澄さんはニヤッと口の端を上げた。彼の笑みはとても凶悪だ。

「お嬢を追い出さんでも、北城組はもう俺のもんや。それに本来は、お嬢と北城組はなんの関わりもない。親父とお嬢は血が繋がってへんのやからな」

……それは、一番言われたくない言葉だった。

私は父と血が繋がっていない。養女なのだ。赤ん坊のころ、父がどこぞで私を拾ったらしくて、本当の親が誰なのかはさっぱり分からない。

まあ、ヤクザな父が拾った子供だ。ろくでもない場所で拾われた可能性は非常に高い。だからといって、本当の親を知りたくないわけではないけれど、それでも私にとっての『父親』はまぎれもなく、私を育ててくれた父だ。

でも裏を返せば、父の存在だけが私と北城の縁を繋いでいるということでもあった。

「お嬢の保護者はもうこの世におらん。北城組とお嬢は他人も同然。つまり、いつまでもこの屋敷にいてええ存在やない。せやろ？」

「…………」

私は何も言い返せず、黙り込んでしまう。

ムカつくけど、真澄さんの言う事は正しかった。父という後ろ盾をなくした今、この屋敷に私が住み続ける理由はない。情の厚い組員……たとえば柄本さんなら、父がいなくても構わないと、優しい言葉をかけてくれそうだけど。

「何も着の身着のまま無一文で叩き出すつもりはない。親父には世話になったし、俺自身お嬢が憎いわけでもない。というか、普通に幸せになれくらいは思うとる」

真澄さんが鷹揚《おうよう》に腕を組んだ。

「せやから、それなりに稼いでる男を見繕《みつくろ》ったる。つまり俺が言いたいのは、とっとと嫁に行けっちゅう事や」

「それはさすがに余計なお世話じゃない!?　人の人生に口出ししないでよ！」

私は慌てて反論した。真澄さんに結婚の世話までされるなんてごめんだ。生涯の伴侶《はんりょ》くらい、自分で決めたい。

「お嬢に任せたらいつまでも屋敷から出ていけへんやろ。ええ歳して彼氏の一人もおらん。まあ、親父がやかましかったっつうのもあるけどな。せやけどお嬢もお嬢やで。ヤクザの娘気取るなら、野郎をペットにして、一匹や二匹、隠れて飼い慣らしとけや」

「人の彼氏をペット扱いしないでくれます？」

「どいつもこいつもお嬢を甘やかしすぎやねん。親父含めて皆で囲《かこ》って可愛がったせいで、すっかりお嬢は箱入り娘や。男も知らん世間知らずを世話するほうの身にもなれっちゅうねん」

「誰も真澄さんの世話になるなんて言ってない！　ていうか勝手に話を進めないでよ。いずれ屋敷を出るんだとしても、養父とはいえ父を亡くして間もないのよ。はいそうですかサヨウナラって、すぐに出て行けるわけがないでしょ！」

私と真澄さんが口喧嘩していると、コンコン、と扉をノックする音がした。

振り向くと、真澄さんが開けっぱなしにしていたドアを後ろ手で叩いている、涼しげな雰囲気の男性――柄本さんが立っていた。

「相変わらず仲がいいですねえ。まるで本当の兄妹《きょうだい》のようだ」

「ちょお待てやお前。こんな面倒な妹、俺はいらんで」

真澄さんの一言に、私はジロリと彼を睨《にら》む。

「どういう意味よ」

「そのままの意味や」

私が「なによー！」と怒り出しそうになったところで、柄本さんが「まあまあ」と仲裁に入った。

相変わらず人受けのよい穏やかな笑顔。すらっとした長身に、さらっと後ろに撫でつけた髪型がとても似合う。

……柄本さんがヤクザという事に、とても違和感がある。だってどう見ても普通の社会人って感じだもの。しかも顔がすごく整っていて、体格もスマートだし。組員から聞いた噂によると、柄本さんは入れ墨も入れていないんだそう。だから本当にヤクザって感じがしない。逆に真澄さんはどこから見てもヤクザである。

「どうやら、お嬢の結婚相手についてお話ししていたみたいですけど。それならどうでしょう。私が立候補するのはアリですか？」

「えっ……柄本さん!?」

思わずビックリしてしまう。それが本気か冗談か、ニコニコとした笑顔からは窺《うかが》えない。

「お前にだけは、絶・対、お嬢はやらん」

真澄さんがムスッとした顔で腕を組み、ドスの効いた声で言う。ちなみに『絶・対』のところ、すごい力が篭《こ》もってた。信念すら感じてしまうくらい鬼気迫っていた。

「嫌ですね。早くも兄気取り……いや、父親気取りですか？」

「そういうんやない。単に俺はお前が気に入らんのや。それに、お嬢の結婚相手は俺の目に適《かな》う男でないとあかん」

「なんで真澄さんの目に適《かな》う必要があるのよ」

私は二人の会話に口を挟む。そもそも真澄さんがここまで柄本さんを目の敵《かたき》にする理由が分からない。

柄本さんはお父さんの舎弟で、兄弟杯を交《か》わした関係だ。といっても弟分というわけではなく、あくまで顧問。アドバイザー的な立場である。

組員からの信頼は厚く、法律の相談を中心に頼りにされていた。北城組にとっては欠かせない幹部の一人である。

それなのに真澄さんはどうして彼が気に入らないんだろう。

やっぱり自分と対極だからかな。真澄さんは根っからの武闘派で、柄本さんは知性が武器のインテリ派。水と油みたいな関係なので、相性の悪さはおおいにある。

「ほらほら、私は神威会の若中《わかなか》ですし、色々なツテも持っていますよ。私にお嬢を任せてくれたら、北城組にとってもお得だと思うんですけどねえ」

「お前にやるくらいならオレの舎弟に嫁がせるわ」

「だから私の結婚相手を勝手に決めないでよ」

三人で騒ぎ始めた時——ふいに遠くから、誰かの声が聞こえた。

「あれ、玄関に誰か来てる？」

私が言うと、真澄さんと柄本さんも黙って耳を澄ます。

「頼もう〜」

やっぱり聞こえた！　男性の声だ。

「お客さんだ。行ってくるね」

「待てお嬢。もうお前は顔を出すな！　こういうのは組員にやらせるから」

後ろで真澄さんが何か言ってるけど、気にしない。私はばたばたと廊下を走った。

「お待たせいたしました。どちらさま、でしょう……？」

玄関に到着すると、すでに数人の組員がお客さんを出迎えていた。

私は、思わず目を見開いてしまう。なぜなら玄関に立っていた男の人が、圧倒的な存在感を放っていたから。

身長は真澄さんと同じくらい高い。髪型はざんばらで、明るい茶色。白いワイシャツに、ちょっと崩したネクタイ。品のよい高級ブランドのビジネススーツ。

体格は真澄さんと柄本さんの中間くらいだろうか。真澄さんほど筋骨隆々じゃない感じがした。でも私が目をそらせなかったのは、何よりもその顔だった。

すごく相貌が整っているのだけど、左目を黒い眼帯で覆っていたのだ。

世の中にはファッションで眼帯をつける人もいるそうだけど、これは違うと――根拠もなく思った。彼は本当に片目がないから、眼帯をしているのだろう。

立っているだけなのにすごい威圧感。

姿は違うけど、雰囲気はほんの少し、父に似ていた。

「よっ、椿ちゃん」

彼は気さくな様子で手を上げた。笑顔は子供みたいに屈託がない。

「ど……どうして、私の名前をご存じなんですか？」

「うーん、話せば長くなるからなあ。立ち話でするような事でもないし」

どう説明したものかというように彼が天井を見上げて顎《あご》を撫でた時、後ろからドタドタと足音が近づいてきた。

「お嬢っ！　お前ほんま、俺の話聞けや！」

真澄さんだ。あとから柄本さんもやってくる。

「……って、あんたは！」

私に怒っていた真澄さんは、来客を見て目を見開く。

「おう、北城組若頭の真澄だな。北城さんが亡くなったのは、本当に残念だった。俺にタイマン張れる傑物《けつぶつ》で、いい喧嘩友達だったんだけどなあ」

男性は本当に残念そうに、下を向いて言った。

この人、お父さんと知り合いなの？

「あ、あの、真澄さん。この方をご存じなの？」

私が訊ねると、真澄さんは酷く苦々しい顔をした。会いたくない人に会ってしまったという感じだ。柄本さんが代わりに答えてくれる。

「彼の名前は秋國忍《あきくにしのぶ》さん。神威会の一次団体である九鬼《くき》組の組長と兄弟杯を交《か》わした弟分で、神威会の舎弟頭《しゃていがしら》という立場――つまり」

　くい、と柄本さんはメガネのツルを指で押し上げる。

「北城組の前組長と同じ、神威会の執行部の一人なんですよ」

「え……!?」

　私は目を見開いて、もう一度彼を、秋國さんを見た。

　年齢は三十歳くらいだろうか。こんなに若いのに、お父さんと同じ立場……神威会の執行部メンバーだなんて。

　私があまりに驚いた顔をしていたからだろうか、秋國さんはニカッと白い歯を光らせ、明るい笑顔を見せる。

「肩書きは仰々しいが、俺自身は至って普通のお兄さんなので、そんなに怯えなくていいぞ、椿ちゃん」

「い、いや、普通のお兄さんなんて……そんなふうにはとても思えませんけど。いったい何の用事で来られたんですか？」

　私が訊ねると、真澄さんが「こらこら」と私の肩を掴む。

「ええからお嬢は引っ込んどけ。組の話はこっちで聞くさかい」

　真澄さんの言う事はもっともだ。組に関する事で私が口を出す権利はない。

　しかし秋國さんは「いやいや」と心外そうな顔をして、手を横に振る。

「引っ込まれちゃ困るなあ。だって俺は、北城のおやっさんに椿ちゃんを頼むって言われたんだから」

「はあ?」

珍しくも、私と真澄さん、そして柄本さんの声が綺麗に揃った。

いつの間にか他の組員も集まって、みんな唖然《あぜん》とした顔をしている。

秋國さんは笑顔のまま「だから~」と話を続ける。

「つまり俺のヨメとして椿ちゃんをもらっていく。これが俺の用事ね」

あっけらかんと、軽いノリで、とんでもない事を言い出した。

「ちょっと、私はそんな話、一言も聞いていませんけど!」

「今話しただろ~」

「そうじゃなくて父から聞いてないって話です。いつそんな話をしたんですか!」

「だいぶ前、酒飲んだ時に」

「すっごく適当な口約束って事じゃないですか! 私はそんな約束認めません!」

大声で拒否した瞬間、私の身体が後ろからひょいと持ち上げられる。

「ひえっ!?」

宙ぶらりんのまま、顔を横に向けると……私を持ち上げたのは、真澄さんだった。

「分かった。親父があんたと決めたんなら、俺は文句ない。ホラ持っていけ」

そのままポイッと放り投げられる。

「ぎゃー！」

びっくりする私をがっしり受け止めたのは、秋國さんだ。

「話が早くて助かる。さすが北城のおやっさんの懐刀《ふところがたな》だな」

「世辞はええからはよ連れてけ」

真澄さんはやけに秋國さんに対して態度が横柄だ。まだ組長を正式に継いでいない今、彼よりも秋國さんのほうが立場は上。普通は敬語を使うのが常識である。

でも、舐《な》められたら終わりなのもヤクザの常。組長を継ぐ者として強気に出ているのかもしれない。

それはともかく、この野良猫みたいな扱いは何⁉

「ちょっと真澄さん！　私の扱いが雑すぎるっ」

秋國さんに抱き上げられたまま、私は真澄さんに噛みついた。すると彼は邪魔者を追い出すようにシッシッと手を振る。

「うるさいやっちゃな。まあ昔のよしみで祝儀《しゅうぎ》くらい出したるわ。せいぜい新しい飼い主に愛想よく尻尾振るんやな」

「なにその言い方腹立つー！　ちょっと秋國さんも、いい加減下ろしてくださいっ！」

ばたばた暴れても、秋國さんの腕はびくとも動かない。え、まさか本当にこのまま、私はお持ち帰りされてしまうの!?」

「ちょっと若頭。それはあんまりじゃないですか?」

「お嬢はモノじゃないんですよ!」

「お嬢はウチの組の経理も担《にな》ってくれているし、今連れて行かれると困ります！」

周りにいた組員が、私に味方して真澄さんに意見してくれた。すると真澄さんは苛《いら》立《だ》ったように「うるせえ！」と一喝する。

しかしその時、氷のような冷たい声が玄関に響いた。

「お待ちください、秋國さん」

その声の主は柄本さんだった。彼はとても冷静な面持《おもも》ちで私達を見ている。メタルフレームのメガネがきらりと光った。

騒いでいた組員も、ぴたりと口を閉ざす。

「本来なら、私が秋國さんに意見するのは御法度《ごはっと》ですが、それでもお嬢は我々にとって大切な存在なので確かめさせてください。北城組長は本当にあなたに頼むと言ったんですか？　酔っていたなら記憶違いの可能性もありますよね？」

意味深に秋國さんを見つめながら、言葉を続けた。

「それに、お嬢と結婚する事で、北城組をあなたの秋國一家に抱き込むという目論見《もくろみ》がないとも言えません。秋國さんは神威会の舎弟頭《しゃていがしら》ではありますが、秋國一家は三次団体。

北城組より小規模でしょう?」

そうだったんだ。他の組との関係にはさすがに詳しくない。そもそもお父さんも真澄さんも、ヤクザの組織事情についてはほとんど私に教えてくれなかった。

基本的に『女』はヤクザの世界には入れないものだ。……一方的に巻き込まれる事はあるけれど。

「柄本。何か勘違いしてへんか。椿は親父の養子やで? 椿一人にそんな影響力はないやろ」

苦言を呈《てい》するように、真澄さんがチクリと刺す。しかし柄本さんは冷静な様子で「いいえ」と首を横に振った。

「たとえ養子であっても、お嬢はお嬢。彼女の真面目な人柄に惹かれている組員は多いんです。影響力は確かにありますよ。単にあなたが把握していないだけでしょう」

「ほお……。顧問の分際《よそもの》でようそこまで北城組を語れるわ。お前がウチの何を知ってるっちゅうねん」

バチバチと火花が散りそうなほど、真澄さんと柄本さんが睨《にら》み合う。

つくづく、この二人はソリが合わない。こうやって衝突する事も一度や二度じゃない。今まではお父さんが仲裁していたけれど。

「まあまあ、いがみ合いなら後にしてくれよ。えーっと、あんたは柄本だったな。俺も北城のおやっさんも、酔っ払ってはいたが、結婚の話をしていた時はマジだったぞ」

緊張した雰囲気の中、絶妙なタイミングで秋國さんが割って入る。

そして、妙に意味深な様子で柄本さんを見て、ニヤリと笑った。

「つまり、ちゃんとおやっさんから許可をもらったって事だ。口約束だが、約束は約束。おやっさんは口にした約束は絶対に守る人だって、あんたは俺より知ってるだろ？」

その言葉に、柄本さんは僅《わず》かに顔を歪ませた。不服というより、不快、といった感じだ。でも確かにお父さんはそういう人だった。書類をいちいち交《か》わさなくても言葉でケリをつける。そういうタイプだったのだ。

「そんじゃまあ、そういう事なんで。結婚式を楽しみにしててくれ。すっげえ豪華にやるからよ！」

秋國さんはニカッと笑って片手を上げると、私を担いだまま屋敷を出て行く。

ハッと我に返った私は慌てて暴れた。

「ままま、待って！　待って！　勝手に話を進めないで！　わ、私、まだやることが！」

しかしどんなに手足をバタバタさせても、秋國さんの腕は少しも緩む事なく、私が黒塗りのベンツにドサッと放り込まれると、運転手は車を発進させた。

え、これって、ほぼ拉致では？　いや、百パーセント拉致だよね。

「待ってよー！」

私がバンッと車窓に手を当てると、真澄さんがムスッとした顔をしたまま、シッシッと手で追い払っていた。本当にあの人は酷い。

「あ、秋國さん！」

後部座席で、私の隣に座っていた彼に呼びかける。

「これから結婚するんだし、どうせ呼ぶなら名前で呼んでほしいなあ」

「な、なに言ってんですか。私はちっとも承諾してません！」

「敬語も気に入らんなあ。真澄や柄本に言うみたいにタメ語で話せよ」

「そんな事いきなり言われてもっ」

真澄さんや柄本さんとは長い付き合いだ。対して秋國さんは今日が初対面である。……初対面だよね？　少なくとも私は会った覚えがない。

秋國さんは笑顔のまま私を見つめた。そして顎《あご》をクイと摘《つ》まむ。

「名前とタメ語がいい」

「…………っ」

私は彼の手を払う事も、身体を突き飛ばす事もできなかった。

身体が石みたいに固まっている。指一本動かせない。

——怖い、と思った。

見た目はニコニコとした笑顔で愛想がいいのに、不思議と迫力があるのだ。どうしてだろう。黒翡翠《くろひすい》のような隻眼《せきがん》に、底知れない恐怖を感じる。

「俺の名前。さっき柄本が紹介してくれたけど、覚えてる？」

「覚えてる。忍……さん」

そう答えると、忍さんは僅《わず》かに苛立《いらだ》ったように目を細めた。

「忍『さん』？」

「さっ、さすがに年上を呼び捨てにはできないわ！」

慌てて言い繕《つくろ》うと、彼は渋々といった様子で、私から手を離した。

「仕方ない。そこは妥協してやるかあ。椿ちゃんの誠実な性格もまた、可愛いところだしね」

にっこり笑って、前を向く。

ようやくあの隻眼《せきがん》から逃《のが》れられて、私は内心ほっと息をついた。

どうしよう。逃げるタイミングを完全に失ってしまった。車はすでに繁華街やビジネス街を抜けて、閑静な住宅地に入っている。

今ここでドアを開けて逃げても、人に紛《まぎ》れて隠れる事もできない。車で追いかけられて捕まるだけだ。

……それなら今は様子見するしかない。

時期を窺《うかが》って、逃げるのだ。

私は膝の上に置いた手をぎゅっと握って、窓からの景色を眺めた。

とにかく隙を見つけて逃げよう。そして、北城の屋敷に帰らないといけない。

私はあの屋敷で、確かめなくてはならない事があるんだから。


車に揺られて移動する事、三十分余り。

「ついたぞ～」

忍さんが緩い口調で言って、後部座席のドアを開けた。彼に続く形で外に出ると……

目の前には大きなマンションが建っていた。

「ここは？」

「俺んち」

「ふうん……何階に家があるの？」

「いや、まるごと俺んちだから、その言い方は間違ってるなあ。俺の『部屋』なら最上階だけどね」

「へえ……。……え？」

私はぐりっと忍さんに顔を向けた。まるごとって、このマンションまるごとって事？

「このあたりの住宅地はウチが牛耳《ぎゅうじ》ってるんだよ。マンション経営や宅地分譲や何やらで、シノギの何パーセントかを補ってる。そんでこのマンションは秋國一家で占拠しているから、住んでる奴は全員ウチの組員って事だ」

そう言って、忍さんはニヤリと笑って私を見る。

「だから、逃げようとしても無駄だぞ」

心を見透かされるような事を言われて、背中に一筋冷や汗が流れる。

「だ、誰も、逃げるなんて言ってないわ」

慌ててごまかすと、忍さんは「それなら結構」と言って、私の肩を抱き寄せた。

「さて、我らがスイートホームに行きますかね～」

忍さんはスキップでもしそうなくらい、上機嫌な様子で歩いて行く。私は足を引きずるように歩きながらあたりを見回し、必死に逃走ルートを探《さぐ》った。

マンションのロビーからエレベーターに乗り、最上階へ。すると、そこはだだっ広い廊下に、玄関扉がひとつしかなかった。

もしかして、一階ぶんまるごと彼の『部屋』という事？

忍さんがガチャリと扉を開く。

「はい、どうぞ」

「お邪魔します……」

そろりと中に入ると、あたりはひんやりした空気に包まれていた。

「ごめんなー何もなくて。必要なものがあれば都度買うからさ」

そう言いながら、忍さんがリビングルームに入って行き、私も続く。

「……えっ」

そして、びっくりした。

何もないというのは誇張でもなんでもなく、本当に何もないって事だったのか。

ガランと広い、リビングルーム。天井を見れば、端に天窓が並んでいた。そこから冬の日差しが柔らかに差し込んでいる。

綺麗に磨かれたフローリングと白い壁。家具はひとつもない。ソファもテレビもテーブルもなんにもない。端にはカウンターキッチンと、銀色に光るやたら大きい冷蔵庫があった。あれって業務用の冷蔵庫では？

「ごはんは、どこで食べてるの？」

「キッチンの裏側にカウンターと椅子があるだろ。といっても、ここでメシ食う事は滅多にない。外食が多いからな」

そう言いながら忍さんはリビングを出て、すぐ近くにある扉を開けた。

「ここ、寝室。あっちは風呂で、そっちがトイレ」

説明しながら、次々に扉を開けていく。すると——

にゃーあ。

「!?」

洗面所から、するんと現れた驚きの珍客。黒い猫だった。

「ああ、ツバキ。こんなところにいたのか」

「ツ、ツバキって」

私と同じ名前の黒猫は、ぐぃーんと背中を伸ばしたあと、私達の間を縫ってリビングに歩いて行った。

「捨て猫なんだけど、なかなか可愛いだろ。椿ちゃんほどじゃないけどな」

本気か冗談か分からない様子で笑う忍さんに、私は真顔で「いやいや」と手を横に振る。

「猫に可愛さで勝てる人間なんていないからね」

「はっはっは！」

何故か忍さんが大笑いする。そんなに面白い事を言ったつもりはないんだけど。

「いやあ納得だ。俺は猫にも人間にも勝てないって事なんだなあ」

うんうんと頷きながらリビングに入って行く。彼が何を言っているのか、私にはまったく分からない。

「さて、俺んちの説明はこれで終わりだけど、質問はあるかな、椿ちゃん」

「いっぱいありすぎて、むしろどれから聞こうかって感じなんだけど」

私もツバキに続いてリビングに入った。どうしても目は猫を探してしまう。ツバキは天窓から差し込む光を避けるように、カウンターの下で丸まっていた。

「まず、どうして私にあなたの自宅を紹介したんですか」

「そんなの決まってるだろ。これからここに、俺と住むからじゃないか」

「はあ⁉」

私が目を丸くすると、何を今更といったふうに忍さんが呆れた顔をする。

「夫婦になるんだから、同棲は当然だろ」

「い、嫌よ！　なんで初対面の男と一緒に住まなきゃいけないの。そもそも私は、結婚自体これっぽっちも承諾してないし、結婚する気もない！　人さらいも同然でここまで連れてきて勝手すぎるでしょ。とにかく一度、北城の屋敷に帰らせて！」

私は矢継《やつ》ぎ早《ばや》に怒鳴ったが、忍さんは飄々《ひょうひょう》とした様子で「どうどう」と両手を上下に振った。

「そんな一度に言うなよ。結婚は、北城のおやっさんが決めたんだからいいだろ」

「よくない！」

「ヤクザに囲《かこ》まれて育ったお嬢さんが、今更カタギと結婚できると思うのか？　椿ちゃんの結婚は、最初からふたつしか選択肢はなかったんだぞ」

「ど……、どういう事？」

訊ねると、忍さんはニヤリと笑う。

「下っ端の組の娘ならともかく、神威会二次団体の組長の娘なんか、間違いなくカタギはビビッて逃げていく。そんな椿ちゃんが結婚するなら、北城組の幹部か、北城組長が認めたヤクザくらいなものだろ。それ以外のヤクザが椿ちゃんに手を出したら、間違いなく北城組が半殺しにする。違うか？」

私は「うっ」とたじろいだ。

確かに、それはあるかもしれない。私を邪険に扱う真澄さんだって、自分が認める男でなければ結婚させないと言っていたし。

忍さんが言っている事は間違ってはいない。私だって思春期に入るころにはなんとなく予感していた。少なくとも普通の恋愛やロマンティックな結婚は無理だろうと。

学校では、私の背後にヤクザがいるのはバレていたから、生徒からも先生からもずっと遠巻きに見られていて、仲良くしてくれる人は一人もいなかった。いじめに遭《あ》う事はなかったけど、私はずっと孤独だった。

高校を卒業してからは、北城組の経理を担当し、延々と帳簿とにらめっこ。出かける時はいつも組員がボディーガードとしてついてきたから、街中でばったり素敵な男性と出会うなんて奇跡も起きない。

私は常にヤクザに囲《かこ》まれて生きていたという事だ。

そんな私が結婚するなら、忍さんの言うとおり、相手は北城組の組員か、父が紹介する男性くらいしかなかっただろう。

「でも、それにしたって急すぎよ。私、忍さんとは初対面だし……」

「いや、そうでもない。俺と椿ちゃんは割と何度か会ってるぞ」

「え？」

首を傾《かし》げると、私の足元にツバキが寄ってきて、にゃーんと脚にすり寄った。うっ、気持ちいい抱っこしたい……

「最近だと、おやっさんの葬式に、俺いたし」

「そ、そうだったの？　全然気づかなかった。九鬼組の組長が来ているのは知ってたけど」

「そうそう。伊織兄《いおりにい》と一緒に行ったんだよ」

九鬼組とは、神威会唯一の一次団体。つまり神威会を牛耳《ぎゅうじ》るトップだ。その組長の名前は九鬼伊織という。なるほど、本当に忍さんは、彼と兄弟杯を交《か》わしているんだ。

「でもまあ、気づかなくても仕方ないよな。椿ちゃん、あの日はずっとぼんやりしてたし、出棺の時はボロ泣きだったし」

そう言われて、私はたちまち恥ずかしくなってしまう。あの日は毅然《きぜん》としていようと心に決めていたのに全然ダメだったのだ。年甲斐もなく泣きわめいてしまったし、みっともなかった。

「それに、他でもちょくちょく椿ちゃんを見る機会があったんだ。面と向かって話をするのは、今日が初めてだけどな」

忍さんは一歩前に出た。私は慌てて一歩下がる。

「まあ、細かい話は追々という事で」

「待って。まだ私は承服していない。とにかく一度でいいから帰らせて」

「帰らせない。いや、今日からここが椿ちゃんの家だからな。行かせない、が正しいか」

「どうでもいい！　私はやる事があるし、まだ結婚するつもりもないの！」

忍さんが私の肩を掴もうとするので、サッと腕で振り払った。

「へえ、いいねえ。気が強いところは想像通り。悪くない」

ぱしっと私の手首を握る。これくらいのやりとりは日常的——そんな感じがした。

「離して」

「嫌だと言ったら？」

カチンと頭にくる。終始人をバカにしたようなへらへらした態度。気に入らない。こんな人のどこが気に入って、お父さんは私の結婚相手に選んだのだろう。

そうやって余裕ぶれるのも今のうちなんだから。

私はぎろっと忍さんを睨《にら》み付けた。

「それなら、力尽くでも逃げるわっ！」

自分の手首を逆手《さかて》にして上げる。私の手首を掴む彼の手が捻《ひね》られ、思わずといった様子で忍さんの手が離れた。

その隙に、私はリビングの出口にダッシュする。

「ははっ、逃がすかよ」

両手を広げて私を捕まえようとする忍さん。私はすぐさま足を止めて、膝を折ってしゃがむ。

「おおっ？」

私を抱きしめようとした忍さんはすかっと空振りする形になる。

――今だ！

私は手の平を上にかざして、膝をバネにするように勢いよく立ち上がった。下から忍さんの顎《あご》を狙って掌打《しょうだ》する。

ガツッと、自分の手の平に彼の顎《あご》の骨が当たる感触がした。

これは、顎《あご》の骨に衝撃を与える事で、脳にダメージを与える技。これを食らった相手は、脳しんとうを起こしたように頭がグラグラするのだ。

柄本さんでさえ、私との試合でこの技を食らった時、しばらくヨタヨタしていた。真澄さんは……まあ、彼は脳みそまで筋肉なので、頭を軽く振っただけで復活したけど。

でも、真澄さんほど鍛《きた》えていなさそうな忍さんなら堪《たま》らないはず。

私はこのチャンスを逃してたまるかと、一気にリビングを駆け抜けた。

でも……

「ははは、いいなあ。今のはなかなか効いたぞ」

ガシッと片手で頭を掴まれた。

「な……っ!?」

後ろから頭を掴まれているから振り向けない。だけど、はっきりした口調から、彼にはほとんどダメージになっていない事が分かった。

「合気道三段って話だけど、実力なら、四段くらいじゃないか」

頬に冷や汗が流れる。この人……私の事をある程度調べている。合気道の段数なんて、北城組の人くらいしか知らない情報だ。

それよりも、忍さんの握力がすごい。このまま頭が潰れてしまうのではないかと思うほど強く掴まれて、私は顔を歪める。

「いい髪だな。黒髪がよく似合っているし、色々いじってないところも好みだ」

ふっと頭にかかっていた圧力が消えて、私の頭が軽くなる。その瞬間、後ろからしっかりと腰を抱きしめられた。

「あっ！」

「捕まえた」

私は慌てて両手で忍さんの頭を掴んだり、足で臑《すね》を蹴ったりして、逃《のが》れようとする。

でも、忍さんの身体はびくともしない。痛がりもしない。

「技は的確だが、残念、力が足りないな。俺を倒すならもっと物理的になんとかしないとダメだぞ。鉄棒で殴るくらいはしないと」

「てっ、鉄棒って、そんなので殴ったら死んじゃうからっ」

「俺の命の心配をしてくれるのか？　可愛いなあ」

「心配してない！」

とにかく逃《のが》れようと、私は忍さんの手首を握った。どうにかして、手の力を緩ませないと。

「それはともかく、まずは躾《しつけ》をしないとな」

「し、躾《しつけ》って……きゃ！」

突然、片手を取られた。慌てて技をかけようとしたが、一歩遅かった。逆手《さかて》に取られた手は下げられ、私の身体は勢いよく床に引き倒される。

そして気がつけば、すっかり忍さんに押し倒されるような体勢になっていた。

「猫を連れて帰ったら躾《しつ》ける。当然だろ？」

至近距離で、忍さんが低く囁いた。

黒い沼のように、底が知れない目。もう片方の目は眼帯に覆われているけれど、それが更に凶悪さを高めていた。

薄い唇から赤い舌がちらりと覗く。その舌なめずりは、獲物を前にした肉食獣のよう。

急激に身体が熱くなって、ドキドキと心臓の鼓動が速まる。

私……どうしてこんなに、動揺しているの？

でもハッと我に返って、すぐに忍さんを睨《にら》み付けた。反撃に出ようと、彼の襟首《えりくび》をしっかり掴む。

内側に引き込んで、腹を蹴れば！

そう目論《もくろ》んだ瞬間、唇に柔らかな感触がした。

「……っ!?」

人間って、状況を把握するよりも先にびっくりすると、身体が固まってしまうらしい。

キス、されていた。

もちろん初めてである。まさかキスされるとは思わなかったので、驚きのあまり、頭の中で組み立てていた算段が綺麗に霧散してしまった。

「んっ、むーっ」

どうしたらいいか分からない。キスをされた時の反撃の仕方なんて習ってない。

いやいやこういう時はあれよ。やぶれかぶれだ。グーパンしたあと、足で蹴り上げたら！

と、そう思ったところで、ちゅるりと彼の舌が口の中に入り込んでくる。

「んむーっ!?」

頭の中がいよいよパニックになった。ど、ど、どうして舌なんか入れるの。キスって、舌を入れるものなの？　うちの屋敷には、合気道とか確実な失踪方法とかおいしいハーブティーの淹《い》れ方とかの本しかなくて、恋愛小説はまったく読む機会がなかったから、こういう事の作法がさっぱり分からない。というか、キスに作法ってあるの？

「ふふ。マジで箱入り娘だったんだな」

少し唇を離して、忍さんが薄く笑う。

「男のおの字も知らない純粋培養《ばいよう》。蝶のように花のように、さぞや大切に育てられてきたんだろう。どこに行くにも組員を連れていたようだし、まさしく『お嬢様』だったんだな」

軽く笑って嘲《あざけ》るように言うので、私はムカッと腹が立った。

確かに……私は、世間知らずなところがある。ひとつも恋はできなかったし、心配性な父はいつも私に組員をつけていた。柄本さんはもちろんだけど、口の悪い真澄さんだって、私に暴力を振るった事は一度もない。

大切にされている――その自覚はあった。

けれど、その事をバカにされるいわれはない。私はキッと忍さんを睨《にら》んだ。

「お嬢様で結構よ。確かに私は箱入り娘だわ。でもそれは、私に危険が及ばないように父が気遣ってくれた結果であり、私は自分の意思でその保護を受け入れていた。その生き方に、文句を言われる筋合いはない」

たとえ皆がバカにしても、私は父のやり方を否定しない。

ヤクザの組長なんだから、娘が対抗組織に狙われるかもしれないと心配するのは当然だ。それに私は、あの屋敷から逃げようと思えばいつだって逃げられた。でも逃げなかったのは、決してそれが楽な生き方だと思ったからではない。

北城組の組員でなくとも、その一部として生きる。しがらみも、ヤクザの娘という立場も、全部受け入れて背を向けずに生きる。幼い頃、私がそう決めたのだ。

合気道などの武道を習ったのだって、そう。

危険がつきまとうこの世界で暴力という圧倒的な力に屈し、自分の矜持《きょうじ》をねじ曲げる事のないよう、対抗する術《すべ》を持つのは必須だったからだ。

至近距離で見つめ合う。ここまで啖呵《たんか》を切ったのだ。反抗する私に彼が逆上して、暴力を振るう——その可能性は、だいぶある。

まあ、死ななきゃ……なんとかなるものだ。

一発二発は甘んじて受けるしかない。その間に反撃の目を見出《みいだ》そう。

私がお腹《なか》に力を入れて覚悟を決めていると、ふいに忍さんが笑い出した。

「ははは、はははっ！」

私を押し倒したまま、楽しそうに笑う。

　まさか笑い出すとは思わなくて、思わず抵抗を忘れてしまう。

「いいねえ最高だよ。これくらい気が強くて反抗する気満々じゃねえと、こっちも落としがいがない」

「なっ、何を言っているの⁉」

　焦って問いかけると、彼は私の頬に触れた。

　私は目を見開いた。……その触れ方が、まるで壊れ物を扱うように優しくて、繊細だったから。凶暴さとは正反対だったから。

「気に入った、って言ってんだよ」

「え……」

　呟いた瞬間、再度唇が奪われる。

　私は慌てて彼から逃《のが》れようと身をよじった。しかし忍さんの大きな身体で押し倒されては、手も足も出ない。

「んん……っ！」

「んー、やりづらいな」

　私があまりにバタバタ暴れるせいだろうか。忍さんは困ったように呟いた。

　そして、何か妙案でも思いついたように「そうだ！」と明るい声を出す。

「ツバキ、ちょっとこれ、貸してくれよ」

「にゃー」

組んずほぐれつな私達から少し離れたところで丸くなっていたツバキに手を伸ばした忍さんは、装着されていた首輪を外した。

「これを、こうして」

私の上で馬乗りになり、ぐいっと両手を持ち上げる。あっと思った時には、きゅっと首輪で両手首を縛られた。

「うん。ギリギリだけどなんとかなったな」

「ち、ちょっとーっ！　なんのつもりよ！」

「いや、身体を押さえつけながらじゃ、好きに弄《いじ》れねえだろ。だから手首だけでも拘束してみたんだ。なかなか似合ってるぞ」

「嬉しくない！」

ベルトを噛んだり、留《と》め具を咥《くわ》えたりして、なんとか首輪を外そうと試《こころ》みる。しかし、無駄な足掻《あが》きにも等しかった。

「うう、こんな目に遭《あ》うのなら、真澄さんから肩の関節外すコツ教えてもらえばよかった」

「そんな技を仕込んでたら、それはそれで面白そうだなあ」

忍さんは楽しそうに笑う。この人は屋敷で会ってから今まで、ずっと笑顔を絶やさない。そういうところ、まるで柄本さんみたいだけど、彼とはまた違う雰囲気を持っていた。

なんだろう……。終始、楽しそう……なのかな。

って、私をオモチャにして遊ぶ事を楽しんでるって事⁉

「嫌だ～っ！　どうして初対面の男にここまでされなきゃいけないの！　横暴だわ！」

「初対面じゃなければいいのか？」

「そういう問題じゃない。うう……っ」

悔しい。そう、私は悔しいのだ。

父が亡くなった途端、私を邪魔者のように扱う真澄さん。まるでペットを捨てるように忍さんへ渡された私。虎の子の合気道で逃走を試《こころ》みるものの、力でも技でも忍さんに敵《かな》わなかった。

私のこれまでの努力は無駄だったのだろうか。結局どんなに頑張っても、私は『女』である限り『男』に組み敷かれ、陵辱《りょうじょく》される運命なのだろうか。

自分の身を守るために頑張っていたものが、この人の前では形無《かたな》しで。

圧倒的な無力さを感じた。悔しかった。

――やっぱり敵《かな》わないのかな。ヤクザの娘である私は、こんなふうに、知らないヤクザに抱かれる人生しか歩めないのかな。

急激に反抗する力がなくなった。まるで心が諦めたみたいに、身体に力が入らない。

いきなり無気力になった私を、忍さんが不思議そうに見下ろした。

「どうした？　急に大人しくなったじゃないか」

「なんか、どうでもよくなった。お好きにどうぞ」

拘束された両手を上げて、無表情で呟く。

すると忍さんはニヤリと笑って「へえ？」と言った。

「もう諦めたのか。拍子抜けするほど陥落が早いな。もっと暴れてもいいのに」

私はぷいと横を向く。

会話もしたくない。目も合わせたくない。私にできる唯一の反抗といえば、無反応でいる事と、無関心を決め込む事だけだった。

どんな辱《はずかし》めを受けようとも、自分の心だけは守る。心を閉ざして、ひたすら我慢するしかない。セックスなんて、男が吐精したら終わるものなんだから。

黙り込んだ私を、しばらく見つめていた忍さん。

「なるほどなー。そう来るかー」

何か勝手に納得して、うんうんと頷く。

「それならまあ、それでいいか。俺も張り切ってアピールさせてもらおう」

いったい何を言っているの？

そう思った私の首筋を、つつ、と彼の硬い指がなぞる。

思わず――びくっと身体が震えた。

無視無視。無反応でいないと。

私はいっそう身を固くする。すると、脇から腰にかけて、両手でするりと撫でられた。

「ひっ、うっ」

我慢しようとしてもしきれない。恐怖からくるものなのか、悲鳴にも似た声が口から零《こぼ》れ出る。

他人に身体を触られるのは、自分が触るのとはまったく感覚が違っていた。

視線をそらしているから、次にどこを触るのか予想がつかない。やっぱり怖いから？

ドッドッと、やけに心臓の鼓動が速く、大きく聞こえた。

「敏感だねえ」

楽しそうに忍さんが笑う。

——私は石。私は石。私は今、石！

自分にそう言い聞かせて、なんとか我慢しようと試《こころ》みる。

すると、首にちゅっとキスをされた。生温かく、ぞくりとする感覚に、私は再び小さく悲鳴を上げてしまう。

やだ、嫌だ。はやく終わって。

怖さを自覚すると、限界が近いと悟《さと》った。これからどうされるのか、未知の世界すぎて、まったく想像できないのが、何より怖い。

いつの間にか、私の身体はカタカタと震えていた。

こんなに恐怖を覚えたのは初めてかもしれない。目の前で組員同士が殴り合いの喧嘩をし始めた時だって、ここまでの怖さを感じなかった。

「震えてるな」

ぽつりと呟いた忍さん。首に唇を這《は》わせながら、拘束した私の手を握る。

「怖がらせるつもりはないんだけどなあ。うーん、思ってたより難しい」

ブツブツ呟き、舌先でつつ、と首筋を辿《たど》る。

「ひっ、んんっ」

同時に彼の片手は私の頬を撫で、首を通り、胸元に触れる。

ほわりと乳房を掴まれ、私の身体はいっそう頑《かたく》なになった。

手に力が入って、ぎしりと首輪の革が鳴る。

「こら、そんなに強く引っ張ったら、肌に傷がつくだろ」

まるでなだめるように、忍さんは私の手首を撫でた。

擦《かす》り傷くらい、いいじゃない。これから私は傷物になるんだし……と、鬱屈した気持ちになる。

「椿ちゃんが意地っ張りなのは分かったから、もう少し力を抜け。身体が痛むだけだぞ」

やけに私を心配している忍さん。何なのこの人、まったく思考が読めない。

「これから強姦する男が、私の身体を気遣わないで！」

つい、反発心から口を出してしまった。無視しようと決めていたのに……。自分の意思の弱さが悔しくて、下唇を噛む。

「強姦？　それは誤解だ」

心外だと言わんばかりに、忍さんは不満げな声を出す。

「まあ、コレは確かに、やや無理矢理な感じはするけど」

トントンと猫の首輪を突く。

「ややじゃなくて、全部無理矢理でしょ！　し、躾《しつけ》とか言ってたしっ」

「そりゃー猫を飼うのもヨメを迎えるのも、最初が肝心だろ？」

ははははと笑った忍さん。私の胸を両手で包む。

「あっ……」

「先に言っておくが、基本的に俺はさ」

胸を触られた恥ずかしさで顔を熱くする私を、忍さんはまっすぐに見つめてきた。

目が……合ってしまった。

不思議とそらせない。彼の視線が私を射貫いたみたいに、身体が動かない。

「お前の事が、好きなんだよ」

目を見開く。何を、言っているの？

そっと忍さんの大きな身体が動く。シャツ越しに私の乳房を掴みながら、唇にキスをした。

「ん……っ」

柔らかくて、温かい。凶悪な見た目に反して、驚くほど彼の唇は優しい。

「わた、し。本当に、あなたの事……知らない、のにっ」

絶え間なく啄《ついば》むようなキスを繰り返されて、私は息を切らしながら言葉を口にした。

「俺が知ってるから問題ない」

柔らかなリップ音。ふかふかと、彼の大きな手が私の胸を掴む。

「自分勝手すぎるっ」

「それは否定しない。だからこうやって——俺は一生懸命アピールをするんだ」

「アピールって」

そういえばさっきもそんな事を言っていたような。

忍さんは至近距離で隻眼《せきがん》を細める。

「俺がこんなにもお前を求めていた事。大事にしたいと思っている事。今は、それを分かってくれたらいい」

そう言って、彼は茶目っ気のある笑顔を見せた。

「ついでに、俺の愛撫テクニックがうまいのも分かってもらえるといいな」

「な、何を言っているの！」

かあっと顔が熱くなって、私は慌てながら怒った。でも忍さんは笑顔のままだ。

「ほら、嫌がってばかりいないで、少しは大人しく感じてみろよ」

私の身体を軽く持ち上げて、衿《えり》シャツの裾から、硬い手が背中に入り込む。

びくっと身体が震えた。

彼の人差し指が、ツツと私の背骨を通る。ぞくぞくと悪寒にも似た感覚がさざ波のように押し寄せた。

「んっ、う」

びくびくと震えると同時に、拘束された手首からギシッと革がしなる音がする。

「まだ何もしてねえのに、本当に敏感な身体だな」

くっく、と喉の奥で笑う忍さんの身体は大きくて、温かい。

背中に回った手は、やがてぷつんとブラのホックを外した。

「……あっ」

装着していたものが解《ほど》かれ、なんとも言えない開放感に包まれた。しかしその感覚はつかの間で、彼は下着の下からじかに乳房を掴む。

「ひゃっ」

その感覚は初めてのものだった。ドキドキと心臓が高鳴って、身体はぐんぐん熱を孕《はら》んでいく。

「顔を真っ赤にして。可愛いなあ」

笑い混じりに忍さんは言って、私の耳にキスを落とす。

「恥ずかしい？　それとも、興奮してるのか？」

耳元で囁かれて、私はいっそう顔に熱が集まるのを感じた。

「はっ、恥ずかしい、に、決まってるでしょ！」

やけになって言うと、忍さんは「そっかー」と軽い口調で相槌《あいづち》を打ち、その身体を起こした。

「そう言われると、もっと恥ずかしい目に遭《あ》わせたくなるなあ」

「え……？」

首を傾《かし》げた途端、彼は私のシャツとブラを問答無用でまくり上げた。

「きゃあーっ！」

私の叫びに、近くで毛繕《けづくろ》いしていたツバキが驚いたように顔を上げて、キッチンの裏に走り去っていく。

「きゃあーって、椿ちゃんは悲鳴も可愛いんだなあ」

「そっ、そんな、つもり、ないっ」

羞恥が極まって言葉が詰まる。

無視しよう石になろうと心に決めていたのに、こんなふうにされると反応せざるを得ない。

だ、だって、初めて会った男性に裸を見られるなんて！

まるで愛《め》でるような目で私を眺めた忍さんは、楽しそうに笑って白い歯を見せた。

そして、胸元に視線を下げる。どうするのだろうと何となく見ていたら、彼は赤い舌を出し、露《あら》わになった乳首をちろりと舐《な》めた。

「……っ!?」

途端、身体がびりっと痺《しび》れるような感覚が走る。

びっくりしすぎてよく分からなかった。でも、忍さんが何をしたのかは分かる。

「やっ、だめ！　そんなところ、舐《な》めちゃ」

慌てて止めるものの、手首を拘束されてはまともな抵抗ができない。

忍さんは私の腰を両手で抱き、尚も乳首に舌を這《は》わせる。

「――ひっ、い、ンン……っ！」

それは知らない感覚だった。

くすぐったいような、身体の奥がむずむずするような。何とも言いがたい不思議な感じ。

苦しくも痛くもないのに、なぜか無性に止めてもらいたくて堪《たま》らない。

ちゅっ、と軽いリップ音を立てて、忍さんは私の乳首に口づけた。

身体が勝手にビクビクと震える。

ぐんぐん顔が火照《ほて》っていく。

恥ずかしいから身体が熱いの？　ううん、それだけじゃない。羞恥はもちろんあるけれど、それ以上の何かを感じた。

何だろう、この感覚。何もかも初めてだから、分からない。

「気持ちよさそうだな」

ふふ、と笑いながら忍さんが呟く。

「気持ち……いい？」

もしかして、このむずむずする感覚が、気持ちいいという事？

私がよっぽど不思議そうな顔をしていたのか、顔を上げた忍さんは私を見るなりぷっと噴《ふ》き出した。

「本当に箱入り娘なんだなあ」

私はむっと顔をしかめる。

「箱入り娘が嫌なら出て行くから。今すぐ拘束を解いて」

すると忍さんは心外な様子で目を丸くする。

「誰が嫌だって言ったよ」

「態度がバカにしてる」

「バカになんかしてねえよ。可愛いなあって思っただけじゃないか」

ふっと笑って、乳首に熱い息を吐く。

「……っ」

それだけで敏感に感じてしまって、私は思わず身体を震わせた。

「まっさらで、純粋で、無知で、スレてない。まったくお前は奇跡みたいな女だよ」

そう言って、舌を伸ばし、乳首をじっくりと舐《な》める。

「う、ううぅっ」

感じたくない。なぜかそう思った。気持ちいい事を認めたら負けな気がして、私は下唇を噛んで耐える。

忍さんの物言いは、明らかに私を侮辱している。結局のところ、彼は私を『世間知らず』だと言っているのだ。

こういう事を何も知らない。純粋培養《ばいよう》された、物を知らない女なのだと。

仕方ないじゃない。

私はこういうふうに育ってしまったのだ。昔から、合気道などの古武道や、華道や茶道を学ぶのが好きだった。

毎日学校帰りに稽古をして、それだけで充実していた。

男性と付き合いたいとか、恋をしたいとか、あまり考えていなかった。

私は普通の恋は望めないから、出来ない事を求めるより、今出来る事をひとつでも多くやり遂げるほうが、ずっと自分のためになると思っていた。

「ああ、なんて顔してんだよ」

そっと頬に触れてくる。

気づけば、忍さんが私の顔を覗き込むように見つめていた。

「なんて言えばいいのかねえ。俺はお前の箱入り娘なところも好きなんだぞ」

「う、嘘っ」

「嘘をついても仕方ない。確かに、世の中には世間知らずな上に頭ん中がお花畑になってるお嬢様もいるけど、椿ちゃんは違うだろ」

ふっと笑って、軽く唇に口づける。

「少なくともお前は自分が箱入り娘である事を自覚し、親に大切にされていた事も理解している。だから自分を安売りしないし、生き方に誇りを持っているんだ」

私は目を丸くした。

――驚いたのだ。まさかそんなふうに言われるとは、思わなかったから。

「俺は、椿ちゃんのそういう信念の強さに惚《ほ》れたんだ。本当だぞ？」

どうしてこの人は、私の事を私以上に理解しているように言うのだろう。

もしかして、私が気づかなかっただけで、ずっと前から私を見ていたのだろうか？

それなら、いつから……知っていたのだろう。

私が黙り込んだのを見た忍さんは満足そうに頷く。

「やっと俺の気持ちが理解できたようだな。それなら、さっそく続きを――」

「にゃー！」

「わ!?」

放心していた私に再び触れようと、忍さんが手を伸ばした時。

彼の頭の上に、黒い塊、もとい、ツバキが乗っかってきた。

「こら！　今いいところだっただろ。もう少し空気読めよ！」

「にゃ〜にゃ」

床に下り立ったツバキは非難するように鳴いて、べしべしと忍さんの太腿を猫パンチする。

「ああ、もしかしてごはんか？　いや、ついさっき食ってたよな。水ならあるし。もしかして、自分の首輪がいつまでも返されないから怒ってるのか？」

ツバキに問いかけつつ、すっかり興が削《そ》がれた様子で、身体を起こす忍さん。

まだにゃーにゃー訴えているツバキと私を見比べて、はあ、とため息をつく。

「こりゃタイムアウトかな。つい、口説きに夢中になっちまった」

ちぇっと悔しそうに舌打ちしたあと、彼は私の手首を締《し》め上げているツバキの首輪を外した。

ようやく自由になって、私は手首を軽く振る。そして自分の上半身が大変な事になっているのを思い出し、慌てて起き上がると、高速でブラを留《と》めて、シャツを下に伸ばした。

は、恥ずかしい……。なんて事されていたんだ。しかも、なんだかちょっと気持ち良くなってしまっていた。鍛錬が足りない証拠だ。なんの鍛錬だよって問われると、私も答えられないけど。

チラ、と横を見ると、忍さんはツバキに首輪を巻いていた。

「まったく、何が不満なんだよオマエは。あっ、もしかして妬《や》いたのか？　悪いけどツバキ、俺はヨメさんをたらし込むのに必死なんだよ。だから応援してくれよ、なっ」

「にゃふっ」

自分の首輪が戻って来て満足げな顔をしていたツバキは、ぷいっと横を向く。

「ひでえ。協力する気ゼロかよ。可愛くねえな！　いや、お前は可愛いけどさ！」

猫に話しかけている忍さんは、ヤクザなのにどこか可愛げがある。

だが、どんなに愛想がよくてもヤクザはヤクザだ。暴力と強欲に生きる者なのだと、私は嫌というほど理解している。

北城組では、真澄さんはもちろんだけど、優しかった父や、物腰柔らかな柄本さんでさえ、それが本質なのだと分かっていた。逆に言えば、そうだからこそ彼らはヤクザの道を選んだのだ。

つまり、忍さんだってそう。秋國一家の総長を張るような人なのだから、彼もまた野蛮なところがあるはず。暴力に身を任せ、笑って誰かを傷つける、鬼畜のようなところがあるのは間違いない。

だから、決してこの人は愛想がいい人だから、なんて心を許してはいけないのだ。

私はしばらく黙ったまま、猫と会話している忍さんを眺めた。

そのうち、つい疑問を投げかけてしまう。

「あの……。どうして、途中で止めたの？」

「んあ？」

私に顔を向けた忍さんは、キョトンとした表情をしている。

「なんだよ。実は最後までヤってもらいたかったのか？　それならそうと最初から――」

「ちがーう！」

私が大声で言ってから、ずいと忍さんに詰め寄った。

「……力では、まったく敵《かな》わなかったもの。おまけに手の拘束で無力化されていた。あなたなら、私がどんなに嫌がっても力尽くで無理矢理、最後までできたでしょ」

言葉にするとちょっと恥ずかしくなってしまい、私は自分の顔が熱くなるのを感じながら横を向き、早口で言った。

私は純粋に疑問を覚えてしまったのだ。ヤクザは、欲しいものは力尽くで奪い取るのが道理のはず。実際、彼は私を嫁にすると言い、問答無用でここまで連れてきた。理不尽なほど自分勝手な人だが、それはヤクザだからと言われたら納得せざるを得ない。

でも、そこまで強引だった忍さんは、不思議と私を気遣っていた。

最後までしなかったのも、そう。最後までできる状況だったのに、やらなかった。

どうしてだろうと疑問が浮かんだのだ。最後までされたかったのかと問われたら、もちろんノーなのだけど。

すると忍さんは、ツバキを持ち上げて、私の膝に乗せた。

ううっ、不意打ちの猫攻撃はやめてほしい。可愛いから！

ツバキは大人しく膝の上で丸まって、私の顔をジッと見つめている。私の手首を拘束した細革の首輪は赤色で、真っ黒なツバキによく似合っている。アイスブルーの瞳は綺麗で、ガラス玉みたいだ。

つい、撫でたい欲求がウズウズと湧き上がってきて、私はそっとツバキの背中を撫でる。まるでベルベット生地みたいに艶《つや》やかで、するんとした感触が心地良い。毎日ブラッシングしているようで、毛玉ひとつない。忍さんに大切にされ、可愛がられているのが一瞬で分かる。

「俺は惚《ほ》れた女をレイプする趣味はないからな」

忍さんは何を今更といった様子で、あっけらかんと言った。

「えっ⁉」

「えっ、て酷《ひで》えな。さっきから何度もそう言ってるじゃないか。惚《ほ》れてるって」

「だ、だって、じゃあさっきのは何だったの⁉」

「あれはスキンシップだよ」

スキンシップ……。私はその言葉を頭の中で数度繰り返した後、キッと彼を睨《にら》む。

「あんなのスキンシップって言わない！　手首を拘束したし！」

「ジタバタ暴れられたらゆっくり触れねえだろ」

「最初に、躾《しつ》けるって言った！」

「躾《しつけ》にもスキンシップは必要だ。躾《しつけ》っていうのは、何も罰だけを指すものじゃない。基本的には褒めて、時には叱って、身体に教え込み、訓練するのが躾《しつけ》の正しいやり方なんだぞ」

指をふりふり『俺いい事言っただろ』と、ドヤ顔で胸を張る忍さん。

……本当にこの人、神威会の舎弟頭《しゃていがしら》で、自分の組を持つ総長なの？　それにしては、なんか全体的にノリが軽い気がする。

「く、訓練……って？」

「そりゃ、性感だよ。気持ち良く感じるにも慣れが必要なんだ。乳首とか、それから」

「わーっ！　それ以上はもういい！」

私は慌てて彼の口を止めた。今、ものすごく卑猥《ひわい》な単語を口にしようとしなかったか。

「まあとにかく、椿ちゃんは俺のヨメさんになるんだから、仲良くしたいし、大事にしたい。だからレイプはしない。うむ、見事な三段論法だな」

腕を組んで満足げに頷く忍さん。私は頭痛を覚えて額を手で押さえた。

「それに何より、セックスおっぱじめる前に、俺に惚《ほ》れてもらわないとダメだろ！」

「いや、それは絶対にないから。期待しないで」

ぐっと拳を握りしめて力説する忍さんに、私は冷静にツッコミを入れた。

「いやよいやよも好きのうち、って言うだろ」

「私に関しては言わない！」

あと、そのフレーズめちゃくちゃ古い。忍さんって何歳なんだろう？

「まあ、椿ちゃんを口説くのは俺が楽しみにしていた事のひとつだから、じっくり時間をかけて口説かせてもらうさ。ところでさっきの合気道だけど、やっぱり椿ちゃんはすごいな。俺に背を向けていたのに、ひゅってしゃがんでかわすところ、すげえかっこよかったぞ」

ニコニコと忍さんが言う。……その笑顔、本当に心からのものなのだろうか。それとも、やっぱりお腹《なか》の中では悪い事を企《たくら》んでいるのだろうか。

私はツバキの背中を撫でながら、口を尖《とが》らせる。

「別に。結局、忍さんを出し抜けなかったんだから。技としてもまだまだ未熟よ」

「そうやって淡々と自己評価できるクールなところも、しびれるなあ」

「もう、茶化さないで！」

私が怒っても、忍さんは全くひるまない。

「本当の事を言ってるだけなんだけどなあ。確か椿ちゃんは、合気道の他にも色々習ってるんだろ。古武道をひととおりと、他にもお茶や華道も習ってると聞いたけど？」

「それ、もしかしてお父さんからの情報なの？」

ツバキを撫でる手を止めて尋ねると、忍さんは「そうそう」と頷く。

お父さん……。ペラペラ娘のプライベートを話してるんじゃないわよ。

心の中で悪態をつきながら、私は渋々自分の事を話した。

「そうよ。あなたの言うとおり、大体の古武術を習ったわ。それから、武道の精神に通じるところがあるという理由で、茶道と華道も習っていたの」

本当、毎日習い事をしていた。あれはあれで充実した毎日だったが、いざ武術が必要な状況になって、まったく役に立たなかったのは、ちょっと虚《むな》しい。

「へえ。いいねえ、教養のある女って」

「そ、そんな大したものじゃないから。どれも付け焼き刃《つやば》みたいなものよ」

「謙遜するなって。古武道は、あれだろ。合気道の他だと、柔道とか剣道とか？」

「いいえ。柔道や剣道は、いわゆる現代武道に属しているわね。それを言うなら合気道も現代武道なんだけど」

私は指先でツバキの耳をぴろぴろと触りながら、説明した。

簡単に言うと、競技試合を目的とした武道を現代武道といい、試合の勝敗を目的とせず、ひたすら己と対峙し心身鍛練に励む武道を古武道という。

例えば弓道とか剣術とか。流鏑馬《やぶさめ》も古武道の一種だ。

「色々習ったものの、結局続けられたのは合気道と一部の古武術だけだったわね」

「そういや、居合道も習ってただろ。あれは続けているのか？」

「……本当によく聞いているのね、私の事」

じろっと睨《にら》むと、忍さんは何故か照れたように頭を掻《か》いた。

「いやあ、そりゃ、惚《ほ》れた女の事だしなあ」

「そういうのいいからっ！」

顔を熱くして口早《くちばや》に怒る。もう、忍さんは……何が真剣で何が冗談なのか、判断がつきにくくて嫌だ。

「居合道は続かなかったの。私には合わなかった。以上！」

あまり自分の事を話したくない。手短に、淡々と話した。

忍さんは「ふうん」と、納得したのかしていないのか、よく分からない相槌《あいづち》を打った。

「ま、いいか。椿ちゃんの事は、これからゆっくり聞いていけばいいんだし」

「いやいや、教える気なんてないから」

「とにかく今日から椿ちゃんの家はここだからな。結婚式の詳細はまだ全然決めてねえから、追々一緒に決めて行こう」

「ちょっと話が飛びすぎじゃない⁉ 私は承諾してないって何度も言ってるでしょ！」

慌てて噛みつくものの、忍さんは私の非難をひとつも聞いてくれない。

「結婚式には女の夢がいっぱい詰まってるそうだからなあ。チャペルでウェディングドレスが着たいとか、もしくは神前式で白無垢がいいとか。ちなみに椿ちゃんはどっち派だ？」

「……！　知らないっ、勝手にしたら！」

人の話を聞かない男となんか、会話もしたくない。私がプイッと横を向いて言うと、忍さんは「勝手にしていいのか！」と嬉しそうに言った。

「そうかあ。俺プロデュースでいいのかあ。それならアレでソレなドレスを着せて、一日中たっぷり楽しむという俺にとって夢いっぱいのコースを選んでもいいというわけだ」

「ち、ちょっと待って！　何を企《たくら》んでいるの」

勝手に不穏な事を言い出すものだから、つい尋ねてしまう。くっ、相手にしたくないのに、この人は聞かざるを得ない事ばっかり言う！

「そりゃあスケスケ下着に、いつでもどこからでも手が出せるようなエロいデザインのウェディングドレスを着せて、披露宴会場で御披露プレイみたいなやつをだなー」

「バカ何を考えているのこの変態！　そんなの絶対嫌。強行するなら舌を噛んで死ぬわ！」

羞恥で顔に熱が上がり、怒りのままに怒鳴ると、忍さんは楽しそうに笑った。

「それが嫌だったら、一緒に話し合って考えていかねえとなあ」

「ううっ……」

私は悔しさに唇を噛みしめる。

神様、私、何か悪い事しましたか？　それともヤクザの娘として育った以上、こうなる運命なんですか？

好きでもない男と結婚式の話し合いなんて絶対嫌だ。でも黙っていたら、彼は間違いなく私が最も恥ずかしいと思うようなプランを立ててくる。それを阻止したいなら、話し合うしかない。なんという究極の選択なのだ。どっちも嫌すぎる。

……いや、まだだ。諦めるのは早い。

逃げてしまえば。ここからなんとか脱出して北城の屋敷に戻る事ができたら、籠城するなり何なり、対抗策が打てるはずだ。土蔵とかあるし。

それに私は、忍さんの事は別にしても、北城組に帰らなくてはいけない。

「――分かった。とにかく、忍さんの言い分は理解したわ」

「それは何より。結婚するしないの話で堂々巡りするのも、そろそろ飽きてきたところだったんだ」

「言っておくけど、納得はしてないわ。それに、私があなたに惚《ほ》れるのも絶対にありえない。この一方的な結婚話は、どう転んだって幸せには繋がらないと先に宣言しておくからね」

「ほう、大きく出たな。もし間違って椿ちゃんが俺に惚《ほ》れたらどうするつもりだ？」

「ありえないイフの話をするのは好きじゃないけど、もし何らかの奇跡が起きて、私があなたに惚《ほ》れたら、何でも言う事聞いてやるわよ」

「へえ。穴あきパンツとか、スケスケブラジャーとかつけてくれるのか？」

「……っ、いいんじゃない。惚《ほ》れた男が望むのなら、私だってなんでもするでしょうよ」

腕を組み、ふんっと顔をそらす。

まったく、こんな変態男に惚《ほ》れるなんて世界が転覆してもありえない。

「それはそうと忍さん。ひとつお願いがあるの。ここに住む前に、北城の屋敷に帰らせて」

「理由を聞こうか？」

頭ごなしにダメと言わない忍さん。私との会話を楽しんでいるみたいで、腹が立つ。

「着替えとか、荷物とか、あるし」

「ああ、それなら問題ない。椿ちゃんの私物は全部、真澄が明日届けてくれるそうだ。今、段ボールに全部詰めてるらしいぞ」

「あの人は……っ！　相変わらず人のプライベートにずかずか踏み込んでっ！」

ぐぬぬっと拳を握りしめる。繊細で壊れやすい飾り物とかあるのに、ガサツな真澄さんは、新聞紙で包む事もせずガチャガチャポイポイと段ボールに投げ込んでいそうだ。それに下着も……きっと鷲《わし》づかみにして、そのへんのポリ袋にギュウギュウと詰め込むんだろう。

歯ぎしりしたい思いにかられたが、ぐっと我慢して、首を横に振る。

「ほ、他にも、やり残した事があるのよ」

「ふむ、やり残した事か。それなら、詳細を教えてもらえるか？」

余裕たっぷりな様子で、穏やかに尋ねる忍さん。対して私は唇を引き締《し》める。

「……ごめんなさい。詳細は言えない。プライベートな事だから」

私は言葉を選んでごまかした。忍さんは違う組の人だし、何より神威会の会長と兄弟杯を交《か》わした人だ。そんな人に、北城組の内情は教えられない。

俯《うつむ》いて黙る私を、忍さんは静かに見つめた。

「おいで、ツバキ」

名前を呼ばれて「えっ」と顔を上げると、私の膝に乗っていたツバキがぴょんとジャンプして、忍さんの膝に乗る。

あ、猫の名前のほうか。もう、紛《まぎ》らわしい……

「責任感が強いのか。それとも単なる苦労性なのか。どちらにしても放っておけばいいのに、不器用なやつだなあ」

ツバキの頭を撫でながら、忍さんが隻眼《せきがん》を柔らかに細める。その、笑いの混じった言葉の意味が、私には分からなかった。

「え……、今のは、私に言った言葉なの？」

「いや、まあ、気にするな。とにかく詳細が話せないなら、ここからは出せない。軟禁に近くて申し訳ないが、しばらくは大人しくしていてくれ」

忍さんはツバキを床に下ろして立ち上がる。

「悪い、これから会合があるんだ。行ってくる。今日は多分帰れないから、好きに過ごしてていいぞ。食い物は冷蔵庫にあるから適当に食べてくれ。ツバキのフードは自動給《きゅう》餌器《じき》から勝手に出てくるから、用意しなくていいぞ」

そう言った忍さんは「じゃあな～」と手を振って、部屋を出て行った。

ぱたん、とリビングの扉が閉まる。

残されたのは、私……椿と、猫のツバキ。

……言いたい事を言って、私を軟禁して。当の本人は会合で帰れない？

「勝手すぎるっ！」

思わずぐぐっと拳を握って言うと、ツバキが「にゃー」と鳴いた。

「いや、ツバキは悪くないよ。ツバキは可愛いし、すごくいい子！　君がいるだけで、私は救われたよ。ツバキ可愛い！　私とも仲良くしてね」

ツバキのお顔を両手で柔らかく包んで、ほわほわと撫でる。ゴロゴロと喉を鳴らすツバキはとても人懐っこくて、メチャクチャ可愛い。

「でも……ごめんね。私はやっぱり、ここを出ないといけないんだよ」

いつか私も結婚するのかもしれない。だけど、今じゃないんだ。

どうしても北城組の屋敷に帰らなくてはいけない。私はあそこでしなくてはならない事があるのだ。

それはふたつある。ひとつは上納金についての事だ。

ヤクザの界隈においてどの組にもついて回る課題、それが上納金。シノギとも言われている。

組員は常に何かしらの方法でお金を稼ぎ、その大半を上納金として組に納めている。多ければその分優遇されるし、大きい顔ができる。逆に少なければ組員としての立場は悪くなり、組によっては制裁を加えられる事もある。

だから基本的に組員は必死に稼ぐのだ。それは立場が上になっても変わらない。例えば上よりも下の稼ぎが良かったら、いずれ立場が逆転して、勢力図が変わってしまう事もありえる。

そんな、ヤクザにとって要《かなめ》である上納金。

数年前から、柄本さんの稼ぎだけ、目に見えて少なくなった。私は高校を卒業してからずっと北城組の経理を手伝っていたから、その変化に気づけたのかもしれない。

帳簿によると、三年前から上納金が減っていた。それまではかなりの額を納めていたのに。

一度、その疑問を真澄さんに言った事があった。でも、まったく相手にしてもらえなかった。曰《いわ》く『柄本は親父の舎弟やし、ある程度稼ぎが少なくても目を瞑《つむ》ってもらえるから手を抜いとるんやろ』という事で。

ヤクザの組というものは、基本的に組長と親子杯を交《か》わした子分で組織が成り立っている。でも柄本さんは舎弟であって、父の子分ではない。あくまで彼は北城組の『顧問』。つまり余所者《よそもの》なのだ。

そんな立場だからこそ、誰もうるさく言わないのだろう。……シノギにうるさい真澄さんでさえも。

でも、私は疑問に思った。真澄さんに『問題ない』と言われても、違和感が拭《ぬぐ》えなかった。いつもソツなく何でもこなして、父の無茶な相談にも乗り、的確な提案をしていた柄本さん。舎弟とはいえ、彼が上納金という一番大事な要素を、ないがしろにするものだろうかと。

……私はどうしてもそれを確かめたくて、ずっと調べていたのだ。

第二章

生まれて初めて、美しい花を見た。

こう言えば、皆、大げさだと笑うのかもしれない。少なくとも伊織兄は腹を抱えて大笑いするだろう。

でも、俺は大真面目だった。

本当にそう見えたのだ。初めて彼女を見た時、まるでドブ沼の真ん中に咲いた、奇跡のような花だと思った。

それはバラやハイビスカスといった派手な花ではない。

地味だけど可愛らしくて、間違って手折《たお》らないように慎重に守ってやりたい。

……そういう、儚《はかな》くて可憐な花だった。

俺――秋國忍が北城椿に惚《ほ》れたのは、彼女を見た二回目の時だった。

だから一目惚《ぼ》れではない。

正直言うと、最初はめちゃくちゃ侮《あなど》っていた。

初対面は、五年前の正月だ。たまたま九鬼組の祈祷と北城組の祈祷が同じ日にぶつかって、しかも同じ神社だった。

俺は当時、神威会の幹部に入っていなかった。九鬼組の組長であり兄貴分である九鬼伊織に誘われて、祈祷に参加していただけだった。

「九鬼組のせがれとこんなところで会うなんて、幸先いい巡り合わせだな。って、もう『せがれ』って言い方は失礼だなあ。伊織が九鬼組を継いで、もう二年になるのか」

北城組の組長が豪快に笑う。……この頃の彼は病気が発覚する前で、まだ元気だった。

「いや、北城さんにとったら俺はまだまだ若造ですよ。それに、北城さんにせがれと呼ばれるのは嫌いじゃない」

「そう言ってくれると嬉しいなあ。親父さんは元気にやってるか？」

「ええ。今ではすっかり孫バカになりました。同じ屋敷に住んでることもあって、顔を合わすたびに孫の話ばかりですよ。たまには息子の心配もしろよって思いますね」

伊織兄の軽口に、北城組長が「わはは」と豪快に笑う。

「俺は親父さんの気持ち、すげえ分かるなあ。俺も孫が見たいよ。いつか椿が結婚して、拝《おが》ませてくれねえかな」

そう言って、北城組長はチラリと後ろを見る。俺はつられて、彼の視線を追った。

――すると、そこには一輪の花がいた。

黒の生地に、鮮やかな朱《あか》い椿が描かれた、見事な振り袖を身につけた女性。

「椿、挨拶しな。九鬼組の組長さんだ」

父である北城組長に言われて、彼女はしずしずと顔を上げた。

「あけましておめでとうございます。北城椿と申します」

淡々と自己紹介する彼女には、欲の色が一切見えなかった。九鬼組の組長に媚《こ》びるような私欲が感じられなかったのだ。

しかし、空虚という感じはしなかった。

言葉にするなら……そう。凛としていたのかもしれない。

己を卑下しなければ誇張もしない。淡白で飾らず、ありのままを見せる椿には孤高さすら覚えるほどの風格があった。

一日二日で培《つちか》う事のできない独特の雰囲気。

名はその人を表すというが、まったくその通りで――

雪が積もる極寒の冬に咲く鮮やかな花。『椿』という名が実に似合う女だった。

今考えると、俺は最初に出会ったあの頃から少なからず彼女に惹かれていたのだろう。

でもあの時は単なるお嬢様としか見ていなかった。

ヤクザの娘であろうと、椿は正真正銘の『お嬢様』だ。

基本的に、極道の世界は縦社会である。上が偉くて、下は顎《あご》で使われる存在。

関東一の勢力を誇る神威会であれば、その執行部は社会的に成功したも同然。当然、二次団体を率いる北城組長はそこそこ裕福な暮らしをしている。

そんな彼の娘ならば、さぞや蝶よ花よと甘やかされて育っているのだろう。

佇《たたず》まいが美しくとも、所詮《しょせん》は世間知らずのお嬢様。いずれ父親が認める幹部と結婚し、お人形のように可愛がられて生きる。

俺は勝手に椿の人生を想像して、つまんねえ人生なんだろうなと思っていた。

「――北城椿。彼女はちょっと、曰《いわ》く付きの娘なんだ」

北城組長と別れたあと、参道を歩き始めた伊織兄が声のトーンを抑《おさ》えて言った。

「曰《いわ》く付き？」

「養子なんだよ。つまり、北城組長の実子じゃねえんだ」

「へえ。そりゃ確かに曰《いわ》く付きですね」

ヤクザなんていつ命が狙われてもおかしくない。幹部ともなれば尚更だ。だからいつも組長クラスは手下を連れて歩く。もしもの時の盾にするために。

俺が今、伊織兄と歩いてるのだってそう。有事の際には、命をかけて守るつもりでいる。まあ、そういう因果な商売についているので当然の話だが、組長の子供っていうのは存在するだけで『弱み』なのだ。誘拐して恐喝できる恰好の餌食なのである。

だから実子ならともかく養子を迎えるなんて、物好きな人だと思った。自ら弱みを作っているも同然じゃないか。それとも養子だからこそ構わないとでも思っているのだろうか。彼女の命が危険にさらされようとも、見殺しにするつもりなのかな。

しかし椿の姿を思い出せば、それは違う気もした。彼女は確かに大切に育てられている感じがしたからだ。

「いったいどういう経緯でヤクザの養子になんかなっちまったんですかね。可哀想に」

俺がそう言うと、伊織兄が面白そうに笑った。

「秋國の口から『可哀想』なんて言葉が聞けるとはな。人らしい心も持っていたのか」

「ひでえ。俺だって人を憐《あわ》れむ事もありますよ。どうせ養子になるなら、カタギの家にもらわれたほうがよっぽど幸せじゃないですか」

「そりゃそうだ。まあ今の世の中じゃ、カタギの家が一概に幸せとも言えないが、それでもヤクザよりはマシだろうな」

伊織兄が腕を組んでうんうんと頷く。

「まあ彼女に関して言えば仕方なかったんだ。生まれた時から他人に振り回される事が確定していた、因果な娘なんだよ」

そう呟いた伊織兄の目には、少し同情の色が滲《にじ》んでいた。


それから八ヶ月ほど、俺と椿は、一切顔を合わせる事がなかった。

再び相まみえたのは、偶然かそれとも必然か。それはやっぱり伊織兄の誘いだった。

「弓道の全国大会に北城組の椿ちゃんが出場するんだ。すげーよな」

「俺、弓道とか全然分からんですけどね」

日本の古武道のひとつで、和弓で的を射る武芸、としか知らない。

大会の会場で席に座った俺は、前から思っていた事を伊織兄に尋ねてみた。

「そういえば伊織兄って、やけに北城組長の娘さんを気にしてますよね。去年の正月でも、彼女の事を話していたし」

「うん。まあ色々あってな。俺は一応、彼女の成長を見守らなきゃならん立場なんだ。どっちかっていうと監視に近いけど」

監視……？

俺が眉をひそめた時、伊織さんが「あっ、椿ちゃんだ」と言った。俺もつられて射場を見る。

弓道着を着た椿は、長い黒髪をポニーテールにしていた。いかにも武道女って感じで、これはこれで悪くない。むしろすごくいいなと思った。

道着にフェチズムを感じるほうじゃないと思っていたんだけど、意外といけるのかもしれん。

ついつい雑念が入ってしまうのはご愛敬《あいきょう》という事で。俺は武道に詳しくないのだ。椿の、凛とした佇《たたず》まいは相変わらずで、淡々とした表情も去年の正月に見た彼女のままだった。

一礼し、弓をつがえる。

射法八節《しゃほうはっせつ》、だったか。弓道には八つの基本動作があるのだ。矢を中《あ》てる事よりも、その動作の正確さや美しさを重要視するのだとか。

弓道はスポーツにあらず。礼節を重んじ己を研磨する武の道。

今までは『なんだそれ、くだらねえな』と思っていた。元々、弓は人を殺す武器だったはずだ。それなのに高尚を気取って礼儀だの所作だのと謳《うた》っているのがバカらしい。純粋に点数を競うアーチェリーのほうがよっぽどルールが分かりやすいし、シンプルでいい。

でも、椿が矢を射た瞬間、その考えはいともたやすく霧散した。

　――綺麗だった。

　他の参加者も矢を射る中、椿だけが綺麗だった。具体的に言うなら、キラキラしていた。俺の目はおかしくなったのだろうか。困ったな、目はもうひとつしかないのに。

　再び矢をつがえる。

　矢と的を交互に見たあと、弓を持ち上げ、弦を引く。

　ぎりぎり、と、弦を引き絞る音がこちらにまで届くようだった。

　椿の視線は的の一点を見つめている。

　ぴんと立って佇《たたず》む姿は毅然《きぜん》としていて、タン、と矢が中《あた》る。

　的の中心から少し外れた左側に矢が中《あた》った。なかなか真ん中に中《あ》てるのは難しいようだ。しかし椿は眉ひとつひそめる事なく、淡々と残心の動作を取る。

　そういえば、正月の時にも思った。

　でも今のほうがずっと強い気持ちを持っている。

　椿は本当に、真冬の雪が積もる中で孤高に咲き誇る――赤い花のように美しい。

　欲しい、という気持ちがわき上がった。

　こんな気持ちは初めてだった。

　椿が欲しい。あの凛とした気丈な目で俺を見てほしい。

　高嶺の花のように近寄り難《がた》い、あの女の身体を組み敷きたい。

喘《あえ》ぐ声。甘い嬌声。この耳で味わいたい。独占したい。

もしかして、これは恋なのだろうか。それとも単なる興味なのか。

今まで、そういう生ぬるい感情と無縁だった俺は、よく分からなかった。


大会が終わって、俺達はぶらぶらと徒歩で帰る。車で来てもよかったのだが、伊織兄が『今日はのんびり歩きたい気分なんだ』と言ったのだ。

会場から九鬼の屋敷までは、歩きでだいたい四十分ほどかかる。

ヤクザの幹部によっては、たった五分の移動でもベンツを使う奴もいるが、伊織兄は結構自分の足を使うのが好きな人だ。曰《いわ》く『歩ける時にしっかり歩いておかないと、足ってのはすぐに使い物にならなくなる。サツからダッシュで逃げる時とかな』だそうだ。

冗談か本気かよく分からんが、伊織兄の事だから本気なのだろう。

たいして腕っ節が強いわけでもないのにふんぞり返って手下を顎《あご》で使うヤクザが多くを占める中、そうしないところが彼の魅力である。喧嘩は喜んで飛び入り参加するし、危険なヤマは策を凝《こ》らして先導する。俺はそんな彼に魅せられて、弟分になろうと決めたのだ。

「椿ちゃん、準優勝だったたな。惜しかったなあ」

「弓道の点数の付け方って、独特でよく分からないから、見てるほうも不満が残りますね。所作だけなら、あの子が一番綺麗だったのに」

俺がむすっとして言うと、伊織兄がこちらを見た。

「へえ。秋國にはそう見えたのか」

「そっすよ。伊織兄はそう見えなかったんですか？」

すると、彼は笑いながら「俺もいい感じだと思ったよ」と同意して、言葉を続けた。

「いいよな～弓道着。ヨメに着せてみようかな」

「さっそくコスチュームプレイを企《たくら》むところ、さすがっすね」

「あいつは俺が着ろって言えば文句タラタラ言いながらも着てくれるし、しかも割とノリノリになるから、俺も盛り上がれるんだよ」

はっはっは、と伊織兄が楽しそうに笑った。

「本当、ヨメさんの話になると途端にノロケまくりですよね、伊織兄って」

「らぶらぶだからな～」

伊織兄は奥さんと結婚して、もう六年になるけれど、まだまだその愛が衰《おとろ》える事はない。むしろどんどん愛情がレベルアップしている気がしなくもない。もう誰が見ても分かるほどの愛妻家なのだ。むしろ愛しすぎてやばい。なんせ妻可愛さのあまり屋敷に軟禁している。

「いいなあ、俺も結婚したいっすよ。頭がおかしくなるくらい、誰かを好きになってみたい。伊織兄みたいに軟禁して、夜な夜なコスプレ変態プレイしたい」

「お前が俺をどういう目で見ていたか、今全てを理解した気がするぞ。言っておくが、俺はあいつを軟禁なんてしてねえ。ただボンヤリした女だから、基本的に屋敷に押し込んでるだけだ」

「はいはい」

俺は生返事で相槌《あいづち》を打った。

自分で言っておいてなんだが、頭がおかしくなるほど好きな女なんて、俺にできるのだろうか。

昔から、そっち方面にはまったく執着が持てなかったのだ。

おまけに、俺に声をかけてくる女はどれも何というか、腹に一物《いちもつ》ある女ばかりだった。

まあヤクザっていうのは、気に入らない奴は袋だたきだが、気に入った奴にはとことん甘いところがある。女もそうだ。気に入った女にはあらゆる贅沢を許す。それが欲しくて媚《こ》びを売る女は星の数ほどいる。

ヤクザの中には、周りにはべらす女の数を競う奴もいるけれど、俺の趣味ではない。

ふと、頭に浮かんだのは――矢を射る、椿の姿。

あいつ、今何歳なんだろ。もしかして、まだ高校生くらいなのだろうか。

「北城椿って、今、何歳なんですかね」

「んー？　確か、今年十七になるんじゃなかったかな」

「十七⁉　俺と十も違うのか……」

自分との年齢差にショックを受ける。十七なんてガキも同然ではないか。女は若いほどいいという意見もあるが、俺はロリコンではない。

結構しっかりした顔だったから、もう少し年齢が高いかなと思っていたが、十歳差か。どうなのか。いけるのか？　椿が大人になったら、なんとか……なるかな？

俺が難しい顔をして悩んでいると、そんな俺を、伊織兄が横目で見た。

「十歳差なんて大した事ねえよ。俺とヨメもそれくらいの差があるし」

「そういえば……そうか。ありよりのありか」

うんうん。未来が見えてきた。椿をヨメにするのは全然問題なし、と。

「でもなあ、椿ちゃんは訳ありだからな。あの子の裏事情を知って、それでもヨメにしたいって奴はなかなかいないだろうな～」

伊織さんがやけに意味深な事を言う。そういう事を言われると気になるじゃないか……って、間違いなく確信犯だな。だって伊織兄、ニヤニヤ笑ってるし。

彼に乗せられるのは癪《しゃく》に障《さわ》ったが、気になるものは仕方ない。俺はあえて尋ねてみた。

「裏事情、聞いたら教えてくれるんですか？」

「いいぞ。そのために、徒歩を選んだようなものだしな」

てくてく歩きながら伊織兄が言う。

……なるほど。本当にヤバい話らしい。運転手役の組員にすら聞かせてはならない、まさに裏の事情って事だ。

「前に、北城椿が、北城組長の実子じゃないって話はしたよな」

「今年の正月にした話ですよね。養子だって」

伊織兄が「そう」と頷く。

「結論から言うと、椿ちゃんは、流誠《りゅうせい》一家の前総長の忘れ形見なんだ」

「り、流誠一家だって!?」

俺は思わず目を丸くして驚いた。

流誠一家とは、我らが神威会と双璧を成す、関東のでかい極道組織だ。総員で言えば神威会のほうが上なのだが、流誠一家は結束力がものすごく固い。

神威会は人数が多いゆえの弊害か、派閥が多くて、それが原因でしばしば内部紛争を起こす事があった。しかし流誠一家についてはそういう話をほとんど聞かない。十数年前に、総長の跡目争いでゴタついたって話を神威会の古株から教えてもらったくらいだ。

そんなわけで、神威会にとって流誠一家は目の上のタンコブというか、シマ争いでは必ずといっていいほどぶつかる相手で、長年血みどろの抗争を繰り返していた。

しかし、流誠一家の前総長と、神威会の前会長……つまり伊織兄の父親が結託し、互いに手を取り合う仲にまで進展したのだ。つまり協定を結んだのである。采配もきっちり五分で、対等の間柄になった。

中にはそれを不満に思う奴もいて、お互い水面下では諍《いさか》いがあったみたいだが、表面上は平和にやれている。現・神威会会長である伊織兄と、今の流誠一家の総長もなかなか気が合っているようで、持ちつ持たれつうまくやっているらしい。

とはいえ、完全に仲良しかといえば、そうでもないのが現実だった。

幹部はともかく、下っ端同士では未だにちょこちょこ小競り合いがあるし、お互いにいいイメージを持っていないのも事実。抗争していた頃の記憶を持っている古株は、未だに敵対視している。

そんな微妙な立ち位置である流誠一家、前総長の実の娘が、北城椿なのか。

「忘れ形見っていっても愛人の子だ。認知はされたが、その愛人は元々身体が弱かったようで、椿ちゃんを産んで間もなく息を引き取ったらしい」

「その子がどうして北城組に？」

「椿ちゃんが赤ん坊の頃、流誠一家では激しい跡目争いが起きていたんだ。それで、子供を危険から遠ざけるために、当時から密《ひそ》かに繋がりを持っていた北城組にこっそり預けたってわけだよ」

「なるほどねえ」

　そりゃ確かに裏事情だ。おいそれと他人に言える話じゃない。人によっては、椿の出自を利用しようとする奴も現れるだろう。

「でも、前総長は数年前に病気で死んじまった。彼女が忘れ形見である事を知っているのは、神威会と流誠一家の執行部だ。そして今、お前が加わった」

　ニヤ、と伊織兄が笑う。俺はぽりぽりと後ろ頭を掻《か》いた。

「なんで、下っ端の俺に教えてくれたんですかね？」

「だってお前、椿ちゃんに惚《ほ》れただろ。正月の時から」

「……え」

　思わず唖然《あぜん》とした顔をしてしまう。伊織兄が「自覚してなかったのか？」と呆れた顔をした。

「今だって、十歳差だけどいけっかな〜ってブツブツ言ってたくせに、何ボケてんだ」

「あれは……まあ、そうですね。言われてみたら、そうなのか」

　俺、椿に惚《ほ》れてたのか。なるほど正月からね。う〜ん、確かに気にはなっていた。でも明確に惚《ほ》れたあ！　って感じじゃなくて、あの時はイイトコのお嬢様だな〜って程度にしか見てなかったつもりなんだけどな。でも伊織兄に言わせれば、俺が女に興味を覚えたという時点で惚《ほ》れていたという事なんだろう。なぜなら、自分で言うのもなんだけど、今までまったく女に惚《ほ》れた事がなかったから。可愛いな〜とか、いい身体してんな〜

とか、そういう事を度々《たびたび》思う事はあったけど、それだけだった。

でも、椿に対してだけは、違っていた。

綺麗だった。美しかった。でもそれだけじゃなくて――

傍《そば》に置きたいと願った。彼女の凛とした視線を独占したいと望んだ。

そして彼女の身体を犯し、はしたなく上げる嬌声を想像した。

――ああそうか。これが、この独占欲が、恋なのか。

「お前、昔っから血の気が強くて、まさしく狂犬だったしなあ。喧嘩の高揚感で勝手に昂《たかぶ》ってただろ。それだけで気持ち良くて、女にまーったく執着しなくて。俺は兄貴分としてそれなりに心配してたんだぜ」

「……そりゃどーも」

そういうところで心配されても、弟分としてはコメントに困るのである。

「ちなみに、いずれ本人に出自の話はする予定なんですか？」

「しねえよ。それに本人が知ったところでどうしようもないだろ。母親は急死、父親は病死。今は天涯孤独の身なんだ、なんてよ」

まあ、言えないよな。彼女の心が傷つくだけで、何の得にもならない情報だ。

「一応、北城組長と血が繋がってない事は、組長が自ら教えたようだが。何でも橋の下で釣り上げたとか、すげー適当な事言ったそうだぜ」

「それはひでえっすね。でも、それで納得してる彼女もなかなか肝が据《す》わってるってい
うか。面白い子ですね」
気づけば、俺は口の端を上げて笑っていた。
なるほどなあ。惚《ほ》れるってこういう事か。椿の事を知るたびに、こんなにもワクワク
して、嬉しくなる。
久しぶりに、眼帯で隠している左目の奥が疼《うず》いた。
俺に左目はない。昔、とある半グレ集団から抜ける時に私刑として抉《えぐ》られたのだ。今
はもう痛みはなく、ただからっぽなだけである。
でも時々、そこが疼《うず》く時がある。
一度目は、俺の目を抉《えぐ》った奴を見つけ出した時。
二度目は、伊織兄に初めて会って殴り合いの喧嘩をして引き分けになった時。
そして、今が三度目だった。よく分からないが、自分の心が最高に躍った時、この空
虚な目の奥がジワジワするのだ。
俺は極道の世界に入る事を決断した時、心に刻み込んだ意志がある。
それは、自分の本能のままに生きる事。己を欺《あざむ》かず、常に正直でいようと決めた。そ
れがどんなに邪悪でも、人の道に反する事でも、構わない。
自分が正しいと思った道を突き進む。そうやって生きていればきっと。

――死ぬ間際でも、後悔せずに済む。自分はとことん欲望のままに生きたぞと、笑って死ぬ事ができる。

だから俺は決めたのだ。何がなんでも椿をヨメにすると。

決意がそのまま行動力に繋がる俺は、さっそく北城に連絡を取った。

そして真っ正直に『椿をヨメにくれ』と言った。

「馬鹿野郎！　誰がお前みたいな三下にくれてやるか！」

即答で断られた。

案外、子煩悩な人であった。まあ、あれだけ綺麗に娘を着飾って、弓道だの居合道だの、様々な武芸を習わせているのだ。だいぶ金をかけて育てているのは分かっていたし、それだけ愛情も深いだろうと想像はしていたが。

「カタギならまだ考えようがあるが、ヤクザにくれてやるなら、俺と同格か、それ以上のクラスの男でないと、絶対に許さねえよ」

ハッと鼻で嗤《わら》う北城。しかし俺は「なるほど」と納得した。

「じゃあ、アンタと同格になれば、椿をくれるんだな？」

「あァ!?　お前、人に敬語も使わんで、調子に乗ってんじゃねえぞ。俺と同格ってどういう事か分かってんのか！」

北城はヤクザの中では比較的温和な人柄なのだが、娘の事になると途端に態度が半グレのチンピラ並に悪くなるらしい。

鬼の形相で凄む北城に、俺は「まあまあ落ち着いて」と手を上下に振る。

「つまりアレでしょ。アンタと同等クラスって事は、神威会の執行部に入ればいいって事だ。それともウチの組が二次団体に昇格したら認めるのか？」

俺の質問に、北城は苦虫を噛み潰したような、ひでえ顔をした。

「お前……秋國とかいったな。マジで言ってるのか？　本気で椿をヨメにするためだけに、神威会の幹部入りを目指し、組をでかくする覚悟があると？」

北城の言葉に、俺は大きく頷く。

彼は頭痛を覚えたように額を押さえた。

「俺が言うのもなんだが、『たかが女』のために幹部を目指すって、めちゃくちゃ動機が不純じゃねえか……？」

「ヤクザに純粋さを求めても無駄でしょ」

ははは、と俺は明るく笑った。

「女欲しさに、てめえの組員を振り回す気か」

「当然だ。うちの組員は、俺の我が侭に振り回される覚悟のある奴しかいねえんだよ。じゃなきゃ、ついていけねえ」

ニッと笑みを見せる。実際そのとおりだった。俺に振り回されたくない奴は自然と消えていく。残っているのは、俺の思いつきで苦労するのが大好きな変態野郎ばかりというわけだ。こう言うと、組員はみんな『ちげえよ！』って全力で否定するんだけど。

北城は、俺の顔をしばらく見つめていた。しかし突然、がははと豪快に笑い出す。

「なるほどなあ。さすが九鬼会長のお気に入りと言われている舎弟だ。今時、女のために全力を出すような気骨《きこつ》のある男は少ない。そういう無鉄砲さは悪くない」

「そういうもんですかね」

「そうさ。最近の若い奴は半グレ上がりの拝金主義ばかりだ。金儲けに夢中で、女は金を稼ぐ道具としか思っていない。お前も半グレ上がりと聞いていたから、そういう類《たぐい》の奴だと思い込んでいたんだ。早とちりして悪かったよ」

北城は少し温和な表情になって、俺に顔を向ける。

「まあ否定はしませんけどね。ヤクザはお金が大好き、喧嘩も女も大好き。間違ってないでしょ」

「間違っちゃいねえが……ははは。そういう事、自分で言っちまうところが正直でいいな。伊織も、そういうところが気に入ったんだろうよ」

そう言って、北城は懐から煙草を取り出して、火をつけた。

すーっと吸って、煙を吐く。

「わーったよ。とりあえずお前の覚悟を見てやる。さっき叩いた大口が、ただの虚勢でない事を俺に証明してみろ。そうすりゃ」

「椿をくれるんだな？」

「誰もやるとは言ってねえ！　一応、結婚候補に考えてやる」

「はあ？　四の五の言わずにくれよ」

「うるせえ！　お前がどういう人間か見極めなきゃいけねえだろうが！　大切な愛娘なんだ。ケチなＤＶモラハラ野郎にやるわけにはいかねえんだよ」

「ひでえ。俺のどこがＤＶモラハラクソ野郎に見えるんだよ。どう見ても誠実で嫁一筋、愛妻家になりそうなオーラがひしひし出てるだろ」

「今んとこ、お前はうさんくさいオーラがひしひし出てる。終始へラヘラしてるし気色悪い。いかにも笑顔で女を殴りそうな雰囲気がある」

「……マジでひどくね？」

そんなわけで、俺はまず北城の信頼を勝ち取るところから始めた。

四年かけて、それはもうじっくりと北城のご機嫌を取り、シノギを稼ぎまくって、伊織兄に揉《も》み手して媚を売っては『気色わりい』と煙たがられ、当時の舎弟頭《しゃていがしら》を闇討ち……いや、温和に話し合ったあと、買収……いや、平和的にご退場願ったりして。

紆余曲折はあったものの、俺は晴れて舎弟頭《しゃていがしら》という立場を自力で手に入れ、神威会の執行部入りしたのである。

いやあ、ほんと、苦労した。

観念した北城が椿をやると許した時は、本当に感極まって嬉しかったものだ。

しかしそれから一年足らずで北城が重病に陥《おちい》り、椿との顔合わせは退院できたらと思っているうちにそのまま亡くなってしまうとは想像もしていなかった。

——あのおっさんは、愛娘の花嫁姿を誰よりも見たかったはずなのに。

北城の葬儀で、四年ぶりに椿を見た。

喪服に身を包んだ彼女は前より大人びた姿で、そういえば彼女はもう二十二歳だったなと、ぼんやり思う。

告別式の最中、椿はずっと毅然《きぜん》とした態度で、まっすぐ前を向いていた。しかし出棺の時が来て、最後に義父の棺《ひつぎ》に花を挿《さ》し入れた時。

彼女は、泣いた。

「お父さん」と何度も口にして、滝のような涙を零《こぼ》して、声を上げて泣いた。

その悲痛な泣き声は北城組の組員の心を動かしたのか、あちこちからすすり泣く声が聞こえてきた。

誰からも慕われる。あの人はいい『組長』だったのだろう。

俺はただ、黙って椿を見ていた。

彼女に寄り添い、まるで恋人のように肩を抱くメガネの男が、殺したいほどムカついた。

葬式の帰り道に、ふと、思い出した約束があった。

それは最期《さいご》に北城と話をした時の事だ。病室で、二人だけで内緒話をした。

『今だから言うけど、実は俺、椿の出自を知っているんだ』

俺の言葉を聞いても、北城は驚かなかった。ベッドから少し身を起こした状態で『へえ』と相槌《あいづち》を打つ。

『情報源は伊織か』

『ご名察』

『けっ、意外と口が軽かったんだな、あいつ』

北城は珍しく悪態をついた。そしてしばらく黙ったあと、ぽつりと俺に話しかける。

『出自を知ったってのに、椿が欲しいのか』

『ああ』

『面倒になるぞ。流誠一家には、前総長の忘れ形見である椿を人質に取られたと思ってる奴もいる。実際、向こうの幹部から難癖つけられたしな』

『その難癖が俺んとこ来たら、俺達のラブラブぶりを見せつけてやるよ』

『神威会にも、椿を疎《うと》む幹部がいる。抗争の火種になりかねないからな。さっさとカタギの男にくれてやれと言う奴もいるから、お前の結婚が祝福されるとは限らねえぞ』

『元から祝福されたいとも思ってねえよ。でも、他の男にやるのはゴメンだな。椿と結婚するのは俺じゃないとダメだ』

断言すると、北城は『はっはっは！』と豪快に笑った。その声は枯れていて、前に比べるとずいぶん弱々しい。

『べた惚《ぼ》れだな。しかし親の俺が言うのもなんだが、椿のどこに惚《ほ》れたんだよ。いやまあ、椿は可愛いけどな。だがお前は、まだあいつと一度も話した事ねえし、人柄も知らねえだろ』

『そうだな、一度も話してない。でも惚《ほ》れたんだ。人柄なんて、椿を見ればすぐに分かった。会話する楽しみは、後に取っておくよ』

俺がこの目で見た、綺麗なもの。

片目を失ってから、この世界の全てが醜くて、汚く見えた。どいつもこいつも清廉潔白を気取りながら、その実、自己保身しか考えてない。自分さえよければいいと思っているのだ。一番に考える事は自分の利益。そして他人を蹴落とす事。

極道社会に身をおいてからは、更にその醜悪さが増した。ドブみたいな世界で生きる中、俺の性根もすっかり汚くなった。

二度と見られないと思っていた綺麗なもの。

俺にとってそれが椿だった。

ゴミ溜めの中で孤高に咲く花。純粋に感心したのだ。生まれた時からヤクザに囲《かこ》まれていれば、大体の人間は腐りきる。何人も見てきた。暴力に酔うもの、利権にしがみつくもの、強者に媚《こ》びを売るもの。男女関係なく、大半がそういう奴らだった。

俺はそうなりたくなくて足掻《あが》いていたが、結局俺も、奴らと同じ穴のムジナだった。

でも、椿は違う感じがした。きっと、あいつは生まれた時から意思が強かったのだ。

ドブの中で、ひたすら自分を研磨する。他人なんかどうでもいい。時間をかけて鋼を鍛《きた》えるように、ある意味愚直に、椿は自分自身を鍛《きた》える事だけを続けていた。

弓道、居合道、合気道。茶道に、華道。おそらく、呑気《のんき》に遊ぶ時間なんてなかったはず。

どうして彼女が『そう』なったかは分からない。

だが、椿の毅然《きぜん》とした佇《たたず》まいは、付《つ》け焼《や》き刃《ば》でなれるようなものではなかった。

それなら——椿は、はじめから美しかったのだ。

綺麗な花を守りたいと思うのはおかしいか。手元に置きたいと思うのは間違っているのか。あいつを傍《そば》に置けば、俺の腐った性根も、少しは浄化される気がした。

できる限りずっと見つめていたい。抱きしめたい。肌の温もりを感じてみたい。

彼女がどういう生まれかなんてどうでもいい。

魂が腐り果てても、欲しいものは全部この手で掴むと決めた。だから、そんな俺の傍《そば》に来てほしい。

それが俺の望みなのだ。

北城はふうと息を吐くと、ベッドに背中を預ける。

『そういえば……。俺がこんなふうになっちまったから隙を見て会いに行くと思ったのに、忍は一度も椿に会おうとはしなかったな』

確かに、やろうと思えばいつでもできた。特に北城が入院してからは、いくらでも彼女に会うチャンスは作れた。

でも俺はニッと笑みを見せる。

『義父を出し抜くのは仁義に反するだろ』

特に会うなと言われていたわけではない。俺と北城の間には何の約束もなかった。それでも俺は筋を通したかったのだ。俺は椿を奪いたいのではない。ヨメとしてもらいたかった。そう決めた以上、義父となる男の気持ちをないがしろにしたくなかった。

北城は『仁義、か』と呟いた。

『久々に聞いたな、仁義なんて。今時流行らねえぞ』

『流行る流行らないの話じゃないだろ。単なる信念の話だ』

『はは、仁義に続いて信念ときたか。そういうくだらねえのは、昭和のジジイくらいしか言わないと思ってたよ』

北城はそう言ったあと『俺とかな』と呟き、続けて話した。

『最近の若い奴は平気で人を裏切ると思っていたが、案外、そうでもないのかな』

『どうだろう。そっちの組の真澄とか、いかにも仁義を重んじる感じじゃん？』

『あ〜、あいつは、平成生まれのくせして、昭和脳だからな』

北城は軽く笑う。そして、ひとつ決意したように頷くと、俺をまっすぐに見た。

『頼むわ。椿を、幸せにしてやってくれ』

それは、己の死期を悟《さと》った表情だった。もう長くないと、分かっているのだろう。

だから俺は、深く頷く。

『任せろ。世界一幸せにしてやるよ』

北城は、泣きそうな顔をして、くしゃりと笑った。


葬式が終わった数日後、俺は早速椿をもらいに行った。

彼女にとって、俺は初対面も同然だった。五年前の正月で会った事はまったく覚えていないようだ。あの時は伊織兄が挨拶していたし、俺は黙って後ろに控えていたので、仕方ないといえば仕方ないのだが。

椿は全力で抵抗していたのだが、最後には真澄にヒョイと首根っこを掴まれて、ポイッと俺に投げられた。

うちで飼ってる猫みたいな扱いだ。思わず笑ってしまう。

俺の腕の中でばたばた椿が暴れる中、ふと、真澄と目が合った。

奴は意味深に俺を見ていた。その目の奥にある感情を読み取る事はできなかったが、なんとなく、彼女を俺に預けるのは、何か理由がありそうだと思った。

次に目が合ったのは、柄本。

こいつは分かりやすいな。密《ひそ》かに椿を狙っていたのだろう。少しずつ外堀を埋めていたのに、横からかっ攫《さら》われて面白くないという感情が露骨に伝わってくる。

なるほど、北城組はなかなか面白い事になっているようだ。

ともかく俺は、人さらいも同然で椿をお持ち帰りした。

そして彼女をマンションに軟禁して、神威会の会合に参加する。

「忍、やけに上機嫌じゃないか。気色悪いぞ」

九鬼組の屋敷で、二日にわたる諸々のめんどくさい会議が終わったあと、伊織兄が嫌そうな顔をして言った。

「そりゃ念願のヨメさんをゲットできたんですから、機嫌も良くなりますよ」

油断するとニヤニヤが止まらん。五年待ったんだぞ、感動もひとしおだ。

「ふうん。昔は、世間知らずの女なんて趣味じゃねえとか言ってたのにな」

「いや本当、どこのどいつがそんな事言ったんですかね。世間知らず、めちゃくちゃいいじゃないですか。いや〜知識ゼロっていいですね。新鮮っていうの？　最高ですね〜」

つい先ほど、マンションで組んずほぐれつイチャついてみた。椿本人はめちゃくちゃ嫌がっていたが、それでも性感帯を少し弄《いじ》ってやると、たまらず可愛い声を上げていた。

ああ、思い出すだけでいきり立つ。

性の知識に疎《うと》いからこそ、快感を快感と理解できず、戸惑いながら感じていた。キスをしたら、顔を真っ赤にして困った顔をしていた。

いやあ、たまらん。早くヤりまくりたい。しかしせっかくの可愛いヨメさんなのだ。じっくり教えていきたい気もする。

何も知らないって事は逆に言えば、多少の変態プレイも受け入れてもらえるって事ではないだろうか。あんな事、こんな事。うう、考えるだけで楽しくて頭がおかしくなってしまいそうだ。

凛とした顔は相変わらず。毅然《きぜん》として、その黒い瞳から強い意思を感じた。

自分が世間知らずという事を自覚して、それでも自分を卑下せず、養父に感謝し、自己を研磨し続けていた椿。

仲のいい友人がいなくとも、ヤクザの娘と後ろ指をさされようと、決して自分の境遇を悲観しない。今の自分にできる事をやり続ける。

前向きで、気高くて、肝心なところが疎《うと》い。でも無知だからこそ素直で、純粋だった。

彼女のような人を疑わないタイプは、善人を演じる悪人に騙されやすいという危うさを孕《はら》んでいるが、俺が守ればいい話である。

「伊織兄のヨメさんも、あんな感じだったのかなあ。監禁したくなる気持ち、分かるなあ」

「だから監禁してねえって」

「いや～苦労したけど、執行部入りしたかいがあったなあ」

「……お前さ、一時期、露骨に俺に媚売りながら、当時の舎弟頭《しゃていがしら》の首を狙ってた時期があったけど、もしかしてあれは、椿ちゃんを手に入れるためだったのか？」

「その通りっす！」

「てめえ、神威会の執行部をなんだと思ってやがる。……嫌いじゃねえけどさ、そういうとこ」

はあ、と伊織兄がため息をついた。俺にしてみれば、ヤクザの執行部なんてシノギをそこそこ稼いで組をでかくした奴らが、偉そうにふんぞり返る場所である。

名声が欲しいとか、偉ぶりたいとか、とにかくビッグになりたいとか。

下っ端ヤクザは様々な動機でその地位を目指すものだが、まあどいつもこいつも揃って不純である。本気で『神威会の繁栄のためっ！』なんて思う奴がいるわけない。みーんな、自分の事しか考えてない。それがヤクザという生き物だ。

そんな中で、動機が女。自分で言うのもなんだが、なかなかピュアではないか？

「いいじゃないですか。どうせ前の舎弟頭《しゃていがしら》は接待とごますりしか考えてねえ保身主義だったし。俺の組のほうがずっと稼いでるし」

「ほんと、変なところで有能なんだよな、お前って」

伊織兄が疲れたように自分の首をごきごき鳴らした。

「そういえば北城組って結局、次の組長は誰になったんですか？」

「ああ、まだ暫定だけど真澄が継ぐ事になったよ。葬式の日、本人から直接報告された。一応無難なところだな」

伊織兄が話しながら顎《あご》を撫でる。

「そういや、昨日北城組にお邪魔して、椿ちゃんもらってきたんですけどね」

「もらってきたっていうか、拉致してきたんだろ。絶対本人は納得してないだろ」

「はっはっは。楽しい躾《しつけ》はこれからって事で。それはそうとして、ちょっと妙な空気だったんですよね。真澄は自分が組長になった事を俺に言いませんでしたし。……もしかしたら北城組の内部は、ちょっとゴタついているのかもしれないですね」

「そうだな。色々、あるんだろうさ」

北城の重病が発覚したあと一年足らず……周知してからで言えば、おおよそ半年後に彼は亡くなった。

急すぎる。今まで北城のカリスマで団結してきた北城組にとったら、とつぜん屋台骨がなくなったも同然だ。混乱は避けられない。真澄が組を継いだのも急な話だ。もしかしたらろくに話し合いもしていないのかもしれない。だとすると……

「あの組に関しては、ちょっと気になるところがあってな。ここんところ、微妙に上納金が目減りしているんだ。まだ問題になるような額じゃないけどな」

「そうなんですか？　北城組って、割と手堅い商売していて、収入も安定してますよね」

「ああ、そのはずなんだが。……まあ、真澄が継いだんだ。じきに立て直すだろうけど」

そう言いつつも伊織兄は思案顔だ。何か他に心配事があるのだろうか。

「妙なのは、葬式の日に真澄が俺に『お願い』をしてきたんだ。しばらくの間、北城組を誰が継いだかという話は、公《おおやけ》にしないでほしいってな」

「……どういう事ですかね」

普通は、組を継いだ組長は一番に声を出して主張するものだ。

俺が組長だ俺に従え、と。しかし真澄はそうしなかった。

やっぱり組の内部で何かが起こっているんだろうか。例えば内輪もめとか。

「俺、真澄ってよく知らないんですけど、こう……見た目からして、昔ながらのヤクザって感じですよね」

昨日、北城の屋敷で会った彼を思い出しながら言うと、伊織兄は煙草を取り出しながら軽く笑った。

「あいつがお前と同い年とは思えないよな～」

「……マジで？」

そういえば北城が、真澄を平成生まれと言っていた。……え、マジで？　十歳くらい年上に見えるけど、三十二歳なのか。アイツめちゃくちゃ老け顔じゃねえ？

「実は、北城組顧問の柄本は、お前より年上なんだぞ。あいつ三十七だし」

「俺より五歳も上じゃないっすか！」

インテリヤクザを気取った若造と思っていた。人は見かけによらないなあ。

「まあ、真澄はあんな厳《いか》つい見た目で、しかも腕っ節も強いから、組員も逆らえないみたいだな。しかし……反発は多いと聞いた事がある。真澄は不器用な奴だからな」

「ああ、それは納得」

いかにも口下手そうだった。椿ちゃんとも口喧嘩していたし。

「しばらくはちょっとゴタゴタするかもしれん。そのへんは忍、お前に任せた」

にっと伊織兄が笑みを浮かべる。

なるほど。組織の『枝』のトラブルくらい、舎弟頭《しゃていがしら》なら鮮やかに解決してみせろって事かな。

「了解です。まあ、ヨメの実家の事ですからね。全力で当たらせてもらいますよ」

俺もニカッと笑って、颯爽《さっそう》と九鬼の屋敷を後にしたのだった。

そうだ、お土産にケーキでも買ってみよう。

椿は喜んでくれるだろうか。いや、怒るかな。どっちの反応でも楽しみだな。

俺はケーキを購入し、るんたったーとスキップしたい気持ちを抑《おさ》えつつ、椿との愛の巣というか、我が家に帰る。

さてさて、椿はどうしているかな？

ワクワクしながら玄関扉を開けると――

玄関まで迎えにきたのは、猫のツバキ。にゃーんと鳴いて、その場でお座りした。

「あれっ、ツバキ。椿ちゃんはどうした？」

「にゃー」

なんの事？　と言いたげに、ツバキは首を傾《かし》げる。

……もしかして、さっそく逃げたのか。気が付くと、自分は笑みを浮かべていた。

これだ、これ。こうでなくては。大人しくて従順な女なんてつまらない。もの分かりのいい女なんて求めていない。

俺に物怖《ものお》じせず、萎縮せず、真っ向から反抗するような女じゃないと面白くない。

椿がそういう女であろうという事は、長年の調査で分かっていた。

俺は五年も彼女を放置していたわけではない。探偵を雇って彼女の身辺を調査し、逐一報告させていた。なので、椿の気が強い性格も、責任感の高さも、男に免疫がない事も、すべて分かっている。

その上で、俺は椿をヨメにすると決めたのだ。そして、絶対に惚《ほ》れさせてみせる。

さて、そのためにも、まずは椿を見つけないといけない。

もうマンションを脱出したのだろうか？　しかし、それにしては……

俺は辺りを見回して靴を脱いだ。廊下を歩いて、リビングに繋がるドアのレバーを握る。

「こうして俺がリビングに入るのを見計《みはか》らって……ササッと玄関から逃げるつもりだな、椿ちゃん！」

ダッシュで戻り、今まさにこっそりと玄関のドアを開けようとしていた椿の手を握った。

「ううっ！」

「寝室か、そこの洗面所か。どっちかに潜《ひそ》んでいるだろうと踏んでいたが、まさかシューズボックスに隠れていたとは。猫みたいだなあ」

うちのシューズボックスは玄関一面に設置された嵌《は》め込みタイプで、大人が両手を広げたくらいの幅がある。あくまでシューズボックスなので奥行きは浅いが、俺は靴をそんなに持っていないので、割とガラガラなのだ。中の棚をいくつか外せば小柄な女性なら……まあ、入らなくはない。本当に入ってるとは思わなかったが。

「防犯のため、エレベーターでこの階に出入りした奴は、全てスマホに画像が送られる。だが、そんな画像は一枚も来なかったからな。まだここにいると思ったんだ」

「お金のかかっていそうなマンションだから、当然セキュリティもしっかりしてると思っていたけど……。くうっ、ここで出し抜こうと思ったのにっ！」

椿がとても悔しそうな顔をする。うむうむ、平気で俺に楯突き、喧嘩を売ろうとするところ、大変可愛いぞ。良きかな良きかな。

俺は椿の不満げな顔をたっぷりと愛《め》でて、堪能する。

「そうだ、椿ちゃん。ケーキは好きか？」

「えっ」

唐突な質問に、椿は目を丸くする。

「ほら、お土産だ」

ケーキの箱を持ち上げると、椿はぽかんと口を開けたあと、ぶるぶると首を横に振った。

「た、食べ物で釣るつもり!?　私は別に食べたくないわ！」

「釣るつもりなんてねえけど、食べないのか？」

その場でパカッとケーキの箱を開けてみせる。

椿は覗き込むように箱の中のケーキを眺めて、ごくっと生唾を飲み込んだ。反応が素直すぎてどうしてくれよう。こんなので喜ぶなら毎日でも買ってくるけど？

「椿ちゃんの好みが分からなくて、色々買ってみたんだけど、この中に好きなケーキはあるか？」

「……ぶらん」

めちゃくちゃ小さい声で言うので、俺は「もう一回」と耳を傾《かたむ》ける。

「モンブラン……」

そっぽを向いて、ポソッと答える。

俺はあまりの可愛さに、くらっとめまいがした。

あー、恋ってすごい。人を好きになるってすごい。

愛は最強だった。映画やマンガ、歌ですら、必ず愛が勝つくらいなのだ。人間は愛という感情を強く持っている生き物なのかもしれない。

こんなにも気持ちが昂《たかぶ》る。嬉しくてたまらない。笑顔が見たい。喜ばせたい。

綺麗な気持ちと、汚い気持ちが混ざりあって、頭の中がぐちゃぐちゃになる。

「モンブランか。じゃあさっそく食うか」

「うう……。た、食べ物では絆《ほだ》されないんだからね。例えこれが老舗ホテルの超有名なケーキだったとしても……っていうか、こんな高いケーキ買ってきて何考えてるの⁉」

いきなり怒られた。

確かにこのケーキは、やたら人気があるって聞いた有名なケーキだ。とあるホテルにある三つ星だか何だかのカフェで、ナンチャラカンチャラというフランス帰りのカリスマパティシエが毎日数量限定で出し惜しみしながら売っている。

俺はそのホテルのスイートルームを年間契約しているので、色々と融通が効くのだ。

あ、そういえばあのホテル、そのうち椿を連れて行きたいなあ。

仕事の拠点に便利だから借りてるだけだけど、スイートルームの窓から眺める景色はなかなかのものだ。

あれならきっと椿は喜んでくれるかな。それとも今みたいに、無駄使いするなと怒るのかな？

どちらにしてもワクワクしてしまう。

椿はブツブツ文句を言いながらも、紅茶を淹《い》れてくれた。

カウンターの椅子に座って、二人でケーキを食べる。

終始ムスッとした顔をしていたが、モンブランを口に頬張る椿の横顔はほんのり嬉しそうで、ケーキを呑み込む時は口元が緩んでいた。

俺はそんな彼女を眺めるのに必死で、ケーキの味がさっぱり分からなかった。

第三章

拉致されて、三日目の朝が来た。

忍さんは昨日、私とケーキを食べた後、仕事が残っているからと言ってふらりと出ていった。そんな忍さんが大きな段ボールを抱えて「ただいま！」と帰ってくる。

「お、おかえりなさい」

脱出を図《はか》ろうとあれこれ計画を立てていた私は慌てて出迎えた。

「いやあ重かったー」

どすっと段ボールを床に置いた忍さんは、額の汗を拭《ぬぐ》う。

「これ、何？」

「椿ちゃんの私物だよ。さっき真澄から預かったんだ」

私はガムテープを剥《は》がしてパカッと段ボールを開ける。確かに、中には私の服や、部屋に置いていた雑貨が入っていた。

「ありがとう。さすがに重かったよね」

ロビーで呼んでくれたら私も運んだのになあと思いながら、お気に入りのマグカップやペンケースを出していると、忍さんが肩をゴキゴキ鳴らしながら「そうだなあ」と、床にどっかり座る。

「このサイズの段ボール五個運んだからな。さすがに重かった。ハハハ」

「ほんと、そういう時は遠慮しないで私を呼んでほしい。自分の荷物は自分で運ぶし」

「ヨメさんにそんな事させられねえよ。残りの段ボールは玄関の外に置いてるから、後でまとめて寝室に置いておくぞ」

「……ありがとう」

本当に調子が狂う。あまり私に親切にしないでほしい。こちとら逃げる気なんだから。

「そういえばさあ、コレ見てくれるか？」

お茶でも淹《い》れてあげようかと、キッチンに移動してお湯を沸《わ》かし始めていたら、後ろから忍さんがついてきて、スマートフォンを見せてきた。

「ん、何これ。……家具？」

「そう。ここのリビング、何もないだろ？　俺は平気だけどさすがに椿ちゃんはくつろげないだろうし、欲しい家具があったら、カートに入れるってボタンを押してほしいんだ。ちなみにテレビを買うのは決定してるぞ」

私は黙って忍さんのスマートフォンの画面を眺める。

あ、この家具、前に見かけて好きだと思ったメーカーだ。デザインがシンプルで、材質にこだわりがあるところが好印象だったんだよね。

ふうん、私と忍さん、家具の趣味が合うんだ。

思わずジーッとスマホを凝視していると、お湯が沸《わ》いた。私はハッと我に返って、茶葉を入れた急須にお湯を注ぐ。

「わ、私に選ばせないでよ。まだここに住むって決めたわけじゃないんだからね」

「そんな冷たい事を言うと、俺、ここで泣いちゃうぞ」

「泣くな！」

本当にこの人、私より年上なの？　言う事が子供っぽいんですけど！

はあ、本当に調子が狂う。

「逃げる算段を立てるなら尚更、くつろぎスペースがないとダメだろ。緊張していては、いいアイデアも思い浮かばないぜ」

後ろからぎゅっと私を抱きしめて、耳元で囁く。

「ええい、くっつくなー！」

私が喚《わめ》くと、次はツバキが私の脚にすり寄ってきた。

「あう……！　ツバキはいいのよ。いっぱいくっついてね」

「差別だー」

「区別です」

こぽこぽと湯のみにお茶を淹《い》れながら断言する。猫は特別な存在なのだ。猫には全てを許すけど、人間は許さん。

「はい、お茶よ」

湯のみを渡すと、忍さんは嬉しそうに受け取る。

「優しいな、椿ちゃん」

「そういうんじゃないの！　荷物運ばせて申し訳なかったなって思ったから、そのお礼！」

自分の湯のみを持って、私は即座に否定する。

忍さんはくすくす笑って、お茶をすすった。

「今日は昼までここにいるから、家具決めてくれよ。俺は、椿ちゃんが心からくつろげるものを買いたいしさ」

「う……」

なんでそんなに気を遣ってくれるんだろう。私はこんなにも忍さんとの結婚を拒否して、逃げる事ばかり考えているのに。

なんだか私がいけない事をしているみたいだ。

彼の気持ちを無碍《むげ》にしているようで、心の据《す》わりが悪くなる。

「わ、分かったわよ」

私は早口でOKした。家具を決めるくらい、別にいいかと思い直した。

確かにリビングルームは何もなさすぎて落ち着かなかったし、ここはお言葉に甘えさせてもらおう。

私はカウンターでお茶を飲みながら、好きな家具を選んだ。

忍さんはそんな私の隣に座って、なんだか幸せそうな顔をしていた。


……あれから、二日経った。

秋國忍が所有するマンションはまるで堅牢な砦で、あれこれ脱出作戦を考えては失敗に終わっている。私はリビングのソファに座ってむうと顔をしかめた。

ちなみに、この部屋の様子はすっかり変わっている。先日家具を決めたあと、その日の夕方に、組員さんが運んできたのだ。何もかもフットワークが軽すぎて、驚いてしまった。

テレビに、小さいローテーブル。ふわふわのラグマット。そしてソファ。

冷蔵庫には常に食べ物が入っているし、洗濯機もある。もちろんお風呂もある。ここで生活するのに不便なところは、ひとつもなくなってしまった。

私が過ごしやすいようにと、忍さんも色々気遣ってくれているのはありがたい。

でも私はやっぱり、北城の屋敷に帰らなければならないのだ。

この際真澄さんに邪険にされても構わない。私物の入った段ボールには、一番大事なものが入ってなかった。あれは何としても取りに行きたいのだ。もし捨てられていたらどうしよう……さすがにそれはないと思いたいけど。

ソファに座って顔をしかめていたら、膝にぴょんとツバキが乗っかった。ふんわりしてつやつやした背中を撫でてみたら、みるみる心が癒やされる。ほんと、ツバキだけが心の救いになってるなあ。

しかし、それにしても忍さん。猫に私と同じ名前をつけるとか、嫌がらせなのだろうか？

「はあ、今日はどうやって脱出しよう。とりあえず、偵察してこようかな」

私は立ち上がって、ツバキをソファに置く。そして玄関から外に出た。

私は何もあの部屋に監禁されているわけではない。どちらかといえば軟禁なのだ。忍さんからも、このマンションの中なら自由に出歩いていいと言われている。

ならば、そのまま外に出てしまえばいいではないか。……そんなの、拉致された日の夜にやった。

なんとロビーの玄関は、外側からも内側からも鍵がかかっていたのである。このマンションに住むのは全て秋國組の組員。例外はないので、みんなロビーの鍵を持っているのだ。

ここはマンションであってマンションではないのだろう。堅牢な門に閉ざされた北城の屋敷と同じ――いわば砦だ。外部から簡単に侵入できないように、また、もし侵入されても逃さないように、普段からきっちり施錠されているのである。

それで他に外へ出る道はないかとマンション中を練《ね》り歩いたのだが、これがまた恐ろしいほど外部と遮断されていた。マンションの廊下も階段も、天井と壁は硬いコンクリートで覆われていて、猫が一匹入れるか程度の通気口があるくらいである。非常口は見つけたけど、当然のように施錠されていた。

想像以上に堅牢である。唯一、私が外の空気を吸えるところは、忍さんの部屋の窓、そしてベランダだった。

ちなみにベランダから逃げるのは、今のところ最終手段である。なんせ二十二階建ての最上階だ。万が一落ちたら即死である。パラシュートを使えばなんとか下りられそうな気もするけど、もちろんそんな便利な道具は見当たらない。

一度目の脱走はマンションのロビーで足止め、二度目の脱走は部屋の玄関で捕まった。三度目はロビーの影に隠れて組員がドアを開けた瞬間に出ようとしたのだが、まあ当然、捕まるよね。

そんなわけで、次は四度目の脱走を図《はか》るのだ。

幸い、忍さんは出かけている。というか彼は、私がここに来てから一度も自分の部屋で寝ていない。昼もほとんど出かけている。もしかしたら、本当に忙しい人なのかもしれない。いつもへらへらしてて、どうにもしっかりした人ってイメージからほど遠いけど……あれでも一応神威会の舎弟頭《しゃていがしら》だし。

たまに帰ってきた時は、毎回しつこいくらいに『何か足りないものはないか、欲しいものはないか？』と質問攻めにされる。彼は本当に私と一緒に住むつもりのようで、私が快適に生活できるようにと常に気を配ってくれている。

私としては逃げる気マンマンなので、そこまで気を遣ってほしくないと思っている。だけど、あの人の私を優しく見つめる瞳にはどうにもドキドキして、妙な罪悪感まで湧き上がってしまって、本当に調子が狂う。

だから、忍さんが忙しい今がチャンスなのである。彼がいないうちにとっとと脱走しないと、なんだか深い沼に落ちてしまいそうな、不思議な危機感があるのだ。

エレベーターで一階のロビーまで下りる。他の階は全部同じ間取りで、完全に外部と遮断されていた。となると結局のところ、外に繋がる唯一の場所といえば、ここしかない。

ロビーの壁には住民用のポストが並んでいた。近くに、使い古された黒い革の長ソファとテーブルが置いてあって、私はそこにドサッと座る。

そしてテーブルに肘《ひじ》を乗せて頬杖をついていると、エレベーターがチンと鳴った。

「あれっ、ヨメさんだ」

「今日は早いっすね～」

二人組の組員がやってきた。そういえば、昨日もこの二人に会った。私がロビーに潜《ひそ》んで解錠を待っていた時、今日みたいに声をかけられたのだ。

「おはようございます。その、ヨメっていうのやめてください」

「あはは。相変わらず、秋國さんのヨメになるのは嫌なんですね～」

「総長も可哀想に」

二人は明るい調子で笑う。年齢は、私よりやや上という感じだろうか。他の組員とも、ロビーでちょこちょこ話したけれど、秋國一家は全体的に年齢層が若い感じだ。総長である忍さんが、組長にしては若いせいかな。

「言わせてもらいますけど、あなた方だって、私みたいなのが総長の妻になるのは嫌でしょう？」

ムッと唇を尖《とが》らせて問いかけると、二人は不思議そうに顔を見合わせる。

「え、何でですか？」

「意味分かんないっす」

私は更に顔をしかめる。

「私は北城組、前組長の娘です。北城組は秋國一家と懇意《こんい》にしていたわけでもないし、いわば私は『余所者《よそもの》』じゃないですか。そんなのが我が物顔でマンションの中をうろうろしていたら、目障りじゃないですか？」

そう言うと、二人は目をまるくして「どわははは」と大声で笑い出した。何で笑うのか、私にはまったく分からない。

「いやいやそんな、俺達そこまで心狭くないですよ」

「それに我が物顔でうろうろって……クク。もしかしてそれ、昨日一階から最上階まで階段使いながら練《ね》り歩いて、どこかに出口はないかって壁を叩いて歩き回っていた時の事を言ってるんですか？」

「うう……。そ、そうですよっ！」

まったくその通りの事をしていたので、私は恥ずかしさに顔を熱くしつつ、早口で言った。

「いや、こう、無駄な足掻《あが》きが面白いなあと思って見守っていましたけどね～」

「あんまり見ると、秋國さんにバレた時に目でも抉《えぐ》られそうだから、みんな見て見ぬフリをしてましたけど、壁を叩いて歩くヨメさん可愛かったですよ」

「可愛いって言うなー！」

私が怒り出すと、二人は楽しげに笑う。

「ここは総長自らデザインしたマンションだけあって、かなり頑丈に作られているんです。そこのロビーのドアも防弾ガラスの特別製だし。割って出るってのも難しいですね」

「外からの侵入が絶対できないよう、廊下はコンクリートで覆われているし、放火されても大丈夫なように、あちこちに耐火設備がついてるし。まさに要塞ですね～」

「くっ、まさにヤクザの砦……。そ、そういえば、そこにポストがあるけど、配達員はここまで入れるって事なんですか？」

尋ねると、組員の一人が「いえ」と首を横に振った。

「ここのポストは、組員同士でブツを受け渡しするためのもので、宅配関係は、外に専用の宅配ボックスがあるんですよ」

ブツ……って。一体、何のブツなのだ。いや、どうせろくでもないものだろうから、知りたくないな。

「宅配ピザとかは、ロビーの外で受け取りますし、基本的に外部の人間は中に入れないようになってんですよね～」

やっぱり、そういう感じか。ヘラヘラしてゆるゆるした感じの総長だったけど、セキュリティ意識はしっかり持っているようだ。

「意外としっかりしてる人なんだって分かったのはいいけど、それだと私、本気で脱走できないじゃない……！」

頭を抱えると、組員達がアハハと笑い出す。すると、再びエレベーターがチンと鳴って、新たに組員が三人、やってきた。

「あれ、お前ら、ここで何やってんだよ」

ジャージ姿で先輩らしい大柄な人が、二人の組員に話しかける。

「仕事に出るとこなんですけど、その前に、ヨメさんの脱走計画を聞いているんです」

「おお～！　また脱走を図《はか》るのか。いや、そこのロビーの裏に潜《ひそ》んでるのを見た時は、マジで噴《ふ》き出したけど！　ここに来て初日の夜に逃げ出そうとするなんて、なかなか肝が据《す》わってるよなあ、ヨメさん」

「だ、だから、私をヨメさんって呼ばないでください」

まだ結婚するなんて認めてないのだ。向こうが一方的にそうしようとしているだけなのだ。

「ほんと、こういう反骨精神の強いところ、いかにも総長が気に入りそうですよね～」

ジャージの組員の後ろにいた組員が腕を組んで頷いている。

「うんうん。総長は反抗されるの大好きだからな」

「むしろ嫌がれば嫌がるほど喜ぶっていうか。反逆されて苦労するのが好きなんだよな」

私はその言葉を聞いて眉をひそめた。

「え……もしかして、忍さんって……マゾなんですか？」

嫌がるほど喜ぶとか、苦労するのが好きとか、すごくマゾヒストっぽい。

すると、組員達はドッと笑い出した。

「マゾ！　そうそう、総長ってすげーマゾなんだよな。殴られても喜ぶしさ～」

え、本物のマゾなの？　真澄さんだったら、殴られたら即座に怒り狂うところだ。

「ヨメさんにいい事教えてやろう。総長はマゾだけどサドでもあるんだよ」

ジャージの組員が指を振って教えてくれる。私は意味が分からず、首を傾《かし》げた。

「つまり殴られたら嬉しいのは、そのあと思いっきり反撃できるから、という感じなんだ。反抗も、その反抗をあの手この手でねじ伏せるのが楽しいんだよ」

「逆に嫌いなのは退屈と従順。つまらない奴だと判断した途端、あの人は……結構怖いんだぜ」

別の一人が脅すように声を潜《ひそ》めて言った。

私は意図がよく読み取れず唇をへの字にする。

「よく分からないけど、つまり、私がつまらない人になったら、あの人は私への興味をなくすって事ですか？」

そう言うと、周りが「そうそう」と頷いて、楽しそうに笑った。

「でも、脱走を企《たくら》む時点で間違いなく、総長にとってヨメさんは面白い人だよ」

……やっぱり、意味が分からない。

でもちょっとだけヒントになった気がする。ここから自力で脱出するのが不可能でも、私に対する謎の執着さえなくなれば、ここから追い出される可能性があるって事だ。

つまり……忍さんに嫌われる努力をすればいいのかも。

問題は、どうやったら彼が私を嫌うかだ。彼にとってつまらない人ってどんな感じなのかな。

「ええっと、この際はっきり尋ねますけど、忍さんに嫌われるにはどうしたらいいんですか？」

すると、組員達がげらげら笑い出した。この人達、さっきから笑ってばっかりなんだけど！

「すげえ。そこまでして総長のヨメになりたくないのか〜」

「女にここまで嫌われてる総長、初めて見たよ」

「しかもそれが本命っていうな。不憫《ふびん》すぎて笑いが止まらねえ。腹いてえ！」

そんなに変な事を聞いたかな。

まあ確かに……忍さんは、顔の造りは悪くないし、真澄さんみたいに厳《いか》つくもない。ガラもそこまで悪くない。隻眼《せきがん》というのは迫力があるけど、基本的にニコニコしてるし、全然怖くもない。だから女性の人気は……もしかしたら高いのかもしれない。

ヤクザというのは、一部の界隈に限られるものの、女性に人気がある……と、北城の屋敷で組員が話していた。もちろん下っ端じゃなくて、高い立場の人に限定されるけど。

しかし本人には悪いけど、忍さんは私の趣味じゃない。

そりゃ、少しは恰好良いと思わなくもないけど、何よりやり方が強引すぎる。まあ、優しさや気遣いは……あるけど……ううん。そうじゃない！　私はとにかく北城の屋敷に帰って、色々しなくてはいけない事があるのだ！

「ふぅむ。でも、逆に言うなら、好かれる努力をしたら嫌われるんじゃねえですか？」

はたと気づいたように、後ろに立っていた組員が呟いた。

「どういう意味だよ」

ジャージの組員が尋ねる。

「ほら総長って、媚《こ》び売られたり、ゴマ擦《す》られたりするの、嫌いじゃないですか。女にやたらボディータッチされたり甘えられたりすると、鬱陶《うっとう》しそうにしてたし」

「あ～あ～それ、あるな～」

全員が同意するように頷いた。

「つまり……普通の男の人なら喜びそうな事が、忍さんは嫌いっていう事ですか？」

私が尋ねると「そうそう」と言われる。

「基本的にあの人、あまのじゃくだからさ」

「嫌われると喜ぶし、好かれると嫌うんだ。結構めんどくさいんだよな～」

「俺達組員も、下手に馴れ馴れしい態度取ると嫌そうな顔をするし、かといってドライに徹すると『つまんねえ』とか言って足蹴りするし」

「ま、それでも、基本的に退屈しない人だから、俺達も総長についてってるんですけどね」

皆が楽しそうに笑う。私は「そうですか」と相槌《あいづち》を打ちながら、頭の中では必死に思案を巡らせていた。

――よし、決めた。

自力での脱出が難しいなら、彼に追い出される作戦で行こう。とことん嫌われて、私への興味をなくさせて、ポイッと捨ててもらう。そうしたら、私は堂々と北城の屋敷に帰る事ができる。

部屋に戻ると、玄関でツバキが出迎えてくれた。私は抱き上げて「ただいま」と声をかける。

ツバキと別れるのは寂しいけれど……こればかりは仕方ない。

今度忍さんが部屋に帰ってきたら、その時こそ勝負をかけよう。

「全力で、彼に嫌われる努力をするのよ！」

ツバキに意思表明すると、ツバキは「にゃー」と鳴いた。

「とにかく、普通の男なら喜ぶような事をすればいいのよね。媚《こ》びを売る。ゴマを擦《す》る。そしてボディータッチして……甘え……る……」

口にするごとに、私は不安になってきた。

よく考えてみたら、そんな事、私にできるのだろうか。男性と話す機会なんて、北城組の組員以外ほとんどない。たまにあっても、父に促《うなが》されて挨拶するくらいだった。

学校ではボッチだったし……

「そうだ、テレビ！」

私はソファに座ってツバキを膝に乗せると、さっそくテレビの電源を入れた。

このテレビはインターネットに繋がっていて、配信サイトの動画視聴もできる優《すぐ》れものなのだ。ドキュメンタリーからドラマ、映画、アニメ、何でも見放題である。

これだけ選択肢があれば、参考になる番組もあるだろう。

私は色々視聴してみて『特番キャバクラ嬢！～眠らない街で舞う夜の蝶～』というドキュメンタリー番組を発見した。更に『目指せ愛され妻♡夫に好かれる絶対要素』という謎の番組も見つけて、ガッツリ学習した。

そしてその日の夜。私が虎視眈々《こしたんたん》と待ち構えているところに、忍さんがのこのこ帰ってきたのだった。

「ただいまー……」

ガチャリと玄関扉を開けたところで、私は玄関にダッシュで向かう。後ろからツバキがにゃんにゃんと追いかける。

「おかえりなさい！」

愛され妻のテクニック百条。笑顔でお出迎え。

私はちゃんと笑顔を浮かべているだろうか。若干唇の端が引きつっているかもしれない。ダメダメ、私は彼に嫌われなければならないのだから、忍さんが思いっきり嫌悪するような媚《こ》び媚《こ》びのぶりっこ笑顔でいなきゃ！

……さすがに忍さんも、私の変貌には驚いたようだった。余裕ぶった笑みがなりを潜《ひそ》め、片目を丸くしてびっくりした顔をしている。そしてちょっと身体が引いていた。

よし！　掴みはオッケーっぽい。ドン引きって顔してるもの。

「椿ちゃんどうしたの？　すごい機嫌いいね」

しかし忍さんは一筋縄ではいかなかった。すぐにいつもの調子を取り戻し、ニヤニヤした笑みを浮かべて私に声をかける。だが、私だってこれくらいであっさり勝てるとは思っていない。

ぐっと気合いを入れると、私は忍さんの腕をぐいっと引き寄せた。

次はキャバクラ嬢の常套《じょうとう》手段。ボディータッチだ。自然を装って、露骨に彼の腕を自分の胸に押しつけるのがワザである。

「しっ、忍さんが帰ってくるのを、待ってたの！　どこに行ってたの？　寂しかった！」

若干声がうわずっているかもしれない。あと、自分で言うのもなんだけど、セリフが棒読みな気がしてならない。

大丈夫かな？　大丈夫よね。おっぱい押しつけてるし、いけてるよね。

「……へえ」

忍さんの隻眼《せきがん》が妙に底光りした。笑みが深くなり、凶悪に唇の端を吊り上げる。

……今の笑みは何？　意味深っていうか、嫌な予感がするんだけど。もしかして、これが嫌われているって事？　私は露骨に甘えているし、彼は現在進行形で私に落胆しているのかな。それなら問題なしだよね。

しかしそれにしては、やけにゾワゾワするというか、奇妙な悪寒がする。

内心怯える私をよそに、忍さんはにっこり笑顔になった。

「いやあ、しばらく留守にしてすまなかったな。大事な調べものとか、経営してる会社の視察とか、色々面倒な仕事を片付けていたんだ」

「そうなんだ――あっ、お、お仕事お疲れ様！　ええと……一生懸命上納金稼いでる忍さんって、すごくかっこいいと思うわ。よっ、日本一！」

ありったけの語彙力を集約して、必死にごまを擦《す》った。すると忍さんはいきなりお腹《なか》を抱えて「ははははっ！」と笑い出す。

……え、私……間違ってた？　今のは笑うところではなく、鬱陶《うっとう》しそうな態度を取られなきゃいけないはずなんだけど。

戸惑う私をよそに、忍さんはツバキを抱っこしてリビングに入って行った。やけに上機嫌に見えるんだけど、大丈夫かな？

ええと、次は何をやって嫌われようか。確か、愛され妻テクニック百条に、ちょうどいいワザがあった気がするんだけど。

「何か難しい顔してるけど、どうしたんだ？」

キッチンでツバキ用の猫缶を開けながら、忍さんが尋ねる。

「えっ、い、いや、なんでも、ないわよ」

ごまかし笑いをしてから、ハッと思い至った。そうだ、アレをやってみよう。

私はサッと忍さんから離れると、軽く膝を曲げてお腹《なか》に力を入れる。そして空手の正拳突きの要領で、ドスッと彼の胃あたりに手刀を入れた。

「とりゃあ！」

「おお!?」

忍さんがびっくりした顔をする。

愛され妻テクニック百条、胃袋を掴む！

……本当に世の中の男性は、こんなのでコロッとなっちゃうものなの？　別の意味で殺《ころ》ッとなりそうだけど、それは違うような気がする。

ところで胃袋ってこのへんだよね。掴む……どうやるんだろう。

私が忍さんのお腹《なか》の上で手をねじねじ動かしていると、心底不思議そうな様子で忍さんが首を傾《かし》げた。

「突然のみぞおち突きに驚いたが、もしかして新しい護身術でも披露したかったのか？　しかし大の男を相手にするなら、もっとこう、ゴスッとやらないと効かないぞ」

「い、いや、これは護身術じゃないのよ」

胃袋を掴むのは、どうやら効果がないようだ。というかこれは、どう考えても物理攻撃だし、私の勘違いという可能性のほうが高い。

「今日の椿ちゃんは本当に面白いな。ほら、ツバキ、お前の大好きなマグロ味の猫缶だぞ～」

どこか楽しそうな様子で、忍さんがツバキにごはんをあげている。

はむはむとおいしそうに食べている可愛いツバキを見つめながら、私は腕を組んで考えた。

次はどうしよう……。今のところ、嫌われているのかそうでないのか判断がつかない。

そして、いまひとつ決め手に欠けている気がする。

じりじりと焦りのような気持ちが心に立ちこめた。

あと残されている手は……愛され妻……キャバクラ嬢の必殺テクニック……

「あっ！」

「え？」

突然ひらめいた私に、忍さんが隻眼《せきがん》を丸くする。

「お酒が飲みたい！」

そう。必殺色仕掛けだ。お酒の力を借りて甘えまくってベタベタしたら、絶対に嫌われる。そういうのが嫌いって、ここの組員さんも言っていたもの。

しかしこれは最終手段だった。できれば使いたくない手だった。

だって、いくら策とはいえ、忍さんにベタベタくっついて甘えたりするなんて……なんか、私の信念に反するというか、すごく屈辱的だったのだ。

しかし背に腹は代えられない。それに考えようによっては忍さんを酔い潰して、その隙に逃げるという手だってある。彼は間違いなくロビーの鍵を持っているし、ポケットを漁《あさ》れば見つかるだろう。

「酒かあ。まあ、色々あるけど」

そう言って、忍さんはキッチンの戸棚に目を向ける。

「でも俺、ビール以外は基本的に蒸留酒ばっかりなんだよな。でも今はビールが切れてるし、椿ちゃんが飲めそうな酒は……」

うーん、と唸《うな》りながら戸棚を開けたり、冷蔵庫を開けたり。

「おっ、未開封のオレンジジュース発見。そういや、伊織兄にもらったんだった」

冷蔵庫から取り出したのは、瓶詰めのオレンジジュース。

「国産オレンジ使用の、百パーセントフレッシュジュースだってさ。普通に飲んでもウマイやつだな」

「あっ、それ。私も飲んだ事ある。時々、お父さんがもらってたわ」

いわゆる高級ジュースってやつだ。値が張るし、賞味期間も短いけど、その分すごくおいしい。

「割り材をコレにしたら、椿ちゃんでもいけそうだな。じゃ、これで軽く飲むか」

「う、うん！」

私は勢いよく頷く。大丈夫よ、問題ない。お酒なら時々、缶のチューハイとか飲んでたし。ちびちび飲めば、そうそう酔っ払う事はないはず。

「何で割ろうかな～。ってジンかウォッカしかねえな。どっちがいい？」

「うーん……。どっちでもいいかな」

正直、どっちもアルコール度数が高いイメージしかない……。本当に大丈夫かな。不安になった私は慌てて注文を追加した。

「あっ、その、お酒は薄めでお願い！」

「おう任せろー」

忍さんは楽しげに返事して、ロンググラスに氷をポイポイ入れると、ジンをどばーっと入れた。いや、入れすぎじゃない？　こんなものなのかな？

「ジンをオレンジジュースで割ると、オレンジブロッサムってカクテルになるんだぞ。

この酒がウォッカになるとスクリュードライバーになる。ベースの酒でカクテルの名前が変わるのっておもしろいよな～」

「そ、そうだね～」

忍さんがうちに帰ってきてから、色々試しているけど、順調だろうか。私への好感度はダダ下がりだろうか。そんな風には見えないけど、彼は元から常にヘラヘラ笑ってる人だし、内心はらわたが煮えくりかえっているかもしれない。

……そうだといいんだけど。

私は不安な気持ちのままソファに座って、彼に勧められるまま、カクテルを飲んだ。


そして一時間後――

「まあ～飲め！」

すっかり酔っ払って気が大きくなった私は、忍さんのグラスにジンを注いでいた。

ツバキはおいしい猫缶を食べておなかいっぱいで満足になったのか、ふわふわしたラグの上で横になり、くうくうと寝ている。

忍さんは苦笑いでグラスを受け取り、ごくごく飲んだ。どうでもいいけど、ジンってごくごく飲むお酒じゃないよね？　そして、顔色ひとつ変えない彼はバケモノなのか？　それとも本当は酔っ払ってるけど顔や態度に出ないだけなの？

私は今まで、あまりたくさんのお酒を飲んできたわけではなかったので、自分が酔っ払うと具体的にどうなるのか、よく知らなかったけど……

実は自分でもドン引きしてしまうほどの、カラミ酒であった。

しかし酔っ払ってしまうと自分が止められない。あと、オレンジブロッサムがすごくおいしい。ごくごく飲めてしまう。

「そっちもなくなったか。おかわり入れるか？」

忍さんが新しいオレンジジュースの瓶を持ってくる。私は「うむ」と鷹揚《おうよう》に頷き、テーブルにグラスを置いた。

自分で言うのもなんだけど、神威会の幹部相手にとっても偉そうな態度である。やはりこれは順調に嫌われつつあるのではないか？　これが真澄さんだったら『目上のもんには敬語使わんかい！』ってカミナリ落としているところだもん。

「ありゃ、つまみがなくなったな。椿ちゃんって、ナッツが好物なのか？」

「うー、どうかなあ。でも昔から、お父さんのお酒のおつまみを食べるの好きだったの。ナッツもだし、チョコレートとか、スルメとか」

「ははは。つまみの味は、小さい頃から慣れ親しんでたわけだ」

そう言いながら、忍さんはオレンジブロッサムのおかわりを手際よく作って、冷蔵庫から生ハムやチョコレートを持ってきてくれた。本当に舎弟頭《しゃていがしら》なのかなって思うくらい、かいがいしく私の世話を焼いてくれる。そういえば、私が住みやすいようにって、ソファやラグも用意してくれたし、基本的に忍さんは親切な人なのかもしれない。舎弟頭《しゃていがしら》になれたのも、こんなふうに幹部のお世話をしてたからかも。

「そんな事より忍さん！」

もう何杯目か分からないカクテルをごくっと飲んだ私は、完全に据《す》わった目で彼を睨《にら》む。ストレートでジンを飲む忍さんは「ん？」とこちらを向いた。

「忍さんって、甘えられたり、ボディータッチされるのが嫌いなんでしょ？」

「誰から聞いたんだ。……って、うちの組員に決まってるよな」

忍さんは小さくため息をついて、チョコレートをひとつ摘《つ》まんだ。

「それから叩かれると喜んで嫌われると嬉しいマゾなんでしょ？」

「うん。そんな事言いやがった組員の名前覚えてるか？　教えてくれると嬉しいな」

ニッコリと忍さんが満面の笑みを見せた。背後に禍々《まがまが》しいオーラのようなものを感じるのだが、気のせいだろうか。

「それはともかく！　つまりこういう事されるのが嫌なんだよね？」

私はぎゅっと忍さんの腕を抱き寄せた。胸で挟んでいるような気がしなくもないが、嫌われたいならこれくらいしないとダメなのだ。

忍さんが訝《いぶか》しむような表情に代わり、私を見つめる。

何を考えているのだろう。やっぱり、嫌だなって思ってる？

「それくらいのスキンシップでは、なかなか嫌にはならんな。もっと露骨なものになると、さすがに嫌になるけど。セクハラとかな」

「セ、セクハラ⁉ 忍さんが、セクハラの被害に遭《あ》うの⁉」

「そんなに驚く事か？ まあ意外かもしれんが、あるにはあるぞ。向こうは俺が喜ぶと思ってやってるのかもしれんが、俺は好きでもない相手に触られても、嬉しくもなんともない」

な、なるほど。もっと露骨に……セクハラしないと嫌ってくれないんだ。

でも、どうやったらセクハラになるんだろう。

「あの……忍さん」

「何だ？」

「女性に対してのセクハラはなんとなく分かるんだけど、男性に対してのセクハラって、具体的にはどういう感じなの？」

分からないなら、本人に聞くしかない。

忍さんはこくりとグラスを傾《かたむ》けて「そうだなあ」と天井を見上げる。

「自分の胸を揉《も》ませたり」

……え？

「あとは、本当に露骨なのだと、俺のモノを触ってきたりする」

まっ、待って。そんな事までしないと、セクハラにならないの？

しかしよく考えてみたら納得できる話だ。いきなりそんな事をされたら、男性だって嫌だよね。私だって見ず知らずの男性に身体を触られたら嫌だもの。

そうか……ならば！

私はぐびっとカクテルを飲み干し、ガシッと忍さんの手を掴んだ。そして勢いに任せて彼の手を自分の胸に押しつける。

チラ、と目線を上げてみたら、忍さんは静かに私を見ていた。笑ってはいないけど、怒ってもいない。無表情で、感情が読めない。

なんとかして嫌われなくちゃ。このマンションから追い出してもらわなきゃ。

私は恥をかなぐり捨てて、精一杯甘えた声で言った。

「も、揉《も》んで……いいのよ」

どうだ。我ながら媚《こ》びまくりの声だと思う。単に酔っ払っていて、舌が回っていないだけかもしれないが。

じっと忍さんを見つめていると、彼は難しい顔をして「うーん」と顎《あご》を触る。

「服の上から揉《も》めと言われても、ふーんって感じだけどな」

と言いつつ、手をわきわきと動かした。

うう、この状態でも充分恥ずかしいのに、これ以上やらないとダメなのか。

「ほら、椿ちゃんの胸なら、先日たっぷり生で触ったし。今更〜って感じもする」

ムカッ。

人の乳房を問答無用で触りまくったのはそっちのくせに。なんて失礼な奴だ。

「あっそう！　じゃあ脱いでやるわよ！」

私の本気を見て恐れ戦《おのの》くがいい。私は着ていたカーディガンとカットソーをばばっと脱いで、ブラも取り払った。

「ほら！　揉《も》んでみなさいよ！」

再び彼の手を掴んで、べちっと胸を押しつける。

くっくっと忍さんが笑った。

「そんな喧嘩越しで揉《も》めと言われたのは初めてだなあ」

「こうやって揉《も》ませたら、私の事嫌いになるんでしょ！　だから揉《も》め！」

私はもう片方の彼の手も掴み、反対側の乳房に触れさせた。

「これでは嫌いになれない。もっと露骨に誘わないと」

「え……」

「具体的に、どんな風に弄《いじ》ってくれとか、色々注文されるのは嫌になるかもなあ」

忍さんが口角を上げ、チラと意味ありげに私を見た。

ぐ、具体的にって。……注文？　ええと……揉《も》む以外だと……えっと。

私は先日の事を思い出した。ここに連れられてきて、躾《しつけ》と言われてアレコレされた時の事だ。

そういえば……あの時は、とても楽しそうに私に触れていたけれど、今は嫌なのかな。

自分からするのはいいけど、言われてやるのは好きじゃないって事なのかな。

「ち……」

「ち？」

口に出そうとすると、羞恥のあまり、顔から火を噴《ふ》きそうだった。

こんなに恥ずかしい事を言わないと、嫌ってくれないの？　忍さんに嫌われるって、なんて大変なんだろう。

「乳首……つねったり、ぐりぐりって、擦《こす》ったり……して、いい、から」

うう、恥ずかしすぎる！

本当に嫌がってるよね。好感度、下がってるよね？

「他には？」

「他あ!?」

まだ言わないといけないの？　もしかして忍さん……私をいじめてない？　気のせい？

唇をぎゅっと引き締《し》めて見上げると、忍さんは隻眼《せきがん》を薄く細めて、私を見ていた。

その目が妙に冷ややかで、ぞくっと悪寒が背中に走る。

……こんなに感情のない冷たい目をしているんだもの。私の目論見《もくろみ》通りって事だよね、多分。

ごくっと生唾と共に恥じらいを飲み込み、私は彼に甘えた声を出した。

「その、な、舐《な》めたり……、ちゅって吸ったり、とか、して……」

こんなに恥ずかしい目に遭《あ》うのは、生まれて初めてかもしれない。

羞恥に耐えきれなくて唇を噛んでいると、忍さんは「へえ」と言った。

「意外。ちゃんとおねだりはできるんだな」

まるで見損なったと言っているかのように、鼻で嗤《わら》う。

嫌われたかな。そろそろ追い出してもらえるかな?

それを望んでいるはずなのに、心のどこかがチクンと痛んだ。

どうしてだろう。人に嫌われるなんて……いつもの事なのに。私はいつだって誰かに嫌われていた。クラスメート、教師、習い事で会う人。むしろ全面的に好いてくれたのは父くらいなもので、真澄さんには邪険に扱われていたし、柄本さんは優しいけど、それは組長の娘だからだ。他の組員も同じだろう。

だから、忍さんに嫌われても問題ない。そもそも私はこんな結婚、ひとつも納得してないんだから。それよりも、やらなくてはいけない事があるんだから。

「し、忍、さん。私の事、嫌いになった？」

確認するために、小声で尋ねる。ここで彼が頷いたら、私の勝ちだ。

それなのに、忍さんは――私の胸をぎゅっと掴んだ。

「いや」

え――

「さっきからめちゃくちゃ可愛いなあとは思ってるが、嫌うなんてとてもとても」

私は目を丸くした。

「ま、待って。話が違――ンぁんっ！」

話している途中で乳首を抓《つね》られ、私は高い声を上げてしまう。

「自分から服脱いでさあ、揉《も》んでくれだの、擦《こす》れだの」

言いながら、忍さんは指で乳首を摘《つ》まんだまま、こよりを作るように擦《こす》った。

「ふっ、ンンっ、あっ」

「吸えとかも言ってたっけ。ちゅーって吸ってってって」

「ちが、それは……！」

ふるふると首を横に振ったが、忍さんは身体を少しかがめて、私の乳首に吸い付いた。

ちゅっと音がした途端、びりびりと痺《しび》れるような感覚が襲いかかり、私はびくびくと震える。

「んっ、あぁっ」

違う。話が違う。こんなはずじゃなかった。私はぎゅっと忍さんの腕を掴んで、首を横に振った。

「き、嫌う、って言ってた、のにっ！」

もしかして、騙されたの？　こうしたら嫌がるなんて、嘘だったの？

私が非難いっぱいの目で彼を睨《にら》むと、忍さんは隻眼《せきがん》をふっと和《なご》ませる。

「いや、嘘じゃないぞ」

その言葉に、思わず「嘘！」とツッコミを入れてしまう。

「本当だって。そのへんの女に同じ事されたら、俺に触んなよって手を振り払ってる」

だけど、と忍さんは続きを口にした。

「相手が椿ちゃんだと、なかなか嫌うのは難しかったなあ。ご期待に沿えず申し訳ない」

いけしゃあしゃあと謝るところが何とも憎たらしい。私は酔いで頭がクラクラしながらも、忍さんの手を掴んで胸からひっぺがした。

「嫌われない、なら、こんなのやってもしょうがないっ！」

「あ～そうか。そう来るよな。うーん、困ったな」

何が困るのか。私は彼を睨《にら》みながら服を掻《か》き集める。

「あっ、ひとつあるぞ。俺がもしかしたら、椿ちゃんを嫌いになるかもしれない方法」

「本当⁉」

がばっと詰め寄った。忍さんはやけに楽しそうな顔をして「おう」と頷く。

「俺ってこう見えて結構純情だから、いきなり触られたら引くかも」

「触るって……どこ？」

「ここ」

忍さんが指さしたところ。それは脚の間。つまり性器。

「バカなのー⁉」

思いっきり彼の胸を叩いてしまう。忍さんはびくとも動じず「はっはっは」と明るく笑った。

「いやでも、マジでいるんだよ。ドン引きを通り越して恐怖さえ覚えたんだぜ」

「そ、そんなにびっくりするもの……なの？」

ヤクザなんだし、そんなの慣れっこだと思っていた。すると忍さんは「ちっちっち」と言いながら人差し指を左右に振る。

「男だって繊細にできてんだよ。さっきも言ったけど、俺って純情だし」

「純情って、自分で言う事じゃないわよ」

私がジト目になっても、忍さんは笑顔を絶やさない。

「まああそれはともかく。理解はできるだろ？　椿ちゃんだって、いきなりここか触られたら怒るだろ」

つんっと乳首を突かれて、私は咄嗟《とっさ》に胸を隠す。

「当たり前でしょ！」

「だからさ～」

「で、でも、もう騙されないいんだから。どうせそんな事言って私が触っても、全然私の事嫌わない可能性だってあるじゃない」

「その可能性はまあ、否定できないなあ」

「じゃあ意味がない。私は忍さんに嫌われて、結婚なんて話を反故《ほご》にしてもらって、このマンションから追い出してもらわないといけないいんだから」

ぷいっとそっぽを向いて言うと「はは～ん」と、忍さんが意味深な笑みを浮かべた。

「なるほど。そういう魂胆で、こんな面白い事をし始めたんだな」

ぽそりと呟いた。でも、私の耳にはその言葉が届かなかった。

さっきから、少しでも油断すると頭の中がぐらぐら揺れるのだ。時々すごく眠くなるし、これはもう間違いなく酔っ払っている。そして落ちる寸前である。

私はオレンジジュースで割っているけど、忍さんはジンをストレートで飲んでいる。飲む量は遙かに忍さんのほうが上なのに、どうして彼はけろっとしているのだろう。ずるい。

「でも、これぱっかりは、されてみないと分からないんだよ」

なんだか熱心に忍さんが私を説得している。

「もしかしたら嫌に思うかもしれない。百年の恋も冷めるっていうだろ。何がきっかけで、俺の椿ちゃんへの気持ちがなくなるか、俺にも分からないんだ」

「む……」

私はジトッとした目で忍さんを睨《にら》んだ。

「だから試す価値はあると思うぞ。俺はどっちでもいいけどな。別に進んで椿ちゃんを嫌いたいわけじゃないし」

「むう……」

私は思いっきり唇をへの字に曲げる。

忍さんの言いたい事……分からないでもない。何事も、やってみなければ分からないのだ。この結婚話を白紙に戻し、私が大手を振って北城の屋敷に帰るためには、彼に嫌われるのが一番早い。こんな女と結婚するなんてごめんだと吐き捨てて、マンションの外にポイッと捨てられるくらいのほうが都合がいいのだ。そこまでされたら、さすがの真澄さんだって私を邪険に扱わないだろうし。

……だからちょっと触ってみよう。それで、私の望む反応じゃなかったら、すぐにやめる。これなら耐えられるかもしれない。何に耐えるって、主に屈辱である。

「分かったわ！」

「おおっ」

なんでそんなに嬉しそうなのだ。私が眉をひそめると、忍さんはわざとらしくゲホゲホと咳払いした。

「さ、触ってやるわよ。だから私の事、嫌いになって」

「努力はしよう」

その返事は本気か冗談か分からない。私はため息をついたあと、手をぐわっと上げた。

触る……。さ、触る！

私はガッと両手で彼の中心——性器の部分に手を当てた。

ほのかに温かい。そして、なんだかすごく硬い。ただ触ってるだけなのに、なぜかドキドキと心臓の鼓動が早くなる。

「顔、真っ赤だな」

私の顔をまじまじと見つめる忍さん。私は顔をそらして喧嘩越しに言った。

「どう、嫌いになった!?」

「いや、なんとも。やっぱりじかに触ってもらったり、舐《な》めたり、色々弄《いじ》られてみない事には」

「……本気……で、言ってるの……？」

どれだけ私は唖然《あぜん》とした顔をしていたのか。忍さんが困ったように苦笑する。

「俺も椿ちゃんの頑張りに応えたいんだよ。だんだん、嫌えるものなら嫌ってみようかなって気になってきたし」

何それ。私が嫌われるかどうかは、私の努力次第って事？

どこか理不尽さを感じたものの、よく考えてみたら、これは忍さんにとってもプラスになるのではないかと思えてきた。

だって私と結婚しても、なんの得にもならないもの。組長だった父とは血が繋がっていなくて、両親がどんな人間かも分からない。単なる拾われた子なのだ。

いったい私のどこに惚《ほ》れる要素があったのか分からないけど、これが忍さんの気の迷いだったなら、さっさと目を覚ましてあげるべきだ。

「分かったわ。こうなったらとことん淫乱になってあげる！」

女は度胸である。この際、恥はかなぐり捨てて手段を選ばず嫌われてみせよう。

「ほお、その言葉、どこまで本気か見物だな」

楽しげな忍さん。その笑顔はいつまで持つかな。ドン引きさせてやるからね。

私はバッと身体をかがめると、彼のズボンの留《と》め金を外した。えいやっと下着をズラして、彼のものを掴み上げる。

すると、それは勢いよく飛び出した。

「う……!?」

思わずぎょっとしてしまった。だ、だって、これ、なんか、大きい。すごく硬いし、こう、あちこちにどくどくと血管が浮き上がっていて、非常にグロテスクだった。色も赤黒くて生々しい。

「どうした。もしかして、見るのは初めてだったのか？」

「はっ、初めてに決まってるでしょ！」

小さい頃は、よくお父さんとお風呂に入った～なんて話も聞くけど、私は一度もない。つまり親であっても男性器は見た事がなかったのだ。

一応、学校で習った保健体育程度の知識はあるけれど、教科書に載《の》っているのはあくまで絵図であり、写真でも見た事はない。

「そうか。それは……まあ、驚くかもしれないな。どうする。もうやめとくか？」

忍さんが私を気遣うように言葉をかけた。しかし私はぶるぶると首を横に振る。

「バカにしないで。確かに見るのは初めてだけど、これをどうしたらいいかっていう知識はちゃんとあるんだから！」

腐ってもヤクザの娘なのだ。組員はしょっちゅう下品な会話で盛り上がっていたので、私はいわゆる耳年増だった。屋敷でのお手伝いや、経理の仕事をしている最中、ずっとそんな『世間話』が聞こえていて、性風俗ではどういう事をするかとか、そこで働く女性の仕事内容とか、今でもちゃんと覚えているのである。

そう。えっと……。まずは手で扱《しご》くんだ。力加減はどれくらいがいいんだろう。男性にとって急所なんだし、弱めがいいのかな。こうかな？

私はそっとソレを両手で包み、上下に軽く扱《しご》いてみた。

「うぐ」

途端、忍さんが変な声を出す。

「えっと、ごめん。もしかして痛かった？」

「いや」

短く否定した忍さんは、なんだか疲れたように額を手で押さえた。

「あー、やばいなこれ。やばい」

次に口を手で覆って、ブツブツ呟いている。

「まさかこれほどとは。全然自制できる気がしねえな……」

「自制？」

私が首を傾《かし》げると、忍さんは黙って首を横に振る。

「……先に賽《さい》を振ったのは椿ちゃんだ。俺が止まらなくなっても、責任はそっちにあるって事で」

「な、なんの話をしているの？」

「今は気にしなくていい。それより、手が止まっているぞ」

言われて、私は慌てて手淫を再開した。どうでもいいけど、力加減とかはこれで合ってるのかな。

「ね、どう？」

「ん、何が」

「その……私、積極的にセクハラしてみてるんだけど、嫌いになった？」

「あー。いや、まだだな。それよりもっと力を入れてくれ。……そう、これくらい」

忍さんが私の両手に自分の手を添えて、ぐっと力を込めた。

結構しっかりめに握るものなんだと知る。

「扱《しご》きの速さはこれくらい」

上下に手を動かされて、ぬちぬちと粘《ねば》ついた音がした。

「なっ、なんか、先端からお水みたいなのが出てるけど」

「ここを扱《しご》くとそういうのが出るんだ。舐《な》めてもいいぞ」

「なっ……舐《な》め……っ」

そういう性的サービスもある、というか、むしろそれがメインっぽいような話もしていた気がする。組員の会話を聴いた時は「そんなところを舐《な》めるなんて信じられない」

と内心思っていたけれど、まさか実践する日が来るなんて。

ちらっと忍さんを見上げてみると、彼は挑発的な笑みを浮かべていた。

『箱入り娘にはレベルが高いかな?』と。そんな風に言っているように見えた。

ムカッと腹が立つ。何よ、人を世間知らずだとかお嬢様だとか好き勝手に言って。

確かにそういう側面があるのは否定しないけど、でも私は単なる箱入り娘じゃない。

私をバカにしないで。汚い事も、いけない事も、必要があればやれる。やると決めたら躊躇《ちゅうちょ》するなって、お父さんも言っていた。

私は気持ちに気合いを入れると、彼のものを掴んだまま、ゆっくりと舌先を伸ばした。

はあ、と息があがる。

ドキドキして、胸が痛い。心臓が口から飛び出してしまいそう。

性器の先端をそっと舐《な》めた。初めて口にする彼の体液は……少しトロッとしていて、ほんのりしょっぱかった。

「……っ」

忍さんが唇を噛む。ふー……っと、静かに息を吐く。すると彼の性器がいっそう硬さを増した。サイズもさっきより一回り大きくなっている気がする。

え、これ、まさか。もっと大きくなるの?

「どうした。続けろよ」

静かな声色で言う忍さんは、何かに耐えているような、少し苦しそうな感じだった。

私は戸惑いながらも両手でゆっくりと扱《しご》きながら、ちゅっと先端に吸い付く。俗称で亀頭と呼ばれるそこは、舌触りがつるつるしていた。

硬い杭と化した性器はグロテスクに血管が浮き出ていて、脈打っている。私が両手で扱《しご》くたび、その熱さが増している気がする。

「ここ。こう……持って。カリ首のところまで勢いよく押し上げるみたいに。口は咥《くわ》えたまま」

「ふっ、う……ふぉう？」

口いっぱいに亀頭を咥《くわ》えているから、うまく言葉が話せない。『こう？』と首を傾《かし》げると、忍さんは頷いた。

「そう、うまくなってきた。ここも時々触るといい。大事なところだから優しくな」

言いながら、私の片手を誘導し、陰嚢に触れさせる。

……恥ずかしいという気持ちが更に強くなった。

「揉みほぐすみたいに。……うん、上手だ」

褒められて、ちょっとだけ嬉しかった。でもハッとして我に返る。

「んんーっ！　ひゃう！」

ちがう、と言いたかったのだが、やっぱり口の中がいっぱいでろくに喋れない。

「ぷは！　違うの。私は嫌われたいからしてるだけで、きゃっ！」

私が非難の声を上げた瞬間、忍さんは私の乳首に触れた。ぴるぴると人差し指で細かく揺らされて、私は思わず震えてしまう。

「乳首が勃《た》ってるな。俺のを舐《な》めて、興奮してきたのか？」

「な、なんの事……ひゃわっ」

彼は片手で器用に、私のズボンのボタンを外した。ジッパーを下ろし、大きな手を突っ込んで、ショーツ越しに秘所をまさぐる。

「あっ、あンっ、や、そんなとこ……っ」

「ん、濡れ具合はいまひとつか」

人差し指でトントンと押され、私はたまらず目を瞑《つむ》った。

「いや、私はいいの。っていうか、私をいじる必要なんてないじゃないっ」

「あるさ。ンー、ほら、濡れるのが早いと淫乱っぽくて嫌になるだろ？」

今、すっごく適当に、とってつけたような理由を言わなかった？

私が訝《いぶか》しげな顔をすると、忍さんは「ほらほら」と私を急かす。

「俺に嫌われたいんだろ。もうちょい頑張りなって。簡単に股を濡らすなよ？」

そう言って、彼は両手でずるっと私のズボンとショーツをずらし、秘所を弄《いじ》り始めた。

「あっ、あ、うぐっ」

内襞を撫で、柔らかな蜜口を擦《こす》る。それで驚くくらいに身体がぞくぞくして、私は慌てて彼のものを口に咥《くわ》えた。

何かしていないと、おかしくなってしまいそう。

私は必死で愛撫に没頭する。ソファの上で身体をかがめ、性器を両手で扱《しご》きながら、その動きに合わせて先端を咥《くわ》える口をすぼめた。

じゅくっ、じゅく。手の平が濡れて、動きがスムーズになっていく。それは私の唾液か彼の先端からの水滴か、それとも両方か。

「はあ、はっ、は、んぐ」

口での愛撫は、顎《あご》がすぐに痛くなった。息もしづらい。時々休憩を取るように陰嚢をほぐして、先端の割れ目をちろちろと舌で撫でた。

「……っ、く。初めてのくせに、うまいじゃないか」

忍さんが笑い混じりに言った。

「これはちゃんとごほうびをやらんとな」

そう言って、彼はごつごつした人差し指を、ちゅくりと蜜口に挿《さ》し込んでくる。

「――――！」

びくびくっと身体が震えた。

「や！　な、中……はっ！」

膣内に侵入した指が、くなくなと動く。それは初めての感覚だった。まるで身体中を撫でられている感じ。びりびりと痺《しび》れるようであり、ずくずくとお腹《なか》の奥がうずく感じでもある。

「声が可愛いなあ。でも、まだ淫乱とは言えないなあ。これじゃまだまだ普通レベルだ」

「そっ、ん……な事、言われてもぉ……っ」

これ以上どうすればいいんだ。全然分からない。

じわりと潤《うる》んだ目で忍さんを見ると、彼の隻眼《せきがん》はうっとりと私を見つめていた。

「淫乱気取るなら、もっと恥ずかしいポーズでも取らないとな」

「ぽ、ポーズ？」

「がに股で座って、自分から俺にソコを弄《いじ》らせるような感じにならないと」

「がっ……！」

私は羞恥と屈辱のあまり、ぐらりとめまいを覚える。

「自分のプライドをドブに捨てるくらいの心意気で、俺に媚《こ》びてみろよ。できるものならな」

ふ、と隻眼《せきがん》を細める。挑発するように、ニヤリと笑う。

私にはどうせできないと思って言っているんだ。淫乱になってやると豪語しておきながら、結局は自分の体裁を気にしてできないだろうと。

私の負けん気に火が灯る。そこまで言うならやってやる。そして存分に落胆し、嫌うといい。思いっきり軽蔑するといいんだ。——こんな事までする女なのか、って。

私はぎゅっと目を瞑《つむ》って、脚を上げた。ソファの上で大きく膝を開いてしゃがんでみせる。

「どっ、どうよっ！」

「おお〜すごいエロいぞ！」

忍さんがパチパチ拍手した。いや、歓声が欲しかったわけではない。

「私の事嫌った？　それとも嫌ってないの⁉」

「それはまあ、これから確かめるって事で。その体勢で動くなよ」

ニヤリと忍さんは楽しそうに笑う。そして、ゆっくりと私の秘所に触れた。

「ひぁっ」

びるるっと身体が震える。自分から脚を開いた上で性器を弄《いじ》られるのは、さっきのと感覚がまた違った。なんというか……敏感に感じ取ってしまうというか。少しでも指が動くだけで、身体が勝手にビクビク震えてしまう。

「俺の肩に手を置いたら、体勢が安定するんじゃないか？」

それもそうだ。私は素直に彼のほうに手を置いた。……広くて硬い肩だ。筋肉がしっかりついていて、なんだか不思議とドキドキしてしまう。

「簡単に堕《お》ちられてもつまらんからな、俺としては耐えてほしいところだが……。あ、でも俺に嫌われたいなら、さっさと快感に堕《お》ちてくれたほうが椿ちゃんには都合がいいのか」

「え、え？」

今、重要な事を言わなかったか。なんか、彼に嫌われる大ヒントみたいな。

「まあ俺はどっちでもいいけど」

忍さんはククと悪い笑みを浮かべて、人差し指で内襞をそろりと撫でた。

「あっ、ああンっ」

「正直な身体はいいね。椿ちゃん、感じるたびにここが揺れて、すげー可愛い」

つんっと乳首を突かれて、私は一層身体をびくつかせる。

考えて、私。考えるの。

彼に嫌われるためにはどうしたらいいのか。さっき彼は自分で言ったじゃない。

簡単に堕《お》ちられたらつまらないって。

ここの組員さんが言っていた。忍さんは、つまらない人間が嫌いなんだって。自分に抵抗する人が好きなんだって。

つまり私は今、我慢しちゃ駄目って事？

素直に感じて、淫《みだ》らに乱れたら、冷めてくれるって事？

忍さんの笑みが深まる。太い人差し指がちゅるっと蜜口に侵入して、ぐりりと指の関節を曲げた。

「んんっ、あ、ああっ」

恥ずかしい。だけど、言わなきゃ。だってそうされるのが嫌なはずだもの。

私は羞恥を飲み込み、ぼそりと呟いた。

「ン、う、きもち……い……」

自分でも驚くくらい、囁くような小声だった。でも忍さんは聞き逃さなかった。

「フフ、やればできるじゃないか」

正解と言わんばかりに、いやらしく笑う。

私は顔に熱が集まって、今にも頭から湯気が出てしまいそう。だけど一層淫《みだ》らに、彼に訴えた。

「もっと……ンッ、いじっ……て」

あまりにはしたない言葉だからか、やっぱり消え入りそうな声だった。

「懸命に羞恥を押し殺しているところが、なんとも健気だな。それじゃ遠慮なく」

ぐじゅりと、膣内に挿れていた指をひねる。

私の身体が勝手に跳ね上がった。

「ああっ」

膝が笑う。私の体重を支える足先ががくがくと痙攣《けいれん》した。

愛撫を受けるのに、この体勢はあまりにつらい。だけど、座り込んだら負けを認める気がして嫌だった。

私はしがみつくように忍さんの肩を掴んで、何度も呼吸を繰り返す。

「気持ちいい――だろ？」

耳元で忍さんが囁いた。どろどろにとろけたハチミツのような甘い声に、私は瞳を潤《うる》ませる。

「んん、う、きもち、いい、の……」

「キスをねだったりしちゃう？」

口元でクク と笑われ、私は言われるままに唇を突き出した。

「キスして」

私がねだるまま、忍さんは何度も唇を重ねた。やがて舌を挿《さ》し込み、私の舌と濃厚に絡ませる。

じゅくじゅくと、上から下から、卑猥《ひわい》な水音。

だんだんと頭の中に、白い霞《かすみ》が立ちこめた。

これが正解？　それとも間違っているの？　……分からなくなっていく。執拗に秘所を弄《いじ》られ、何度も唇を重ねて、深く口づけるたび、思考が曖昧《あいまい》になっていく。

「とろけた顔しちゃって。可愛いなあ」

うっそりと目を細めた忍さん。鈴を鳴らすようにつんつんと乳首を突く。

「んっ、ん」

「すっかり硬くなったな。ほら、ぐりぐりってしてやるよ。気持ちいいだろ？」

片手で乳首を抓《つね》り、強めに擦《こす》られる。

快感がびりびりした痺《しび》れになって身体中に行き渡り、私は快感を逃すように何度も呼吸を繰り返した。

「ああ、ほら。蜜が零《こぼ》れてきた」

ぐちゅぐちゅと秘所を弄《いじ》っていて、ふと気づいたように忍さんが言う。

気づけば、蜜口がぐっしょりと濡れていて、ぽたぽたと革製のソファに水滴が落ちていた。かあっと顔が熱くなる。とてもはしたないし、みっともない。

「気持ちいいんだろ？」

「ン……」

「ここをこうされるのは、好きかな？」

親指でこりこりと秘芯を押し潰す。私はたまらず高い声を上げた。

「ひゃあっ、ああンン、そこはだめえ……っ」

耐えきれないほどの快感が走り、私はたまらず膝をついてしまう。

「はは。本当に敏感。なあ、椿ちゃん？」

声をかけられて、私はとろんと彼を見た。

「そろそろ脚も疲れただろ。座るといい」

「ん、うん」

優しい言葉をかけられて、私はようやく身体を休めようとした。しかしゆっくり腰を下ろそうとしたところで、その腰がグッと両手で掴まれる。

「えっ……」

「休むなら、ここ」

ひょいと持ち上げられたかと思ったら、彼はソファの上にねそべり、私をお腹《なか》の上に乗せる。

どういう事？　意味が分からず首を傾《かし》げていると、忍さんはゆっくり目を瞑《つむ》って、一息ついた。

「うーん、先に謝っておこうか」

「あ、謝る？」

私が問いかけると、忍さんはいたずらっ子みたいな笑顔になった。

「うん。無理だった。俺、どうやっても椿ちゃんを嫌いになれなかった。むしろもう、どんどん好きになりすぎてヤバイ」

私は目を丸くした。そ、そう言うって事は、つまり。

最初から、私の頑張りは全部無駄だったって事……!?

「だ、騙した……っ!」

「騙してねえよ。やってみなきゃ分からんって言っただろうが」

「ううーっ!」

その通りなので、反論できない。

でもなんだこの理不尽さ。だってあんなにも、嫌いになれるかもって私を挑発しておいて、結局ダメでした、なんて。

「そ、それなら、こんな事してる場合じゃない! 離してっ!」

私はさっと彼から下りようとした。しかし、私の腰を掴む忍さんの手はびくとも動かなかった。

「それともうひとつ、謝っておく」

「な、何よ……」

「もう俺、自分が止められん。むしろ『よくここまで我慢した俺』と自分を褒めたいくらいだ。というわけで今から椿ちゃんを犯す。でもまあいいよな、俺達、もう夫婦なんだし」

「え、っと……え、まっ」

私が彼の言葉を吟味している間に、忍さんは私の腰をぐいっと持ち上げた。そして私の制止も待たず、濡れそぼった蜜口に彼の先端をつぷりと挿《さ》し込んだ。

「ひゃっ、あぁあっ⁉」

そのままずぶずぶと、重力に任せるように貫かれる。

たまらず、私は上から忍さんの肩を掴んだ。

「息を止めるな。ほら、ゆっくり息して。そうしたら少し楽になる」

問答無用でヤッてるのはそっちなのに、妙に私を気遣う忍さんが憎たらしい。だけど苦しいのも辛いので、私は彼の言う通り、ゆっくり呼吸を繰り返した。

「落ち着いてきたか？」

ふうふうと息をして、ようやく気持ちが整う。

「ん……少し」

「そっか。で、どんな感じだ？」

忍さんがなんだか楽しそうに聞いてくる。気持ちが落ち着いてくると、次は下肢に無視できない違和感を覚えた。

私の中に、彼のものが挿入《はい》っている。

思わずぎゅっとお腹《なか》に力を入れると、それは更に存在感を増した。硬くてたくましく、そして熱を持つ生々しい杭。入れているだけで、心がざわつく。お腹《なか》の奥がうずいて、何もしてないのに息が上がる。

「なんかっ……ドキドキするからっ、抜いて、欲しい」

忍さんに訴えると、彼はにんまり笑った。

「おっ、いいぞ。自分で抜いてみるといい」

何か企《たくら》んでいそうな顔だ。私はムッと眉を潜《ひそ》めながら、それならと腰を上げた。

途端——

「ひぅうっ」

変な声が出てしまった。彼の杭が膣内を少し擦《こす》っただけで、例えようもないくらいに甘やかな快感が身体中に響き渡った。

なんだろうこれ。分からない。これ以上動かすのが怖い。

「どうした、抜かないのか」

「……っ」

なんと言えばいいのか。抜きたいのだけど抜けないというか。……怖い。

忍さんは私の顔を舐《な》めるように眺めて、ふいにニヤリと口の端を上げる。

「動かないなら、俺の好きなようにヤるけど、いいよな」

そう言って——彼はその腰を鋭く突き上げた。

「やうっ、ン！」

勢いに乗って、私の身体がバウンドする。その拍子に、膣奥に深く刺さった杭がずるりと引いて、それから再び私のナカを貫いた。

「あぁあっ」

何かが抜き取られるような感覚でもあり、お腹《なか》の奥が熱くなる感覚でもある。

何もかもが初めてで、私の身体はわけも分からず上下に揺さぶられる。

ただひとつ、言えるとするなら——

「ああ、気持ちいいなあ」

うっとりと、忍さんが言った。

そう、これは気持ちがいいのだ。たまらないほど、罪深さすら感じるくらい。

この行為がセックスである事を、私だって知っている。こういう事をするのだという知識は持っていた。でもそれがこんなに甘美な感覚をもたらすとは、知らなかった。

「は、はぅ、はっ、忍さぁ、ん」

泣きそうな声で彼の名を呼ぶ。忍さんは私の頬を撫で、腕を掴んで引いた。

「来な。優しく犯してやるよ」

その言葉に、不思議と抗《あらが》えなかった。彼は少し身を起こして私の唇に口づけると、ソファに寝そべり、私を上に座らせたまま腰を突き上げる。

「ンッ、ああっ」

重力に任せるように杭が隘路《あいろ》を擦《こす》る。先端の硬いところで最奥をえぐられて、私は彼にされるがまま、快感に喘《あえ》いだ。

まるで私は、忍さんの思うがままに踊っているみたい。

勝手に身体が動く。彼の腰の動きに合わせて、自分も腰を動かしてしまう。

どうしてかなんて、理由は分からなかった。

ただ、なんとなく思った。もしかしたら単純に気持ちがいいから、かもしれないと。

理屈とかどうでもよくて、本能が快感を受け取っているから、もっと気持ち良くなりたいと身体が望んでいる。

「はぁっ、はっ、はあっ」

機械的にも見える上下運動は、すぐさま疲労に繋がった。汗が流れ、息が切れ、それでも止まらない。止める事ができない。

「クク……。乱れる椿は本物の花みたいで、綺麗だな」

忍さんが低い声で呟き、上下する抽挿《ちゅうそう》によってゆさゆさと揺れる乳房に触れた。両手で乳首を摘《つ》まみ、きゅっと引っ張る。

「イッ、やあんっ！」

私は首を横に振った。

「だめっ、忍さん、いま、ちくび……だめぇ」

懇願すると、忍さんの笑みが一層深まり、隻眼《せきがん》が底光りする。

「男ってのは、こういう時にダメと言われると、更にいじめたくなるんだ」

いっそうグリグリと擦《こす》り上げ、私を片手で抱き寄せると、乳首に吸い付く。

「ああっ、ああン！」

絶え間なく揺さぶられ、胸をねぶられて。

いつの間にか、下肢の結合部はぐちゅぐちゅといやらしい音を立てて泡立っていた。

「はあ、は、忍さん、ううんっ」

すがるものが欲しくてたまらなくて、私は彼の首に腕をかける。

吸い寄せられるように唇を重ねた。

彼は私の腰を両手で抱き、力任せの抽挿《ちゅうそう》を続ける。

息が、できない。

腰を突き上げられるたび、膣奥にずんと重く響く。

身体中が疼《うず》いて、もっと続けてほしい——なんてはしたない事までうっすらと考えはじめて。

気持ちがいい。これは、そういうものなの？

セックスという行為は、こんなにも抗《あらが》えない快感をもたらすものなの？

誰でも、こうなるの？

「は、んんっ、忍さん……っ、わたし」

それとも……相手が忍さん、だから？

「椿」

忍さんの眼孔がきらりと光る。深い闇のような黒。怖いほどに暗くて、吸い込まれそうなほどの透明感がある。

私は引き寄せられるように、彼の額に自分の額を合わせた。

「お前は俺の女になれ。俺の傍《そば》で——美しく咲いていろ」

低く呟き、口づける。

「ンッ……」

嫌だとも、いいとも、言えなかった。ただ深く口づける。まるで口答えを許さないみたいに、絶え間なく舌を絡め、私から言葉を奪う。

それが決定事項のように。自分がそう決めたら決してNOは聞きたくないというように。

激しいほどの抽挿《ちゅうそう》は、絶え間なく続いた。

私は短く息を吐き、ただただ突き上げられて——お腹《なか》の奥の疼《うず》きがどんどん強くなっていって。

ふるふると身体を震わせる。これ以上はおかしくなりそうな気がして怖くなる。

「忍、さんっ、だめえ！　止め……っ、何か……変な感じが、きそうなのっ」

必死に訴えると、忍さんはふっと瞳を和《なご》ませる。

「ああ、そのままイけよ」

「いや！　だ、だめ……っ、あぅ……んんっ！」

その何かは、唐突にやってきた。耳の奥でキンッと耳鳴りがして、頭の中は真っ白に染まる。身体の内側から爆《は》ぜる感じ。気持ちよさが破裂したような開放感。

身体を大きく震わせて、肩を揺らして息をする。

「イく時、そんな顔するんだな」

忍さんが愛《め》でるように私を見つめた。

「控えめで、淑《しと》やかで、すげえ可愛かった」

脱力する私を抱きしめたまま、彼はソファに身体を預ける。

「……誰にも見せたくないな。誰にも。お前の相手は、生涯俺だけだ」

ぐんっと、腰を突いた。すっかりぐったりしていた私は、それだけでびくっと身体が反応する。

「んっ、ヤ！　い、今……はっ」

快感の頂点に達した身体は思いの外《ほか》、敏感だった。

さっきよりも強い性感が私の身体を追い詰め、忍さんにぎゅっとしがみつく。

「——俺が犯す。これから一生、な」

嬉しそうに笑って、私の身体を強く抱きしめた。そして深く腰を突き上げて、その先端で私の最奥をノックする。

ハッとした。私は慌てて首を横に振る。

「ダメ！　な、ナカは、ダメぇ！」

必死に訴えたが、忍さんは私の耳に甘く囁いた。

「……っ、結婚するんだから、いいだろ」

びくりと彼の大きな身体が震える。その瞬間、その先端から精子が迸《ほとばし》った。

当然のように避妊具なんてつけていない。

ただ無防備な私の子宮に、容赦なく胤《たね》が植え付けられていく。

……良くないから、ダメって言ったのに。いじわるすぎる。私から逃げ道をなくしていく忍さんは、やっぱり自分勝手なヤクザで——理不尽だった。

「ひどい」

「煽《あお》ったのはそっちが先だ」

ぴったりと離れない結合部。終わらないいじゃないかと思うくらい、精はドクドクと流れ続けている。

酷い人だ。私の意思も確認してくれないなんて、悪い人だ。

そう思う自分はいるのに、どうしてか、ドキドキしている自分もいた。

理由は分からない。だけど……

私は泣きわめきもしなければ、死にたくなるほどの絶望感も覚えなかった。

「責任、とってくれるっていうの？」

小さく尋ねると、忍さんはくすりと笑う。

「当たり前だろ。椿ちゃんは俺のヨメさんなんだから。まったく、こんなに愛してるのに、なんで分かってもらえんかな」

何を今更といったように、彼は私の頭を撫でる。

ラグの上で寝ていたツバキが、くああとアクビをした。

第四章

昨日は……大変な……事を……しでかしてしまった……

キッチンで、炊きたてのごはんをお茶碗によそったあと、しゃもじで窪《くぼ》みをつくる。

卵を落として、醤油ひとまわしとごま油少々。

お箸でカツカツかき回しながら、私はうむと眉間に皺を作っていた。

「おっ、卵がけごはんか～」

リビングに入ってきたのは、パジャマ代わりの長袖シャツにジャージという恰好の忍さん。私は更に顔をしかめた。

「おはよう……」

一応朝の挨拶をして、インスタント味噌汁にポットのお湯を入れる。

「俺も食いたい」

「炊飯器にごはんは残ってるし、冷蔵庫に卵があるわよ」

「そんな冷たい事言わずに作ってくれよ」

私は唇をへの字に曲げた。

無言で炊飯器をかぱっと開けて、お茶碗にごはんをよそう。

このマンションに拉致されてからというもの、私の朝ごはんは大体こんな感じだ。インスタント味噌汁と、ごはん。卵がけごはんの日もあったし、納豆がけごはんの日もあった。

たまたま、米と卵と納豆があったからだけど……。欲を言えば野菜やお肉も食べたいし、料理もしたい。でもこの家はあまり生鮮食品を置いていない。卵と牛乳くらいである。おそらく、忍さんは料理を頻繁にするタイプじゃないのだろう。

私はカウンターテーブルに二人分のごはんを置いて、椅子に腰掛けた。隣に忍さんが座る。

「いただきまーす。うむ、うまい。椿ちゃん、卵がけごはんにごま油かける派なんだな」

「ちょっと香ばしいのが好きなの。ラー油があったら、それを入れる時もあるわ」

のんびり世間話をしているが、私の内心はハラハラである。

だって、昨日、あんな、あんな事をしてしまったのだ。

元々は彼に嫌われるため、あえて積極的な女を演じたというだけだったのに……。お酒が入ったところからおかしな具合になってしまった。

結局忍さんは、私を嫌うのは無理だと断言して、そのまま最後までヤった。

しかも……避妊してない。

更に言うなら、朝起きた時からずっと、下肢に違和感を覚えている。

これはやっぱり、アレが原因だよね。だって……すごく大きかったし、初めてだったし。……あ、でも、痛みはあまりなかったかも。最初は痛いって聞いた事があったんだけどな。

いやいや、問題はそこじゃなくて。

これはヤバイのではないか。私は結婚したくないのに、周りの環境がちゃくちゃくと結婚に向かっているというか。だってもし昨日のアレで子供ができたら、私はどうしたらいいの。ここから逃げる事が出来なければ、結婚しかないいじゃない。

もしかして、それも計算のうちで、忍さんは私を……？

「味噌汁もうまいな。やっぱり朝は味噌汁だよな。しかも椿ちゃんの手作り！　俺は果報者だなあ〜」

「お湯を入れただけよ」

「いやそれでも愛情を感じるんだ。やはり料理は愛情なんだよ」

「そんなの入れた覚えない！　はあ……」

私はため息をつく。この状況、そろそろ本気で何とかしなければ。

チラ、と横目で忍さんを見る。彼は今日も楽しそうにニコニコ笑って、卵がけごはんを食べていた。

北城の屋敷で初めて彼を見た時から、基本的にずーっと笑顔だ。

しかも、薄っぺらい嘘の笑顔じゃなくて、本気のニコニコである。

この人、普段もこうなのかな。

そういえば、今更だけど。私、この人の事なんにも知らないに等しい。逆に知っているのは肩書きくらいだ。

好きなもの、嫌いなもの。趣味。

聞いたら答えてくれるのかな。忍さんなら嬉々として教えてくれそうな気も……

そう考えたところで、私は慌てて首を横に振る。

ど、どうして彼のパーソナルデータが気になるのよ。そんなの、まるで結婚を受け入れたみたいじゃない。

だめだ。この思考はやめよう。

「あっ、えっと、ツバキはどこ？　一緒に寝たのは覚えているんだけど」

気持ちを切り替えて、私はあたりをきょろきょろ見回す。ずずっと味噌汁を飲んだ忍さんは「ああ」と言って、お箸でキッチンの裏を指した。

「さっき、そこでメシ食ってたぞ」

「そっか。自動給餌機って便利ね」

「そんな事より。俺もそろそろ椿ちゃんと同じベッドで寝たい。なんでいつも横にツバキ置いてるんだよ」

忍さんが不満げに唇を尖《とが》らせた。

「そんなの、忍さんと一緒に寝たくないからに決まってるでしょ！」

「ツバキもだけど、椿ちゃんも結構寝相悪いよな。俺、いつもベッドの端でちっさくなって寝てるのに、どっちかに蹴られて落とされて、仕方なくソファで寝てるんだぜ」

私の顔がぶわっと熱くなる。

「そ、そ、そんなに寝相、私、悪くないっ」

「俺に抱かれてヘトヘトになったら、あの元気な寝相も大人しくなりそうなんだけどな。

どう？　今夜あたり、またヤッとく？」

「やっ、やりません！」

私は怒った口調で断った。昨日のアレはだまし討ちもいいところだったのだ。いわば不慮の事故。私の本意ではなかった。

「そ、それより、忍さんっ」

卵がけごはんを食べ終えて、私は改めて彼に顔を向ける。

「その……やっぱり、私は北城の屋敷に、帰ったらだめなの？」

尋ねると、忍さんは「んー」と言って、箸をテーブルに置いた。

「別にダメって事はないぞ。いずれはロビーの鍵も渡そうと思ってるしな。ただ今ではない。それだけの事だ」

「それは……もしかして、結婚が関係しているの？」

「それもある。ま、式さえ挙げたら、ある程度は自由にしていい。ボディーガードはつけるけどな。屋敷にいた頃から、外出には組員がついてたようだし、慣れっこだろ」

それは確かにそうだけど。

うーん、困った。少しは隙があるだろうと思っていたのに、まったくといっていいほどない。マンションは堅牢な砦のようになってるし、それならばと忍さん自身をどうにかしようとして、昨日は完全に失敗に終わった。

悔しいのは、こうして軟禁に甘んじているのに、私の生活自体はだいぶ快適だという事だ。私の荷物はすでにほぼ全てがこっちに送られているし、食べ物はネットスーパーで忍さんが購入しているから問題なし。そして何よりツバキが可愛い。ツバキを撫でながらソファでごろごろしていると、あっという間に時間が過ぎていく。私のスマホはすでにツバキの写真でいっぱいである。このままのんびりしていたら、あっという間に結婚式の段取りが組まれてゴールインって感じがして、すごく焦ってしまう。

「じゃあ忍さん。電話くらいさせてよ」

彼のお茶碗と私のお茶碗を重ねて、唇を尖《とが》らせつつ言った。

「電話？」

「ここ、なんでか電話が繋がらないのよ」

何度試しても駄目だった。ちなみにメッセージアプリも繋がらないし、ネットの検索もできない。どうやらインターネット設備が整っているのは、テレビの配信だけだった。

忍さんは「ああ」と思い出したように拳で手を打つ。

「俺んち、ジャマーをかけているんだ」

「じゃまー？」

「電波妨害機器。簡単に言うと、インターネットの無線電波をジャミングして操作不能にする事を指すんだ。主に盗撮盗聴防止のためにつけたんだけどな」

な、なんという徹底ぶり。北城の屋敷でもそこまではしなかった。忍さん、もしかして敵が多いのかな？

「テレビのインターネットは？」

「有線のネットだ。アナログだけど、有線は有線で便利なんだぞ」

なるほど……。それなら固定電話は使えるって事か。でもこの家にそんなものはない。

「それなら、電話できるところを教えてよ。それくらいはいいでしょう？」

忍さんは「ん～」と、少し悩むように天井を仰《あお》いだ。

「まあ、いいか。ただし電話は俺の傍《そば》でする事。それならOKだ」

「うう……」

どうしてここまで私の行動が制限されなければならないのか。やっぱりヤクザなんてろくなものじゃない。

それでも、北城組に電話ができるのは大きな一歩だ。私は甘んじてその条件を飲む事にする。

「じゃあ今、ジャマーを解除するから」

そう言って、忍さんは慣れた手つきで自分のスマートフォンを操作する。

「はい、どうぞ」

私はすぐさま北城組に電話をかけた。真澄さんの携帯電話の番号を知っていたら話は早いんだけど、残念ながら知らないので、屋敷に直接かけるしかない。

『――どちら様ですか』

コール二回目で電話が繋がった。その声はもちろん聞き覚えがあった。

「柄本さん？」

『……。……ああ！　もしかしてお嬢ですか？』

彼の声に懐かしさを覚える。まだ数日しか経っていないのに、不思議だ。

『どうしたんですか。やっぱり結婚が嫌で、助けを呼ぶために電話をなさったとか？』

「う、それはまあ……半分正解。結婚は嫌に決まってる」

私がソファに座って話していると、隣で忍さんがツバキを膝に乗せつつ「えーヒドイ」と言った。私は聞こえなかったふりをする。

「でも、別に助けを呼びたいわけじゃないのよ。それに柄本さんに私の脱出を手伝ってもらうわけにはいかないわ。不本意だけど……私は今、忍さんの『所有物』なんだから」

チラ、と横目で彼を見ると、忍さんはツバキの頭を撫でながら私を見ていて、ニヤニヤ笑っていた。

内心ため息をつく。つまり、私の言葉は間違っていないって事なのだ。

私の意思とは関係なく、今の私は忍さんのもの。北城組を継いだ真澄さんがそれを認めた時点で決定していた。

ただ当事者である私なら、反抗しても問題はない。誰にも迷惑をかけないから。でも、そこに他人が介入すると話は別になる。

柄本さんは、忍さんより格下だ。忍さんは神威会の舎弟頭《しゃていがしら》。かたや柄本さんは若中《わかなか》。明確な立場の差がある。そしてヤクザは完全な縦社会。『下』が『上』のものに手を出すのは御法度《ごはっと》で、酷い制裁を受けてしまうのだ。

柄本さんは電話口でくすくす笑う。

『お嬢は本当に、この界隈をよくご存じで、わきまえていますねえ』

「別に……そこまでじゃないわ。実際、毎日のように脱出を図《はか》ってるし」

そう言うと、柄本さんは更に笑った。

『簡単に従順にはならない気の強さは、さすがお嬢ですね。しかし私は、秋國さんとあなたの結婚はいい選択だと思っていません。ですから表沙汰にならない程度に、うまく脱出のお手伝いがしたいんですよね』

「……それって、どうして？」

私が結婚を嫌がるのは、単純な話、他人に自分の人生を決められたくないからだ。でも、柄本さんがどうして反対するのかが分からなかった。

すると柄本さんは、小さくため息をつく。

『お嬢は聡《さと》いのに、肝心なところが鈍いんですよね……』

「どういう意味よ」

『いえ……。そうですね。私は個人的に秋國さんを信用していないんです。彼の本質は狂犬も同然ですからね。非常に気分屋ですし、自分の機嫌次第で相手を甘やかしもすれば半殺しにもする。……そういう男なんですよ』

私はつい、黙り込んでしまった。そして横目で忍さんを見てしまう。彼はツバキの喉を撫でていた。ツバキはぐるぐると気持ちよさそうに喉を鳴らしている。

忍さんが……狂犬？　なんか、イメージが違うんだけど。

でも気分屋っていうのはありそうな話だ。彼は今、私に対してニコニコしているけど、いつか豹変して私を傷つけるのかもしれない。

まあ……そんな事されるなら、私は手段を選ばず身を守るけどね。護身術はそのために習ってきたようなものだし。

『秋國忍。彼は元々半グレ集団に所属していたんですよ』

「え……？」

『半グレとは、暴力団に属さず犯罪を行う集団の事です。ある程度の統率があるヤクザのほうがマシではないかと思うくらい、奴らは自由ですし、残虐ですよ』

私は思わず黙り込んでしまう。

意外なところから、忍さんの過去を知ってしまった。

隣に忍さんがいる事を知らない柄本さんは、それからも次々と忍さんの過去を話し続ける。

『秋國さんって、眼帯をつけているでしょう?』

「あ、うん」

『あれは半グレ集団を抜けた時に、私刑として抉《えぐ》られたからだそうですよ』

ぞくり、と身体が震えた。

眼帯は気になっていたけれど、本当に目がないんだ。

目を抉《えぐ》られる。簡単に言うけど、その痛みは想像ができない。どれくらい痛かったんだろう。苦しかっただろう。考えるだけで、胸が痛くなった。

『彼は相当の生き地獄を味わったんでしょうねえ。それから神威会に属する形で組を作り、若中《わかなか》になり……後に自力で目を抉《えぐ》った本人を探し出したようで。同じ目に遭《あ》わせたそうですよ』

ふふ、と柄本さんが低く笑った。

同じ目に遭《あ》わせたっていう事は、つまり。

思わずリアルに想像してしまって、慌てて首を横に振る。

「そ、それと、私の結婚は、関係ないでしょっ」

『可愛い妹分を、そんな男に預けたくない兄心ですよ。……いえ、体面を気にせず言わせてもらうと、男として、あなたを他の奴に差し上げたくありません。しかも。よりにもよって、あんな半グレ上がりの狂犬なんかにね』

私は思わず目を丸くする。

今、柄本さんから、告白に似た発言をされたような……？

私がスマホを耳に当てたまま唖然《あぜん》としていると、笑い声が耳に届いた。

『あなたの事が好きだから、横からかっ攫《さら》われるのは悔しい。そう言ったつもりなんですが、反応が薄いですね？』

「いやあちょちょちょ、そんな、ビックリしすぎて言葉を失ったっていうか。そ、そんな事、今いきなり言われても、困るわ！」

ぐんぐん顔が熱くなってくるのが分かる。だって、今まで柄本さんをそういう目で見た事がなかったし、意識もしていなかった。ヤクザの中では比較的穏やかで優しい人で、お世話になっていたから、どちらかというとお兄さんという感じが強かったのだ。

私が照れまくっていると、忍さんが訝《いぶか》しげな顔をした。

「おい。何を話してるんだ？」

「なんでもないっ！」

照れ隠しにぶんぶん手を横に振って、私は柄本さんに本題を告げた。

「そ、それより柄本さん。そこに真澄さん、いない？」

「真澄さんですか。彼に何か用事でも？」

先ほど告白したばかりだというのに、柄本さんは冷静そのものだ。照れているこっちが滑稽《こっけい》だと思ってしまい、唇を尖《とが》らせる。

「送ってきた荷物の事で、文句があるの。あれ梱包したの真澄さんでしょ。乱暴に詰め込まれていたから分かるのよ」

柄本さんなら間違いなく、きちんと整頓してくれるはずだ。服を端から掴んでぐちゃぐちゃと押し込んだような詰め方、絶対真澄さんの仕業《しわざ》である。

柄本さんは思い出したように『ああ』と言って笑った。

『私もアレはさすがにお嬢が怒りますよって注意したんですけどねえ。えーっとお待ち下さい。そこのあなた、真澄さんを呼んできて下さい』

どうやら近くにいた組員に頼んだようだ。

『少々お待ち下さいね。最近の真澄さんは組長の部屋にいるんですよ。あそこは北城さんの書斎でもあったので、せめて四十九日が終わるまではそっとしておこうと言ったんですが、全然聞いてくれなくて、好き勝手に使っているようなんです』

はあ、と柄本さんが疲れたようなため息をつく。

『今の北城組は、真澄さんの強権政治のようになっていますよ。不満を呟こうものなら真澄さんの容赦ない鉄拳が飛んできますからね。彼の腕力に敵《かな》う者はおらず、反発が強くなる一方なんですよ。今は私が間に入って、何とかしのいでいますけどね』

「そのやり方はすごく真澄さんらしいけど、柄本さんは大変ね」

その情景が目に浮かぶようだ。真澄さんは見た目も凶暴だが、腕力も強い。神威会の中でも指折りの武闘派ヤクザと、お父さんも言っていた。

『ええ。やり方が強引すぎます。それに真澄さんには不審な点もあるんですよ。まるで組長が死ぬタイミングを分かっていたみたいに、亡くなられた後の行動が素早かったんです』

「そういえば、てきぱき動いてた気がするけど……」

私は父が死んだ時、茫然《ぼうぜん》としていて、ろくに考える事ができなかった。動揺する組員をすぐにまとめ上げ、お葬式の手筈も進めたのは真澄さんだった。

私は訝《いぶか》しげに顔をしかめる。その時、電話口からドスドスと地響きのような音が近づいてきた。

『おい柄本、電話だって？』

真澄さんの声が聞こえた。

『ああ、はい。お嬢です』

『ああん～？』

いかにも面倒臭そうな返事だ。そんなに邪険にしなくてもいいでしょバカ脳筋！　と頭の中で悪口を呟く。

『なんやお嬢。ちゃんと秋國に尻尾振っとるか？　ああいう男には従順でいるのが一番楽やで。下手に反抗すると面白がってネチネチ弄《いじ》るタイプやからな、間違いないわ』

「うぐっ」

た、確かにそれは当たっているかもしれない。だって反抗心むき出しでここから脱出しようとアレコレ画策した挙げ句、あんな事やこんな事をされてしまったんだから。

『お前は上手い事やって秋國に可愛がられろや。で、そろそろ一発ヤれたんか？』

「そそそ、そんな事、真澄さんに関係ないからっ！」

私は顔を熱くして怒鳴ってしまう。

隣では忍さんとツバキが揃ってびっくりした顔をしていた。

「それより柄本さんから聞いたよ？　なんかすごく強引に組を動かしてるって。組長になるのはいいけど、ちゃんと話し合わないと、あとでトラブルになるんだからね」

『お嬢に言われる筋合いはない。用件はそんだけか？　とにかく四十九日の法要には呼ぶから、それまではおとなしく秋國とパコパコしとけ』

「ぱこ……！」

めまいを覚えるほど恥ずかしくなった。

もう、これだから真澄さんは苦手なんだ。言葉を飾らないというか、直接的すぎるっていうか。とにかく言い方が下品すぎる！

『ほなな』

言いたい事を言って真澄さんが一方的に電話を切ろうとする。私は慌てて「真澄さん！」と声をかけた。

「私のトラ、段ボールに入れ忘れたでしょ。汚れたままだったから、洗濯しておいてよ」

『ああん？　なんで洗濯せなあかんのや』

「コーヒー零しちゃったのをそのままにしていたの。いいからやっといてね！　洗濯終わったらちゃんと送ってよ！」

そう言って、私はぷちっと電話を切った。

疲れた……。でもまあ、言いたい事は言えたから、良かった。

「トラって何だよ？」

会話を聴いていた忍さんが尋ねる。私はスマホをポケットに片付けながら答えた。

「私のお気に入りのぬいぐるみなの。昔、お父さんに買ってもらったもので、宝物なんだ」

ああ言えば、文句をタラタラ言いながらも真澄さんは洗濯してくれるだろう。なんだかんだと、彼は私の意図を汲《く》んでくれるのだ。苦手な人ではあるが、別に憎み合ってるわけでもない。

「へえ～お気に入りのぬいぐるみねえ」

膝に頬杖をついた忍さんが、微笑ましそうな顔をして私を見る。

「実はぬいぐるみを抱っこしないと寝られないとか？」

「そこまで子供じゃないけど、傍《そば》には置きたいの」

「そのぬいぐるみ役に、俺がなってやってもいいぞ？」

「お断り！」

そう断言しながらも、忍さんはリアルの虎みたいだと思ってしまう。

う〜ん、忍さんぬいぐるみ。意外と可愛いかも。トラの耳をつけたりして。

思わず想像したら何だか可愛くて、くすくす笑ってしまった。

——『彼は元々半グレ集団に所属していたんですよ』

ふいに、柄本さんの言葉を思い出す。

私はチラと横目で忍さんを見た。彼はツバキの頭を撫でながら、片手でスマホを操作している。

……私は、半グレ集団というのが具体的にどういう人達なのか、ヤクザとどう違うのか、それすらも分からない。

その集団から抜ける時に私刑として目を抉《えぐ》られたという忍さん。

私はぎゅっと自分の手を握る。

柄本さんのバカ。あんなふうにあれこれ教えられると、逆に気になるじゃない。

忍さんはどうして半グレ集団を抜けようとしたのか。

そしてどういう経緯でヤクザの世界に入ったのか。

彼の気持ちを聞きたくなってしまう。彼をもっと知りたいと望んでしまう。

結婚する気は、なかったはずなのに。

私の人生は私のもの。誰にも振り回されたくない。私の事は全部、私自身で決めて生きていきたい。だから、いきなり屋敷に押しかけてきて、拉致して軟禁して、私の意思に関係なく結婚まで突き進もうとする忍さんが嫌だった。

そうだったはずなのに、柄本さんの話を聞くうちに、どうしてか、彼を理解したいという気持ちが少しずつ大きくなっている。

……でも、忍さんは、どうかな。

私が聞いたら話してくれるのだろうか。悔しかった事や辛かった事を教えてくれるのだろうか。いや、他人に弱味を見せたくないと、拒《こば》むかもしれない。

「さて、ジャマー設定もできたし、俺はそろそろ行こうかな」

忍さんは私にツバキを渡して、立ち上がる。

「仕事？」

「ああ。色々会社見て回った後、九鬼組に顔を出して、それからまた仕事に戻るかな」

「……今日は、帰ってくるの？」

思わず聞いてしまって、ハッと口に手を当てる。しかし私が否定を口にする間もなく、忍さんは心の底から嬉しそうな顔をして私に抱きついた。

「椿ちゃんが俺の帰りを待ってくれてる！　今のめちゃくちゃ可愛かったぞ！　嬉しい！」

「違うの！　ちょっと聞きたい事があっただけで、別に忍さんがいなくなるのが寂しいとか、そういう事じゃないの！」

「またまたあ。照れんなよ」

「照れてな……っ、む！」

問答無用で唇にキスをされた。ううっ、キスくらいならすっかり受け入れてしまっている自分の身体が憎たらしい。昨日いっぱいしたから、なんだか慣れてしまったのだ。悔しい。それに唇を重ねるのは、純粋に心地良かった。

ドキドキして、胸が熱くなって、柔らかい唇に頭がとろけそうになってしまう。

何度か触れるだけのキスを繰り返した忍さんは、私の口元で甘く囁いた。

「夜には帰ってくる。だからそれまで、いい子にしていろよ」

耳に響く低い声に、不思議と身体がそわそわする。

とりあえずは、真澄さんに最低限の事が言えた。おかげで焦る気持ちはなくなったし、急ぐ理由もなくなった。

私が北城の屋敷に帰りたい理由のひとつ。それが要約すれば『トラ』だったのだ。でも私にはもうひとつ、しなくてはいけない事がある。

だから、近いうちに屋敷には帰りたいけど、今は真澄さんの連絡を待ちたい。

それなら……

「ご、ごはん」

「え？」

「ごはん、どうするの。外で食べないなら、何か作るけど……」

俯《うつむ》いて、ツバキの背中を撫でながら言う。

忍さんは驚いたように息をひゅっと吸い込んだ。

「椿……ちゃん……」

「かっ、勘違いしないで。真澄さんからトラが届くのを待たなきゃいけないし、その間は逃げるわけにもいかないし、そしたらヒマだからお料理くらいしようかなって思っ、ぎゃー！」

問答無用で抱きしめられた。さっきよりも力が強い。

「椿ちゃん……俺、嬉しい。這《は》ってでも帰ってくるからな」

「そこまでしなくていいから！」

お料理をするといっても大したものは作れないのだ。北城の屋敷でも、自分のごはんを作る程度だったし。

「もし足りない食材があったら組員を適当に呼んでパシリにしてくれ。俺から伝えておくから」

「い、いや、そこまでしないから」

「椿ちゃんの手作りごはんか～。楽しみだな～！　仕事バリバリ片付けるぞ！」

忍さんは子供みたいに両手を挙げた。

「ち、ちなみに参考程度に聞くけど、好物とかあるの？」

「何でも食べるが、やっぱ肉が好きだな！」

「ハンバーグとか？」

そう聞くと、忍さんは隻眼《せきがん》を丸くさせて唖然《あぜん》とする。そして口に手を当てるとクックッと肩を震わせて笑い出した。

あ、今思ったけど、さすがにハンバーグって、子供扱いだったかな。血のしたたるレアステーキとか言えばよかった？

すると忍さんは、私の頭にぽんと手を置いた。

「椿ちゃんってほんと、言う事が可愛いよな」

「ごめん。ハンバーグはないわよね。でも、お肉料理っていうとそれしか思いつかなかったから……」

「いや」

忍さんは軽く目を瞑《つむ》ったあと、にっこりと笑う。

それはこちらがびっくりしてしまうほど、少年のような明るい笑顔だった。

「ハンバーグ、いいじゃん。楽しみにしてるよ」

なでなでと私の頭を撫でたあと、彼はマンションを出て行った。遠くのほうでバタンと玄関扉の閉まる音がする。

私はため息をつき、ツバキを撫でた。

「……よく分からない人だよね」

真澄さんのように暴力的でもなければ、柄本さんのように理知的でもない。

あえて言うなら、あの二人の属性のちょうど中間って感じだろうか。

悪い人には違いない。彼が口にする『仕事』だって、本当のところはどうなのだか。犯罪スレスレ……いやむしろ、言い逃《のが》れできないくらいどっぷり両足突っ込んでいる可能性もおおいにある。

……犯罪者は、嫌いだ。

人を傷つけ、利用し、踏み台にする人も、嫌いだ。

でも私は、そういう人に拾われて、育てられて、大人になった。私が温かい布団で寝られたのも、お腹《なか》いっぱい食べられたのも、学校で勉強できたのも……父がまっとうでない方法でお金を稼いでいたから。

そんなの、小さい頃から分かっていた。でも私は逃げ出す事も、父を否定する事もしなかった。

だってそんな事をしても、私の過去がなかった事になるわけじゃない。

たとえ他人には極悪人だったとしても、私は父が好きだった。

気さくに挨拶を交《か》わしてくれる組員も好きだった。

だから真っ正面から受け止めようと思った。己の境遇を嘆く事は、犯罪者を容認するより嫌だったから。

でも私は、ヤクザがやっている事全てを受け入れているわけじゃない。

やっぱり犯罪はダメだと思うし、親しい人ほど、他人を傷つけてほしくないと思ってしまう。

忍さんは……どうだろう。

私は胸に手を置いて考えた。

彼に対する素直な気持ち。それはどことなく父に対するものと似ていた。理由は分からない。でも、同じだった。

悪い事をしてほしくない。人を傷つけてほしくない。そして毎日無事に家に帰ってきてほしい。

どうしてそんな事を考えてしまったのだろう。

まだ出会って数日しか経っていないはずの相手なのに。

ぼーっと物思いにふけりながらソファに座っていたら、いつの間にか日が暮れていた。

ピンポーン、とチャイムが鳴る。

私の膝の上でうたた寝していたツバキがパッと顔を上げ、にゃあと鳴いた。

「うん。誰だろうね」

ツバキに話しかけながら、インターフォンに出る。

「はい、どちら様でしょう」

『総長に頼まれて、ちょっぱやで食材買ってきましたよ～！　でも俺、ハンバーグが何でできてるか分かんないんで適当に買いました。とりあえず肉ですよね肉～！』

モニターには私と同い年くらいで、明るい茶髪の男性が映っていた。元気な声を上げながら、ニコニコと手を振っている。どうやら秋國組の組員らしい。ていうか忍さん、しっかり組員さんに買い物を頼んでいたんだ。しかもハンバーグの材料を。

『玄関前に置いときますね～』

「あ、ありがとうございます」

『いっすよ。それにしてもいいなあ総長。ヨメさんの手作りハンバーグ食えるとか、くっそ、俺も女の子の手作り料理食いてえ！』

悔しげに拳を震わせる。私はつい、北城組の組員に対するようなノリで話しかけてしまった。

「大したものじゃないですけど、おすそわけしましょうか？」

すると組員さんは慌てたように『いやいや！』と両手を横に振る。

『そんな事したら、総長に制裁されちまいますよ～』

「そんな大げさな……」

『いやあ、総長のヨメさん猫かわいがりぶりは、こっちが見てて気持ち悪いくらい……ああいやいや今のナシでよろしくっす！』

私は少し疑問を覚えた。

猫かわいがり？　私を？　まあ、親切だし愛想もいいし、終始笑顔だし……確かに、悪意を持たれている感じはまったくしないけど。

『毎日ノロケ話ばっかり聞かされてんですよ。そんなヨメさんのお料理を俺がもらったなんてバレたらケツバットものです！』

ケ……。いや、口にするのはちょっと恥ずかしい。でも総長の制裁がそんな程度だなんて、北城組とはずいぶん違うんだなあ。

うちは、組長の父は滅多に怒らなかったけど若頭の真澄さんが徹底してたから、制裁なんて言おうものなら半殺しも同然だった。現場を見た事はないけれど、組員はずいぶん真澄さんに怯えていたっけ。

「その、秋國組って、なんだか雰囲気が面白いですね」

『そっすか？　ヨメさんにそう言ってもらえると嬉しいっす！』

「おすそわけの件ですけど、忍さんの許可がもらえたらいいって事ですよね？　じゃあOKが出たらお届けしますね」

『マジか〜！　サンクスでっす！』

組員さんは嬉しそうな顔をした。私もちょっと嬉しくなる。

ヤクザは基本的に悪者だ。実際に悪い事ばかりしている。犯罪にも手を染める。笑顔を絶やさない組員だって、場所が変われば凶悪な顔をして暴力を振るっているのかもしれない。

……だけど、私は。

平穏な時間だけは愉快に生きている彼らを、なじる事はできない。なぜなら私も同じ穴のムジナだからだ。この手を暴力と犯罪に染めていないといっても、この身体は暴力と犯罪によって染められている。

だから私にできる事は、彼らを理解し、その平穏な時間を少しでも長く維持する事。

彼らが平穏でいる間は、少なくとも誰かを傷つけていないのだから。

完全にエゴで、自己満足。しかも、犯罪は嫌いなのに組員は好きだなんて矛盾してる。間違いなく偽善だ。でも、私は彼らの笑顔を否定したくないのだ。

玄関を開けると、大きなビニール袋がふたつ置いてあった。

持ち上げると、結構重い。ハンバーグの材料のはずなのに、どうしてこんなに重いのか。ひいこら言いながらキッチンまで持っていって、どさっと袋を置く。そして中身を確かめると……

「牛かたまり肉……」

いや、ハンバーグって合い挽き肉を使うんだけど。

「すき焼き用薄切り肉、焼き肉セット、手羽先、豚かたまり肉」

お肉の種類はバラエティ豊かだけど肝心の合い挽き肉が入っていない。

「こっちの袋は……じゃがいも、にんじん、たまねぎ。大根、キャベツ、南瓜」

妙なのも入っているが、思うにこれはカレーの材料ではないか？　ちゃっかりカレールーも入ってるし。

道理で重いはずだ。根菜と、大容量パックのお肉ばかりである。

「待って。なんで餃子の皮が入ってるの」

あの組員さんは私に何を作らせようとしているのか⁉

ハンバーグの材料がよく分からないと言っていたけど、本当だったんだなあ。

さて、どうしようか。

考えた私は、とりあえず必要ない食材を冷蔵庫にしまい、お米をとぎ始めた。しばらく下ごしらえをした後、のんびりテレビを流しながらツバキと猫じゃらしで遊びつつ、忍さんの帰りを待つ。

午後八時半。ようやくガチャリと玄関扉の開く音がした。

「ただいまマイワイフ！」

「妙な呼び方をしないで。おかえりなさい」

上機嫌で調子のいい忍さんにツッコミを入れつつ、私はツバキを抱き上げて彼を迎えた。

「伊織兄に夕飯誘われたけど、ヨメさんのハンバーグがあるからって断って、ダッシュで帰ってきたぞ！」

「そ、それはいいの？　だって伊織兄って……神威会の会長なんでしょ？」

立場が上の人の誘いを断るなんて、ヤクザの世界では御法度《ごはっと》だったような……

しかし忍さんは私の腕からツバキをひょいと奪い取りつつ、にかっと笑う。

「マジなモードじゃない限りは、別に構わねえよ」

「ふうん。なるほど」

「それよりハンバーグ、ハンバーグ！」

忍さんがニコニコして、ツバキの前足を指で摘《つ》まむと上げ下げする。こういう時の忍さんはいっそ可愛いくらいだ。ここに来て数日しか経っていないはずなのに、ずいぶん私も彼に慣れたというか、絆《ほだ》されている気がする。

「下ごしらえは済ませてあるから、後は焼くだけなの。待ってて」

私はキッチンに行くと、黒いエプロンを身につけて手を洗う。そして冷蔵庫からハンバーグのたねを取り出した。

忍さんはツバキを床に下ろすと、私の傍《そば》までやってくる。

「な、なに？」

「いやあ、俺のヨメさんが料理するところ、見たいじゃん」

「見て面白いものでもないと思うけど……」

フライパンに油を引いてスイッチオン。ＩＨヒーターが温まるころ、ボウルからハンバーグのたねを手に取り、フットボール型に整えながら空気を抜いて、真ん中を少し凹《へこ》ませた。

「意外と手慣れてるんだな」

「意外ってどういう意味よ。自分の分は自分で作ってたから、料理は昔からしてたの」

じゅーっと焼きながら答えると、忍さんは「へえ～」と感心したような声を出し、冷蔵庫を開けた。

「ん？　肉カーニバルかってくらい冷蔵庫が肉だらけなんだけど、なんで？」

「買い物を頼んだ組員さんに言ってよ」

「あいつか～。ハンバーグの材料分かってるかって尋ねたら、肉っすね！　と言ってたくせに」

「……うん。肉である事に間違いはないよ」

「おっ、なんでか餃子の皮を発見。椿ちゃん、まさかとは思うけど餃子も作れたりする？」

「作れるよ」

焼き目のついたハンバーグをひっくり返してフタをしつつ言うと、忍さんがいきなり抱きついてきた。

「ぎゃ！」

「作って作って作って！　今度作れ～！」

「い、いいけど！　くっつかないで～！」

フライ返し片手に怒ると、忍さんは私の胸元に顔を埋《うず》め、くんくんと匂いを嗅《か》いだ。

「ああ、椿ちゃんの匂いめっちゃ柔らかくてそそるな。匂い嗅《か》いだだけで勃《た》つわ」

「勃《た》つな！」

「エプロン姿の椿ちゃんも可愛くてたまらん。次は裸エプロンでよろしく」

「誰がやるかっ！」

ぺしぺし忍さんの頭を叩くものの、彼には何のダメージにもなっていないようだ。マイペースに私の首筋にキスをしたりする。

「一生懸命料理している椿ちゃんの後ろからバックでヤりたいな～」

「そんな事したら後ろ足で蹴りを入れるからね」

「ふふ、それでこそだな」

まったくもう。忍さんが相手だと、脅し言葉すらまったく効果なしだ。多分だけど、実際に蹴りを入れても、私の力ではびくともしなさそうである。

やがてハンバーグを焼き終えて、用意していたプレートに載《の》せた。ソースをかけて、できあがり。

「はい。遅くなったけど夕飯にしましょう」

「わーいっ」

「……三十過ぎた男が、わーいとか言わないで……」

本当に調子が狂う。こんな事言ったら失礼だけど、まったく総長としての貫禄《かんろく》がないっていうか。大丈夫なのかな、秋國組。

カウンターに横並びで座ると、忍さんは手を合わせて「いただきます」と言った。そしてお箸でハンバーグを切り分けて、口に運ぶ。

「むっ！」

きらんと彼の隻眼《せきがん》が底光りする。

「めっちゃうめ～！　なんだこれっ！　店出せるレベルじゃんか！」

「そ、そう？」

「てか店のやつよりうまい。肉の味がすごいする。後味が少し甘いのがまたピリ辛のソースに合うっていうか。まじやべえ」

がつがつと食べ進める忍さんは、口の中をいっぱいにしながら感心したように何度も頷き、目を瞑《つむ》って味わう。本当においしそうに食べてくれるので、心がほわりと温かくなった。

そういえば、こんなに料理で褒められたの、初めてだ……

「これ、なんでこんなに、肉の味すんの？」

「多分、かたまり肉を包丁で叩いてミンチにしたからかも。肉の味に負けないように玉葱もうんとじっくり炒めたから、野菜のコクもよく出てるわね」

肝心の合い挽き肉がなかったので、私は仕方なくかたまり肉を包丁で叩いてミンチにしたのだ。フードプロセッサーなんてこの家にあるはずがないので、めちゃくちゃ腕が疲れた。なので合い挽きではなく牛肉のみのハンバーグになってしまったが、それが忍さんには効を成したみたい。確かに彼が言ったようにお肉の味が濃い。まあ、食材が高いだけはあるというか。合い挽き肉を使うのは、単純に牛ミンチが高いからだしね。

「マッシュポテトも手作りなんだよな？」

「当たり前じゃない」

「この、じゃがいもがゴロゴロしてるマッシュポテト好きなんだよな～。にんじんも甘い。本当に椿ちゃんは料理上手なんだな」

まさに褒め殺しだ。私は顔が熱くなってしまう。

私は小さい頃からあまり褒められる事がなかった。父は私を可愛がってくれたけど、基本的に忙しい人だったから。

だからだろうか。飾らない言葉で褒められると、心がこそばゆい。ドキドキしてしまう。

ダメだ……なんか、間違いなく絆《ほだ》されている。だって忍さんは裏表もなさそうだし、いつも笑顔で優しくて、私を好きだと言ってくれる。

まっすぐな好意を向けられて、不快に思う人間なんていない。

……この人と結婚するのは、悪くないのかもしれない。そう思い始めている自分が確かにいる。

「あのね、忍さん」

お茶碗のごはんも綺麗に食べ終えた忍さんが、私に顔を向ける。

「その……、昔、半グレ集団にいたって、本当？」

聞いたらダメな事かもしれない。でも、どうしても気になった。

彼を知りたい。もっと理解したい。そんな気持ちがどんどん大きくなっていく。単なる好奇心なのか、それとも違うのか。理由が分からないまま尋ねてしまっていた。

忍さんは箸を置くと席を立ち、冷蔵庫からビール缶を取り出して、また元の椅子に座る。

「ああ、本当だ。誰から聞いたんだ？」

「北城組の、柄本さん」

「あー、そっちの顧問か。ふうん」

ぷしゅ、とプルタブを開けた。

「そういや、椿ちゃんもビール飲む？」

「いいえ、ハンバーグでお腹《なか》いっぱいになったから、結構よ」

「ええ〜飲もうぜ。また酔っ払ってくれよ〜」

「も、もうダメ！」

私はぷいっと顔を横に向ける。昨日の夜のやりとりを思い出してしまったのだ。忍さんはそんな私を見てクスクス笑う。

「酔っ払った椿ちゃんはすげーエロくて好きなんだけどなあ」

「あれは気の迷いだったの！　次に酔っ払っても、絶対あんなふうにならないからっ」

「へえ〜それは残念」

忍さんは笑いながら缶ビールを呷《あお》った。

私は「まったくもう」と唇を尖《とが》らせたあと、俯《うつむ》いて、膝に手を置く。

「……その目も、半グレ集団を抜ける時に……抉《えぐ》られたって、聞いたけど」

「よくご存じで。それも柄本情報？」

私が頷くと、忍さんは「なるほど」と言って、ビールを飲んだ。

「変な話だけどさ、半グレ集団に比べたら、まだ伊織兄に拾われた後のほうが天国に思えるよ。傍から見ればどっちもどっちな界隈なんだが、俺がいたとこは本当にヤバいところでな」

忍さんはふうと息をつき、缶ビールをテーブルに置いた。

「白でも黒でもない灰色の界隈にある半グレっていうところはさ、言うなら一般市民のガワを被《かぶ》ったヤクザみたいなもんだ。暴力団指定法で捕まる事はないけど、恐喝や詐欺、風俗斡旋《あっせん》、売人……。やってる事はヤクザとほとんど変わらない」

自嘲するような笑みを浮かべる忍さん。その表情は、彼自身が様々な犯罪に手を染めたと物語っていた。

「幹部と手下。それくらいの上下関係はあったが、まあなんでもありさ。俺はある日、自分が所属していた集団がとんでもない犯罪に関わっていた事に気が付いてさ。怖くなったんだ。尻尾を巻いて逃げたんだよ」

「忍……さんが？」

私は驚きに目を丸くする。だって忍さんって、雰囲気からして最強っていうか……。最初の日に彼とやり合ったけど、忍さんはすごく強かった。もしかしたら真澄さんと喧嘩してもいい勝負になるんじゃないかと思う。それに落ち着いていて貫禄《かんろく》もあるし、頼りがいもありそうで……。いやいや、これはあくまで第三者から見た客観的な意見というだけで私がそうってわけじゃないけど！

とにかく、なんというか『逃げる』という選択肢からほど遠い人だと思っていたのだ。なんでも真っ向から受け止めて大暴れしそうな雰囲気がするというか。

しかし忍さんは私を見つめて、物憂《ものう》げに隻眼《せきがん》を細める。

「俺だってヤバいと思ったら逃げる。でも、逃げてる途中で捕まってさ。コレは、その時の傷って事だ」

トントン、と黒い眼帯を指で突く。

「身体中の骨が折れるほど俺を殴って、目を抉《えぐ》った後、奴らは俺を倉庫に閉じ込めて火をつけて、蒸し焼きにしようとした」

「う……」

私は思わず顔をしかめてしまう。想像以上に彼の過去は壮絶だった。

「でも、命からがらなんとか倉庫から抜け出してなあ。あとは芋虫みたいに這《は》って逃げて、力尽きて気絶して。次に気づいたら、伊織兄に拾われてたってわけだ」

肩をすくめて笑う忍さん。私は笑い返す事が出来なかった。

「それで……九鬼組に入ったの？」

「いや～、伊織兄には感謝してるけど、だからといって伊織兄に服従するのもなんか違うな～って思って、自分で組を作って神威会に所属して、シノギを稼ぎ始めたんだよ。今の組員は、それからなんとなく集まってきた奴らなんだ」

なんというか、人に歴史あり、って感じだ。私が歩んできた人生と比べると、なんて濃厚かつ残酷な道を歩んできたんだろうと思う。

ちょっと食欲がなくなってしまったけど、なんとかごはんをお腹《なか》につめこんで、私は食器を片付け始める。

忍さんは二本目の缶ビールを冷蔵庫から取り出して、プルタブを開けた。

「伊織兄に拾われた時、いっそカタギになったほうがいいんじゃないかって言われたんだけどさ～。今更戻れねえっていうか。もうこの手は真っ黒だったし、まっとうな生き方っていうのがどういうものか、いまひとつ分からなかったからな」

「……そうだね」

私にも、まっとうな生き方っていうのが分からない。

普通の会社に入って、普通に仕事をして、普通の人と仲良くなる。それがまっとうな生き方なのだろうか。

でも世の中には、ヤクザと関わっていなくても罪を犯す人がいる。半グレがまさにそれだろう。

また、警察に捕まらないレベルで悪い事をする人もいる。

陰湿ないじめもそうだし、会社のパワハラもそう。誰かを傷つける行為をしても、それが犯罪だと認められなければ、その人はまっとうな生き方をしているというの？

私には分からない。

物心ついたころからヤクザが周りにいたからかな。曖昧《あいまい》な善悪の区別がうまくつけられない。

汚れた食器を食器洗浄機に入れて、洗剤を投入してからスイッチを押す。

カウンターの席に戻ると、何故か忍さんがニヤニヤしていた。

「なあ、今のどうだった？」

「は？」

何を尋ねているのか分からなくて、私は眉をひそめる。

「だから、俺カワイソ話をしたところで『忍さん可哀想っ！　ワタシが優しくしてあげなきゃ！　具体的にはエロエロセックスで大サービスしよ！』とか思わねえ？」

「……思わない」

ジト目になって忍さんを睨《にら》み付ける。

もしかしてさっきの話をしたのは、そんな魂胆があったからなのか。呆れを通り越して怒りすら湧いてくる。

「酷い～！　せっかく同情引けると思ってはりきって話したのに～！」

忍さんが両手で顔を覆って泣き真似をする。全然可愛くない。

私はぷいっとそっぽを向いた。

「だいたい、あなたはそういう優しさが欲しいタイプじゃないでしょ。本当は、同情されるのが嫌いって顔してるもの！」

そう。まだ彼と知り合って数日しか経っていないけど、これだけは分かる。

彼に嫌われる方法を組員に尋ねた時、その人柄も聞いて、なんとなく思ったのだ。忍さんは自分の人生を後悔してないんだろうなって。

そして彼の過去の話を知って、思った。

壮絶な過去すら笑みを浮かべて話していた忍さん。苦々しい思い出と自覚しながらも、その過去を忘れる気はないようだった。

だから、同情されたくないんじゃないかなと感じた。可哀想って私が言ったところで、彼はあっけらかんとした顔をして『何が？』と言いそうだったのだ。

忍さんは隻眼《せきがん》をゆっくり細める。そして私の頭をぽんぽんと撫でた。

「ほんと、いい女だよ」

「な、何よいきなり……わっ！」

いきなり肩を抱き寄せられた。彼の大きな手に、ドキッとしてしまう。

「正直、ヤらせてもらえるなら同情でもなんでもいいんだけどなあ」

「そういう事、軽々と言わない」

飾らない性格は好感が持てないわけじゃないけれど、あけすけに言われると、冗談なのかなって疑ってしまうのだ。

そういう願望はもっとこう、隠してほしいっていうか。

「なあ椿ちゃん。そろそろ俺に惚《ほ》れてくれた？」

「惚《ほ》れてない」

「ええ～！　こんなに優しくしてるのに、何が不満なんだよ。早く俺に惚《ほ》れてくれないと、そのうち狂犬になるぞ。ガウガウって本能に従って襲うのも時間の問題なんだぞ」

「何言ってるのよ。もう狂犬みたいなものじゃない」

ぴんっと彼の額を指ではじいてやる。

昨晩の事、忘れたとは言わせないぞ。言葉巧みに私を煽《あお》って最後までしたくせに。なんとなく受け入れてしまっているけど、心から許したわけではないのだ。

それに……と、私は彼から顔を背《そむ》ける。

「別にあなたが狂犬になろうと、私には関係ないわ」

「ほう。そのこころは？」

手をグーにして、マイクのように私の前に突き出す。私はそれをぐいぐい横に追いやりながら、早口で言った。

「私があなたにちゃんと惚《ほ》れたら、狂犬だろうがなんだろうが構わないって事。だって好きなんだもの。どんなふうにヤられようが、貪《むさぼ》られようが、好きなら全部受け入れられるでしょ」

まだ誰かを好きになった事はないけれど、人を好きになるってそういう事だと思う。だから恋に『溺れる』というのだ。

好きで好きでたまらない。蟻地獄のような渦に巻き込まれて逃《のが》れられない。そういう感情を恋と言うんだろう。……私にもそんな感情が生まれるのだろうか。

誰に？　……忍さんに？

少し物思いにふけっていたら、次は忍さんが私を身体ごと抱きしめてきた。椅子がグラリと傾いて、びっくりする。

「ちょっ、危ないでしょ！」

「あ〜可愛い。ごめん本当、椿ちゃんの言う事が全部可愛い。どうしてくれよう！　この俺殺し！　ピンポイントで俺が嬉しい事を言ってくれるんだもんなあ、もう！」

ぐりぐりと頭を撫でられて、髪の毛がぐちゃぐちゃになりそう。

「ちょっ、やめてよ。力加減考えて～！」

「はあもう、椿ちゃんが俺に惚《ほ》れたらもうマジで容赦しねえからな、覚えておけよ」

「何の容赦よ、もう……」

疲れたため息を吐きつつも、なんだかまんざらでもない自分がいる。

忍さんの過去を聞いたら、もしかしたら、名も分からないこの淡い気持ちも薄れるかなって少しだけ思っていた。でも、そんな事はなかった。

むしろ、淡かったはずの気持ちはどんどん膨れるばかりで、まだ果てがない。

忍さんを見て、ドキドキする自分がいる。

あの夜を思い出して、身体を熱くする自分がいる。

傾いていく心。始まりは無理矢理だったのに、どうしてだろう。

――やっぱりこれが、絆《ほだ》される、っていう事なのかな。

忍さんに抱きしめられて頭を撫でられながら、私は漠然と考えた。

身体にくっついた忍さんの男性らしい身体の質感に、ドキドキと心が高鳴った。

第五章

不本意な形で忍さんのマンションに住んみ始めてから、一週間が過ぎた。

真澄さんはまだトラを送ってくれない。

まだぬいぐるみを洗濯していないのだろうか。彼はぶっきらぼうだけど私の要望を無視するような人ではないから、多少は気にしてくれていると思うんだけど。

ちなみに私の生活自体は、相変わらずのんびりしていた。

ツバキの世話をしつつ、忍さんの過剰なスキンシップにげんなりする日々。隙あらば抱きしめたりキスしようとするので、持ち技の合気道でササッと避けて反撃している。

すると彼は余計に喜んでしまい、あの手この手で私に触れようとする。

組員さんが言った、忍さんは嫌がられるほど喜ぶっていう言葉。案外嘘ではないのかもしれない。

ちなみに忍さんは、あのハンバーグの日以来、やたら私に料理をさせるようになった。

朝ごはんや夕ごはんはもちろんの事、お昼だってわざわざ仕事中にマンションへ戻ってくるくらいなのだ。おかげで私は、一日三回キッチンに立たねばならず、結構疲れている。

組員さんへのおすそわけは、最初はしぶい顔をしていたが、しばらくして「まあいいか」と許可をくれた。なので、欲しいと言ってくれた人の分だけお料理を包んで、忍さんに渡している。私が直接組員さんに渡すのは、絶対ダメなのだそうだ。何故だろう……

今日も今日とて、私は朝ごはんを忍さんと食べていた。そして彼は仕事へ行き、私は後片付けをしていたのだが……

そんな時、私のスマホがピリリと鳴った。

「えっ」

びっくりする。

だって私のスマホが鳴るなんて。確か忍さんの話によると、この部屋にはジャマーがかけられていて、通話やメールのやりとりができないはずなのだ。

それなのに、スマホは鳴り続ける。私は水で濡れた手をタオルで拭いてから、カウンターに置きっぱなしにしていたスマホを手に取った。

画面に表示された名前は――柄本さん。

驚きつつ、私は電話に出る。

「もしもし？」

『ああ、やっと繋がった。昨日以来ですね、お嬢』

やっぱり相手は柄本さんだった。

「そうだね。あの、この部屋……普段は電話が繋がらない仕掛けになっているんだけど、どうやったの？」

疑問を投げかけると、柄本さんは電話口でくすりと笑う。

『ええ、ジャミングがかけられていましたね。インターネット経由でハッキングを仕掛けて、なんとか解除したんです。骨が折れましたけどね』

すごい。さすが柄本さん。そういう技術も持っていたんだ……。侮れない人だな。

『しかし、数分くらいしか持ちません。セキュリティが強力でして』

「そ、そうなんだ。でも、どうしたの？」

無理を通してジャミングを抜けてきた柄本さん。忍さんにバレたらどうなるんだろう。やっぱり怒られるよね。それを承知で電話してきたって事は、何か重要な話があるのだろうか。

柄本さんはほんの少し、言葉を止めた。やがて重い口を開くように、低く抑《おさ》えた声で話し始める。

『ここだけの話ですが、真澄さんが消えました』

「えっ？」

目を丸くする。消えたって、つまり行方をくらましたという事？

『実は真澄さんにはある嫌疑がかかっているんです。うちの上納金の一部を抜き取っていた、というね』

「本当なの？　真澄さんがそんな事をするなんて……」

確かに彼は、北城組の中で誰よりも上納金を稼ぐ事に執心していた。でも、それは自分の懐を潤《うるお》したいというより、神威会において北城組の立場をより高いものにしたいという意志によるものだった。そんな人が大切な上納金を抜き取るとは、にわかに信じられない。

『私もまさかという気持ちですが、真澄さん……いえ、真澄には、私を蹴落とすという思惑もあったんですよ』

「どういう事？」

『彼が抜き取っていたのは、私が納めたシノギだったんです』

……そう、しばらく前から柄本さんの上納金が減っていた。組の経理をしていて、ずっと違和感を覚えていた事だ。

不正に金を懐に入れつつ、同時に組長の椅子を狙うライバルを蹴り落とす。本当にそんな事を真澄さんがしたのなら、ある意味ヤクザらしい手口といえる。

「でも、よくそんな事が分かったわね」

『私が独自に調べたんですよ。それで真澄に金が流れている事を掴んだ途端、彼は失踪したんです』

私は唇を噛む。そんな事をしたら、自分が犯人ですと言っているようなものだ。

まったく、本当に不器用な人だな、真澄さん。

『ちょうど次の日曜日、十時から神威会の総会がありましてね。年一回の総会は組員が全員出席しなければなりませんし、真澄もその日ばかりは顔を出すでしょう。よいタイミングを見計《みはか》らって、彼をなんとしても捕まえる予定なんですよ』

「……ちなみにどうして、ジャミングを外すような危険を冒《おか》して、その事をわざわざ教えてくれたの？」

私が尋ねると、柄本さんは何かを憂《うれ》うように言葉を詰まらせた。

『お嬢は、真澄が北城組の組長を名乗ってからずっと組の事を心配していましたからね。現状をお知らせしておこうと思ったんです。連絡を取るのは、真澄にずっと止められていましたから』

なるほど。真澄さんが屋敷にいない今しかチャンスがないと思ったのか。

「分かった。色々教えてくれてありがとう」

『いいえ。お嬢のお役に立てたなら幸いです。多少の無茶を押し通して正解でした』

甘い声色が耳に響く。

彼もまた、どこまで本心で話しているのか分からない。先日の告白も含めて……本気なんだろうか？

そんな疑問を心に残しながら、私は電話を終えた。

次の日曜日は、年一回の、神威会総会。

幹部はもちろん、末端の『枝』まで出席しなければならない、神威会に与《くみ》する者なら最優先すべき行事だ。

その総会は毎年二月に行われるけど、具体的な日にちはその年によって異なるので、今年の総会が正確に何日か、私は知るすべを持たなかった。

真澄さんは当然の事、忍さんに聞いたら絶対その日に逃げるって思われて、教えてくれないだろうし。……まったくそのとおりだけど。

何にせよ、北城の屋敷に戻るチャンスがようやく到来したのだ。真澄さんにトラの洗濯をお願いしたからそこまで急いでいなかったけど、それでも一度は戻ってやらなければならない事がある。

それは、私とお父さんの大切な約束。

忍さんが問答無用で私を拉致したせいで、回収しそこねたものを手に入れる事。

私は何としてもそれを手にしなければならないのだ。これればかりは真澄さんに頼んで送ってもらう事もできなかった。

だって彼の傍《そば》には、いつも――

いや、それはいい。『あの人』も、総会には出席するはずだから。

私はその隙をついて、どんな手を使ってでも屋敷に帰ると決めた。

いざ訪れた日曜日。

忍さんは相変わらず上機嫌な様子で、私の作った朝ごはんを綺麗に平らげてから出かけていった。

彼が玄関を出る時、さりげなく『今日はどこに行くの?』と尋ねてみたけど、笑って『仕事だ』と言うだけだった。

やっぱり私に総会の事を知らせるつもりはないんだろう。

シンと静まったリビング。私はツバキの大好物の猫缶を開けて、水を替え、猫トイレの始末をした。

そして、時計の針が十時を指した時、こっそり作っておいた長い紐を寝室のクローゼットから取り出し、身体にしっかり巻き付けた。

これは寝室で発見した新品のベッドシーツを縦に断裁して、端と端を丸結びしたものだ。頑丈そうな布を選んだので、少しだけなら体重をあずけても切れないと思う。

リビングからスニーカーを持ってベランダに出て、ベランダの扉を閉めた。靴を履いて、手すりに手作りの紐をしっかり結ぶ。

二十二階、最上階。ふと地面を見たら、少しだけめまいを覚えた。落ちたら間違いなく死ぬ高さだ。絶対に失敗できない。

私は覚悟を決めた。

震える足に気合いを入れて、手すりを乗り越える。

紐は命綱だ。ゆっくり慎重に、焦らず、手すりの根元に足をかけて、支柱を掴みながら下に向かって手を滑らせる。

「よい、しょっ！」

手すりの根元に手をかけて、足を放った。宙ぶらりんになった足は心もとなくて、恐怖のあまり、手から汗が出ている。

私は自分の手を軸にして身体を振り子のように振り、勢いを付けて下の階のベランダに着地した。

「はぁ〜」

ガクガクと膝が笑っている。こんなのもう、一生やりたくない。

私は身体を縛っていた紐を解き、次はベランダの端にある隔《へだ》て板に近づいた。これは非常の際に蹴破って避難するための板だ。フレキシブル板といって割と頑丈である。

力の弱い女性は、金属バットなどを用意しないと破れないほど、硬い板だけど……

「せいっ！」

踵《かかと》に重心を置くイメージで、板の一点を蹴る。

コツは蹴り破る感覚で思いっきり踵《かかと》に力を入れる事。壁に当たる面積が小さいほど、一点に集まる力が強くなるので、むやみに叩くより効果的なのだ。

板はガラスのようにバリンと割れた。何度か蹴って、私が入れるくらいの大きさに広げる。

結構大きい音がするので、普段は絶対使えない方法だ。

でも今日は神威会の総会。組員は全員総会に出席している。そしてこのマンションは秋國組の構成員しか住んでいない。

つまり今だけは、このマンションはもぬけの殻なのである。

私は次々と隔《へだ》て板を蹴り壊してまっすぐ前に突き進む。やがて角部屋のベランダにたどり着いた。

一番端まで走って、手すりから身を乗り出して下を見る。

やっぱり思った通り。壁に沿う形で非常階段があった。しかも運がいい事に、この下は丁度非常階段の踊り場である。

距離はちょうど一階分くらい。これくらいの高さなら、なんとかなりそうだ。

私はベランダを乗り越えると、忍さんの部屋から下りた要領で、ベランダの手すりの根元を掴んだ。

そのまま腕の力だけでゆっくり身体を下ろして、えいっと下りる。

思ったより高さはあったけど、無事に着地した。ちょっと足がびりびり痺《しび》れる。まさか古武術で鍛《きた》えた身体がこんなところで役に立つとは。今のところ肝心の武術はまったく役に立ってないけど、しっかり身体を鍛《きた》えておいてよかった。

あとは非常階段をひたすら下りて、ようやく脱出完了だ。

あの手この手と、マンションから逃げる手段を考えたけど、最後には知恵も何もない、力尽くの方法になるとは……人生とは皮肉なものである。

数日ぶりにマンションの外に出て、思いっきり息を吸い込んで深呼吸する。私はまっすぐ北城の屋敷に向かって走った。

そして忍さんの部屋を出て一時間ほど過ぎた頃、短い息を刻みながら、その門を見上げた。

北城組の本拠地。

まだ二週間くらいしか経っていないのに、ずいぶん長い事帰っていない気がした。人の気配はしない。北城組の組員もまた、全員総会に出席しているんだろう。

当然のように門は施錠されていたので、私は裏口に回って塀をよじ登る。防犯カメラがあるけれど、まあ私だし、映っても大丈夫だろう。

屋敷の玄関はやっぱり鍵がかかっていて、全ての雨戸が閉まっていた。しかしこの屋敷は築年数が古いだけあって、身内しか知らない抜け道があるのだ。

私は屋敷をぐるっと回って、自分の部屋があるあたりの雨戸に手をかける。実はここだけ鍵が壊れていて、雨戸の鍵はかかっていないのだ。よいしょと力を入れると、雨戸はガラガラと開いた。そこは普段なら縁側になっている廊下で、目の前には障子がある。

この先は私の部屋で、角を曲がった向こうが父の書斎だ。

私は迷う事なく書斎に向かい、ガチャリと扉を開けた。

久しぶりに見るその部屋は、私が最後に見た時と少し様子が変わっていた。柄本さんの話によると、真澄さんがここを陣取っていたらしいので、彼が色々と配置変えをしたのだろう。

でも、あそこの場所は知らないはず。

私は部屋の照明をつけると、壁伝いに張られた腰壁に触れた。そのまま歩いて……角の腰壁に両手をかけると、思いっきり力を入れてべりっと剥《は》がす。

この部分の腰壁だけ、女の力で剥《は》がれる仕様になっているのだ。そして剥《は》がした壁の向こうは空洞になっている。つまりここは私と父だけが知る隠し戸棚って事。

中には小さな手提げ金庫が入っていて、私はそれを手に取った。

これが手にしたかったものだ。忍さんに拉致された後、なんとしても屋敷に取りに行かなくちゃいけなかったもの。

金庫には錠前がついていたが、鍵らしきものは戸棚には見当たらない。

するとその時、後ろから気配を感じた。
ふわりと香るのは、上品な男性用フレグランス。
「……なるほど、あなたの狙いはコレだったのね」
神威会の総会はすでに終わっていたらしい。もっと早く行動に移しておけばよかった
と苦々しく思いながら振り返ると――
そこには、いつもと変わらない笑みを浮かべる柄本さんが立っていた。
「どうしてそう思ったんです？」
「わざわざジャミングを外して私に電話をしてきた本当の用件は、真澄さんの悪行を晒《さら》
す事じゃない。総会の日を教えたかったんでしょう。その日に私がマンションから逃げ
出すと見越してね」
柄本さんの笑みが深くなった。――正解らしい。
「ただ、ずっとその目的が分からなかった。あなたの事だから、上納金に関する事だと
思っていたけれど」
まさかその目的が、隠し戸棚の金庫だったなんて。
「お嬢の言うとおりですよ。その金庫には、北城組のシノギがらみの証拠が入っている
のでしょう？　だから私も確認したいと思ったんです。シノギを横領した真澄の悪行は、
きちんと精算しなければなりませんからね」

「真澄さんがそんな事するわけないわ」

私が断言すると、柄本さんは少し驚いた顔をした。

先日、柄本さんが電話で話した時から、私は確信していた。真澄さんが組の金を横取りするなんて絶対にない。例え父が亡くなったとしても、彼は北城組を大切にしているのだ。

「大体、真澄さんがそんな事をするような人なら、組長を継いだ時点で北城組はとっくに名前が変わっているはずよ。例えば真澄組とかね」

彼は北城組を乗っ取るつもりで組長を継いだのではない。

むしろ、乗っ取ろうとする人から守るために、問答無用で組長を名乗ったのだ。

全ては北城組を守るために。

「ずいぶん真澄さんを信じているんですね。あんなにもいがみ合って、あなたは真澄さんに反発ばかりしていたのに」

「そりゃ嫌いだもの。頭でっかちで融通が効かなくて、おまけにデリカシーもなくて無神経だしね。でも、嫌ってるからといって信頼してないわけじゃないのよ」

私はふっと笑みを浮かべてみせる。

「私は少し前、真澄さんにあるものを預けたの。彼はそれを受け取って確認しているのよ。多分、一人でね」

彼が姿を消したのは、おそらくそれが理由だ。失踪のタイミングが悪すぎて、相変わらず不器用な人だと思ったけれど、そういうところが真澄さんって感じもする。

「どうして一人で動く必要が？　勝手に組長を名乗っておいて、組員が信用できないのですかね。やはり彼が組長になるのは間違っているようです」

「いいえ。ここにいたら、真澄さんはいつまでも確認作業が出来ないのよ。だから失踪するしかなかった。なぜなら彼の傍《そば》には常にあなたがいて、監視していたからね」

びし、と私は柄本さんを指さす。

「北城組の上納金をかすめ取っていたのは、あなたよ。柄本さん！」

静寂に満ちた書斎で、私ははっきり口にした。

柄本さんは面白そうに片方の眉を上げる。

「それはまた、酷い濡れ衣を着せられたものですね」

「どの口が言うの。あなたは複数の会社を経営して上納金を稼いでいたわ。そのうちのひとつがデイトレーダーだけど、それは同時に北城組の資金洗浄も兼ねていた」

「はい。いわゆるマネーロンダリングですね」

「ええ。その資金洗浄の最中、あなたは皆が稼いだ上納金をかすめ取っていたのよ。そして犯人を真澄さんに仕立てるため、わざと自分の上納金を報告より少なめに入金していたの。あたかも自分が被害者だと言わんばかりにね」

同時に、神威会に報告するための証拠をでっち上げたりもしていたのだろう。

私は組の経理を手伝っているうちに上納金の計算が合わない事に気が付いて、密《ひそ》かにずっと調べていたのだ。そして、組の資金洗浄を一手に引き受けている柄本さん以外の人は、この方法でお金は奪えないと確信した。

「あなたの狙いはお金だけじゃない。真澄さんに濡れ衣を着せて『制裁』した後、その功績でウチの組の実権を握るつもりなんでしょう。そして北城組を解体し、組員を柄本組に吸収。柄本組を神威会二次団体に格上げさせる計画なんだわ。……違う？」

静かに尋ねると、柄本さんは腕を組んで壁に寄りかかり、くっくっと低く笑う。

そして顔を上げると、ぎらりとそのメガネが白く光った。

「想像で、よくそこまで考えられますね。感心しますよ」

「忍さんとの結婚に反対したのも、私を好きだなんて言ったのも、私があなたの妻になったらもっとスムーズに北城組を乗っ取れると思ったから。これも違うというの？」

自分にそこまでの求心力はないと思うけど……それでも私は、前北城組長の娘だ。幼少の頃から屋敷に住んでいて、組員とは全員顔見知り。険悪な仲でもない。

そんな私がもし柄本さんと結婚して、彼が組の実権を握ったら――多くの組員は柄本さんに従うのかもしれない。北城組で一番のカリスマを持っていた前組長は亡くなってしまったのだから。

柄本さんは静かに笑みを浮かべ、私を見つめる
「ま、ほとんど正解ですよ」

「……認めるというのね」

「ええ。ですが修正もさせてください。私は何も策謀のみであなたを妻にしたいわけではありません。異性として本気で好いているのは真実ですよ。椿お嬢様」

む、と眉間に皺が寄る。こんなにも心から嬉しくないと思った告白は生まれて初めてだ。

「実は、北城さんが入院していた部屋に盗聴機を仕掛けていたのですが、その時、お嬢と北城さんの会話を聞いてしまったんですよ。自分の気持ちを受け取ってくれ、とね。その『気持ち』が、あなたが今持っているそれの事でしょう?」

彼が指さしたのは、先ほど隠し戸棚から取り出した手提げ金庫。

私はそれを隠すように、ぎゅっと胸に抱き込む。

「あなたが秋國忍のところへ行ったあと、隠し場所を探そうと思ったのですがね。ずっと真澄さんが書斎を陣取っていたので困りましたよ。先に見つかったらどうしようかとね。まさかそんなところに空洞があったとは、盲点でした」

私は黙って柄本さんを睨《にら》みつける。

そうか。真澄さんはギリギリまで守っていてくれたんだ。柄本さんが屋敷の中を荒らさないように、尊大な態度を取って追い返していた。

「今際《いまわ》の際の北城組長が娘のあなたに託した『気持ち』。それは隠し金に決まっています。ですから何としても欲しいんですよ。金はたくさんあって困るものではありませんし」

「先に言っておくけど、この金庫の中身はあなたが思っているようなものじゃないわよ」

無駄かもしれないけど牽制しておく。しかし予想通り、柄本さんは私の言葉を聞き流した。そんな事を言って、父の裏金を隠していると思っているんだろう。

「私はね、北城組に所属した時からここを踏み台にして、地位も金も女も——全てを手に入れてやると決めていたんです」

そう言った柄本さんはぱちんと指を鳴らした。

途端に、どこで待機していたのか、わらわらとブラックスーツに身を包んだ男が複数現れ、私を取り囲《かこ》む。

その数、六人。全員、見慣れない人だった。

「見ない顔ばかりだけど、最近入ってきた組員？　女一人にずいぶん大がかりなのね」

「こちらは私の——柄本組の構成員ですよ。女と甘く見るとこちらが痛い目に遭《あ》うほどあなたは腕が立ちますからね。人数が多いのは、一応の保険です」

「そう。油断してもらえないのは残念だわ」

十年前から、柄本さんは私の傍《そば》にいた。ずっと私を観察していたのだ。私が習得した武術が何であるかも、その熟練度も、全て把握している。

だからこそ、人数を集めたという事だ。彼は少しも私を過小評価していない。

ふと、私は思い出した。

この屋敷に突然現れて、問答無用で私をかっ攫《さら》った、強引極まりない隻眼《せきがん》のヤクザ——秋國忍さん。

そういえば、最初の日にやり合ったっけ。

私は本気だったけど、彼には全然通じていなかった。まるでやんちゃな子猫を捕まえるように、難なく身体を拘束され、押し倒された。

どうしてだろう。あの時は心の底から負けたと思って、悔しくてたまらなかったけど。

不思議と恐怖は感じなかった。もちろん別の——主に性的な意味では怖かったけど。

どうしてだろう。……やっぱり、どことなく優しさを感じたからかな。

本当の意味で私に乱暴しないと、そう直感したから。

でも今の私は、脚がわずかに震えている。屈強そうな男達よりも、壁にもたれる柄本さんの冷たい目が怖かった。

ずっとお世話になっていたせいだろうか。

私は心のどこかで『話せば分かる』と思っていたのかもしれない。例え上納金をかすめ取るような悪い事をしていたのだとしても、説得したら分かってもらえるだろうと。

でも、柄本さんはヤクザなのだ。

どんなに善人を気取っていたとしても、私に親切だったとしても、彼の性根はあくまで悪人。私は彼を前にして、初めて身の危険を感じた。

この人ははじめから敵だった。この組に顧問として所属した時から、組の乗っ取りを企《たくら》む……そういう人だったのだ。

私は唇を噛んだ後、足元に落ちていた硬そうなファイルを靴のつま先ではじき飛ばして蹴り上げた。

「ぐあっ！」

ファイルは真っ正面にいた男の目にバコンとぶち当たる。思わずのけぞる男の顔に私は自分の手を押し当てた。

「落ちて——！」

彼の額に自分の体重を掛ける。

ずだん、と大きな音がして、男の身体が後ろに倒れた。

相手の力を流用する形で己の技を完成させる。合気道の基本である。

「ああ駄目ですよ。合気道に秀でた彼女に一対一は不利です。何のために頭数を揃えたんですか。全員で一気に襲いなさい」

柄本さんが涼しい声で指示している。

床に倒れた一人が起き上がる前にこの場から逃げなければ。

残った五人は互いに目配せをしてタイミングを図《はか》っている。それを目で観察しながら、私は後ろ足をじりじり後ろに下げて、前足の膝を曲げた。

男達が一斉に両手を構えて私を捕まえようとする。その瞬間を見計《みはか》らって、私は思い切り体勢を低くした。そして後ろ足で床を蹴り、男の脚の間をくぐるようにダッシュする。

「なあっ⁉」

そんなふうに逃げられるとは思わなかったのか、男達が驚いた声を上げて慌てて後ろを振り向いた。私は手提げ金庫を抱えたまま、書斎を出ようとする。

しかし――

ヒュッと風を切る音がして、私はすぐに身を引いた。

長い自分の髪の毛が、床にぱらぱらと落ちる。

私の髪をひと束斬《き》ったのは、柄本さんが握る刀だった。

「案外……古風なものを持っているのね」

昔のヤクザは好んで所持していたとか。俗語でドスと呼ばれたりしている。柄本さんが持っているのは長ドスと呼ばれる長身の刀だ。

「私の趣味じゃないですよ。ほら、この屋敷の広間に飾ってあるでしょう？　あれを拝借したんです」

ニコニコとした笑顔で柄本さんが言う。そういえば広間の奥に、お父さんが趣味で購入した刀が飾ってあったっけ。

「模擬刀だったらどうしようと思っていましたが、いい斬《き》れ味ですね。きちんと手入れされているようです」

「そりゃそうよ。お父さんに頼まれた真澄さんが、いつも手入れしてたんだから」

床に落ちた髪の毛を見つめながら私は渋面を浮かべる。

真澄さん、いい仕事しすぎじゃない？　何よこの斬《き》れ味。軽く髪に触れただけでサラッと斬《き》れた。もしこれが自分の身体だったらと思うと、背筋がぞくりと凍る。

しかし私はすぐに気持ちを切り替えた。

怖がっている場合じゃない。ここから早く逃げないと。

「いいですねえ、その目」

柄本さんがうっとりと私を見つめた。

「絶体絶命のピンチでも諦めず、勝機を窺《うかが》おうとする強い瞳。誰にも助けを乞《こ》わず、己の力のみで危機を切り抜けようとする心意気。本当にあなたはたまらない」

片手で持った刀を私に向けて、メガネを白く光らせた。

「何がなんでもその強い瞳を屈服させたい。ねじ伏せて痛めつけたい。泣き叫ぶあなたが気絶するまで犯したい。――想像するだけで、興奮してきますよ」

くく、と笑う。彼の目はいつになくサディスティックに光っていた。

「恐らく、秋國忍――彼もそうなんでしょうね。彼と私は似ていますから。反抗されるほど力尽くで首を締《し》めたくなるといいますかね。あなたはどうにも我々のような人間の嗜虐心を煽《あお》るんですよ」

私はムッと顔をしかめた。

忍さんは、そんな人じゃない。確かにヤクザとしての彼は『悪人』だろうけど。

私の前では優しくてひょうきんで明るく笑う、猫が大好きな――ただの男の人だ。

「あなたみたいなのと忍さんを一緒にしないで」

「へえ、ずいぶん飼い慣らされたんですね。その身体もすでに穢《けが》された後ですか？　残念ですね。あなたがここにいる間に無理矢理犯して、処女をもらっておけばよかった」

がらがらと崩れる。私が培《つちか》ったと信じていた柄本さんとの絆が壊れていく。いや、そんなものは最初からなかったんだろう。

彼はずっと……本音を隠して、私をそういう目で見ていたんだ。

キッと彼を睨《にら》み、彼が手に持つ刀の先を見る。

とにかく、刀身に触れないようにしなければ。

私が臨戦態勢になったのを察知した柄本さんは、刀の柄をぎゅっと握りしめた。

「まあ、腕の一本くらいは覚悟してくださいね。じゃじゃ馬の躾《しつけ》としては無難なところでしょう？」

「呆れた。嘘でも好きだとか言ってる女に対する言葉じゃないわね」

「いえいえ。これも愛情表現。不器用な男の独占欲ってやつですよ」

余裕綽々《よゆうしゃくしゃく》な柄本さんを睨《にら》み、私は刀を避けるように前へ出る。すかさず柄本さんは後ろ足で移動して間合いを取り、私の腕めがけて斬《き》りかかった。

私はすぐにその場でしゃがみ、刀の柄を持つ彼の手を下からたたき上げる。

バシンと音がして、剣先がぶれた。

――今だ！

柄本さんの手首を逆手《さかて》で取り、ぐりっと捻《ひね》る。

柄本さんの手から力が抜けて、柄が滑り落ちる。ガチャンと大きな音がして、硬い刀身が床に落ちた。

「……っ！」

私はすぐに刀の柄を握ろうと手を伸ばす。

だが、その瞬間――動きが止まった。誰かに止められたのではない。自分の身体が石になったみたいに固まってしまったのだ。

刀。研ぎ澄まされた刀身。音もなく髪を斬《き》り落としてしまう、凶器。

かたかたと身体が震える。

幼少のあの日を思い出す。

どうしても真剣を持つ事ができなかった。木刀の練習ならいくらでも上手にできたのに。

怖いんだなとお父さんに言われた。その声色に落胆の色はなかった。でも私は悔しくて何度も真剣を握ろうとして、だけど、どうしても身体が言う事をきかなくて、だから――

「ああ、思い出しましたよ」

ハッと我に返ると、目の前に柄本さんが立っていた。

「あなたは真剣に触れるのが怖くて、居合道を諦めたのでしたね」

目を丸くした途端、ドスッとお腹《なか》に重力を感じた。少し遅れて、ずくんと痛みが走る。

「っ、く、は……っ」

お腹《なか》を殴られた。息ができなくて、後ろ足でたたらを踏む。男達が私を囲《かこ》み、両手を掴んだ。

そして、口元に布のようなものが押し当てられる。思わず吸い込んで、急激にぐらりと意識が遠くなった。

「さあ、行きましょうか。あなたには使い道がたくさんありますのでね」

耳元で囁いた柄本さんの声は、普段と変わらない、優しささえ感じられるものだった。

第六章

神威会、総会——とあるホテルの大ホールを貸し切りにして行われる年一回の大々的な集会。

俺、秋國忍は、壇上の役員席に座って一連の流れを眺めていた。伊織兄——神威会会長や、彼の父である前会長が挨拶したあと、それぞれの組が納めた上納金を報告し、スクリーンでグラフを表示している。

まるで企業の株主総会のようだ。話し合ってるのはシノギの売り上げだけど。

その中で、北城組が話題に上がった。

どこかの三次団体だったか。ここ最近、北城組のシノギが目減りしている事をやり玉に挙げて、かの組が未だ二次団体にいるのはおかしいと意見したのだ。

まあ、当然の意見だ。三次団体はいかに二次団体を蹴落としてのし上がれるか、常に画策しているし、北城組の組長が死んだばかりで動揺している今が絶好のチャンスだと思っているのだろう。

だがその時、ある男の手が挙がった。

「話が盛り上がっているところ申し訳ないのですが、こちらで調査していて、判明した事があります」

柄本宗二《そうじ》。北城組の顧問であり、神威会の若中《わかなか》。四次団体・柄本組の組長だ。

あたりがざわめく。怒号のような声も少なくない。

そんな中、柄本は涼しげな顔をして、メガネのブリッジを中指で押し上げた。

「北城組のシノギが目減りしていた理由。実は裏切り者が潜《ひそ》んでおり、密《ひそ》かに上納金を横領していたんですよ。しかし安心して頂きたい。すでに犯人は判明していますし、捕まるのは時間の問題です」

ざわざわ、ざわざわ。

柄本の独壇場に、皆が注目した。彼は満足そうに微笑むと、一瞬チラリとこちらに視線を向ける。

誰を見ているのだろう。もしかして、俺だろうか？

しかしすぐに柄本は視線をそらし、悠然と口を開く。

「その裏切り者の名は――」

「ああ、ストップ」

これが鶴の一声というのだろうか。伊織兄が唐突に制止して、騒がしい場がぴたりと静まる。

「言い訳も許されねえような空気の中、憶測のみで犯人の名前を挙げるのは、フェアじゃねえなあ？」

壇上で脚を組んだ伊織兄は、ニヤニヤした笑みを浮かべて柄本を見る。

「話の続きは総会の後で聞いてやる。北城組の話はこれでしまいだ」

伊織兄が短く話を終わらせて、場は少しざわついたが、会長に反対意見を口にする度胸のある奴はいないのか、文句の声は出なかった。

柄本は一瞬伊織兄を睨《にら》むと、渋々といった様子で席につく。

あそこで名前を口にしてしまえば、まだ容疑者レベルに過ぎなかったとしても、強烈に犯人として印象付ける事ができる。それが柄本の狙いだったんだろう。だが伊織兄に阻止されて、面白くないといったところか。

さてさて、これからどうしたものかねえ。

俺は顎《あご》を撫でながら、総会のなりゆきを見守る事にした。

総会は一時間くらいで終わり、組員達はぞろぞろとホールを後にしていく。

伊織兄は柄本を呼びつけた。俺と伊織兄で事のあらましを一通り聞いていたら、柄本組の組員が近づいてきて、柄本に何か耳打ちする。

「すみません。急な用事が入ってしまいまして。この場はいったんよろしいでしょうか」

「ああ、構わんぞ」

伊織兄が軽い調子で言うと、柄本は深く頭を下げて、組員と共に去って行く。

「さて、秋國。どう思う？」

だだっ広い大ホールの中、残っているのは俺と伊織兄の二人だけ。まるで状況を楽しんでいるような笑顔を見せる伊織兄に、俺は苦笑する。

この人はトラブルがややこしくなるほど、こういう顔をするんだよな。平穏は退屈で、殺伐とした空気が大好物。だけど、愛妻や愛息と過ごす時間だけは、その退屈なはずの平穏を何よりも大切にしている。

「さっきの柄本の話ですか？」

「ああ。大した名探偵ぶりだが、実際のところはどうなんだ。本当に北城組の裏切り者が真澄で、シノギを横領しているのか？　単に稼ぎが悪くなってるだけじゃねえのか？」

俺は柄本が話した内容について考えていた。柄本ははっきりと裏切り者は真澄だと口にし、彼はほどなく捕まると言っていた。どうやら真澄を捕らえる算段はすでについているようだ。証拠もいくつか揃えているらしい。柄本は、北城組の組員の半数が自分の味方になっていると口にし、今更真澄が現れて身の潔白を証明したところで誰も信じないと言っていた。

柄本は知性派を売りにするインテリヤクザだからなあ。さっき組員に耳打ちされた内容も、間違いなくロクなものじゃないんだろう。

「シノギが横領されてるってのは本当ですよ。ただ、犯人は真澄じゃありません」

「へえ。お前がそう断言するって事は、それこそ動かぬ証拠を揃えているって考えていいんだな」

ニヤニヤと伊織兄が笑った。

「伊達《だて》に舎弟頭《しゃていがしら》やらせてもらってませんから。枝の管理は俺の仕事ですよ」

そう言って、俺はスマホを操作して、メールを送る。

「伊織兄。少し時間頂けますか？　ちょっと行きたいところがあるんですよ」

「おう。どこに行くんだ」

俺はにっこりして、人差し指で上を指さす。

「このホテルの宿泊ルームです。そこに『特別ゲスト』を用意していますので」

そう言うと、伊織兄は「それは楽しみだ」と、足取り軽くホールの出口に向かった。

目的の部屋はいわゆるシングルルームだ。宿泊費が安いのでビジネスに使う客が多く、人を隠すのに一番都合のよいクラスだと俺は思っている。

あらかじめ決めていた回数分ノックすると、内側からロックが外され、ドアがゆっくり開いた。そして中にいた『特別ゲスト』を見た伊織兄は、さすがにびっくりしたのか「ほお？」と目を丸くした。

「まさかこんなところに隠れていたとは。まさに灯台もと暗しだな」

北城組暫定組長、真澄。彼は伊織兄を見ると、深く頭を下げた。

「……お世話になってます」

厳格な強面《こわもて》。屈強そうな体格。ビジネススーツは相変わらず窮屈そうだ。

俺は先に伊織兄を部屋に入れた後、尾行の気配がないか廊下を確認してから、ドアを閉めてロックをかけた。

「柄本がドヤ顔で言ってたぜ。シノギをかすめ取ってたのは真澄だってな」

腕を組んで笑い混じりに話す伊織兄に、真澄はムスッと不本意そうな表情を浮かべる。

「ウチの組が迷惑かけてます。ですが今回の件ではっきりしました。北城組において誰が味方で誰が裏切り者か。少し長くなりますが、まずは俺の話を聞いてください」

口下手な真澄はところどころが辿々《たどたど》しかったものの、要点をしっかり押さえつつ、説明した。

事の発端は四年前。

高校を卒業した椿が、組の経理を手伝い始めた頃の事だ。

彼女は、上納金の報告書と実際に振り込まれた金額が微妙に違う事をずっと気にしていた。

しかし北城組は豪快な組長によるどんぶり勘定が通例となっていて、報告と入金額が多少違っていても、あまり気にしないところがあった。

二次団体としてのメンツが保てる程度のまとまった金さえ揃えていればいい。

そんな感じだったので、椿が『計算が合わない』と真澄に報告しても、最初はまったく相手にしていなかった。見込み計算で多めに報告していたが、実際はそこまで稼げなかった場合もあるだろうと思っていたのだ。

しかし椿はそこで引き下がらず、独自で調査を進めて、そのデータをSDカードに入れていた。

真澄はそこまで説明したあと、ベッドに置いていたぬいぐるみを持ち上げた。

「それは、トラ……か？」

伊織兄の質問に、真澄は頷く。

俺もこれを見せられた時、びっくりした。が、同時に納得した。

椿が真澄に電話で言っていた『トラを洗濯しておいて』というのは、コレの事だったのだ。

そのぬいぐるみは何とも愛くるしい。しかし真澄は雑な仕草でその腹をビリッと裂いた。

「あいつはこの中にSDカードを縫い込んでいたんですよ」

そう言って、用済みになったトラはポイとゴミ箱に捨てられる。そういう粗雑な仕草が椿に嫌われる元なんだぞっと心の中で密《ひそ》かに思った。あのトラは後でちゃんと回収してあげよう。

「データはもちろん確認したんだろうな」

伊織兄が言うと、真澄は「ええ」と同意する。

「柄本は、うちのシノギの資金洗浄を一手に引き受けていました。そして株や為替《かわせ》の市場で金を回しているうち、『損失』として少しずつ金を間引いていたんですよ。椿のデータは具体的にどのタイミングで横領していたのか、全て証拠つきで書いてあります」

ふうと真澄はため息をつくと、件《くだん》のＳＤカードをポケットから取り出し、伊織兄に渡した。

「感心するくらい、あいつはよく調べてくれましたよ。ほんと細かい性格っつうか。世間知らずで箱入り育ちのお嬢のくせに、鼻だけは効くっつうか。データの中には、横領した金を保管している銀行口座も押さえてありました」

「なるほど。横領金と、その口座の金額がぴったり合えば、動かぬ証拠ってやつだ」

ニヤ、と伊織兄が笑った。

「恐らく真澄を犯人にして蹴落としたあと、真澄から横領金を奪い返したと言って、その金を用意して返すつもりなんだろうな。そうすりゃ、柄本の信頼は爆上がりだ。さすがインテリヤクザを気取るだけあるねえ。悪巧《わるだく》みはお手の物ってわけだ」

終始楽しげに話す伊織兄を見て、真澄はなんとも複雑そうな顔をする。手持ち無沙汰に頭をカシカシ掻《か》いて、困ったように俺を見た。

うんうん、気持ちは分かるぞ。自分の組がトラブルに遭《あ》ってるのに、ずっと他人事のように親分は笑っているんだもんなあ。どう反応したらいいか分からないのだろう。俺も伊織兄とは付き合いが長いけど、いまだに正解が分からんからな。

真澄はゲホンと咳払いをして「とにかく」と厳めしい顔をする。

「俺は椿から話を聞いた後、あいつの部屋でトラと、縫い込まれたＳＤカードを見つけ出しました。そして銀行を回って証拠の裏取りをしてたんです」

「そういえば真澄、なんでお前は一人で行動してたんだ？」

組員を何人か連れていけば、もっと早く事態は動いていただろうし、総会前に収拾をつけられたかもしれない。

しかし真澄は苦虫を嚙み潰したような顔をして、目を伏せる。

「正直なところ、信頼できる組員の判断がつかなかったんです。組長が死んで、ウチの内部はかなり動揺していましたからね。その隙を突くように柄本が自分の派閥を広げようとしていましたから、組員の腹の内が読めなかったんですよ」

額を手で押さえて独白する真澄。

強面《こわもて》のせいで老けて見えるが、彼は俺と同世代だ。北城組若頭として長く組長を支えていたようだが、人を見る目というのは簡単に身につくものではない。

「まあ時間はかかりましたが、証拠の裏取りは全部取れました。これなら柄本がどう言い訳しても、どうにもならんと思います。親父が最後に課した『宿題』、ようやく終わりそうですわ」

肩の荷が下りたように、真澄は心なしか安堵した顔を見せる。

「へえ、北城のおやっさん、宿題なんか渡してたのか？」

伊織兄が興味を持ったようだ。真澄が「はい」と頷き、指を二本立てる。

「宿題は大きく分けてふたつ。ひとつは――多分親父も、椿から報告されていたんでしょうね。柄本を疑ってたみたいです。せやから俺に、組の内部洗浄を任せました。綺麗に『掃除』できたら、組をやると」

「なるほど。もうひとつは？」

「……椿の事です」

伊織兄にそう言った真澄は、チラリと俺を横目で見た。

「決して組の争いに巻き込まない事。そして、あいつを人並みの幸せに導く事です」

「それで俺に預けたのか～」

俺は心から納得して腕を組み、何度も頷く。確かに俺なら椿を絶対幸せにしてやれる。なんといっても俺が断言するのだ。他の奴らは不幸になってもいいけど、椿と俺だけはハッピーライフを送る予定だから間違いない。

しかし真澄はかなり不本意そうな表情を浮かべた。

「ほんまは、こんな胡散臭《うさんくさ》い笑い方しよる隻眼《せきがん》野郎に椿はやりたくなかったんですけど」

「えっ？」

「わはは！」

俺が眉をひそめると同時に、伊織兄は大笑いした。

「すでに親父から話を聞いていたんですわ。椿は秋國に任せるって。せやから椿を預けた。あのまま屋敷におると、間違いなく内部抗争に巻き込んでしまうし」

つまり、全ては最初から段取りがついていたわけだ。

真澄は俺が思っていた以上に忠義に厚く、北城組長が亡くなったあとも、彼の最期の頼みを聞き届けようと尽力していた。

葬式が終わって間もないうちに自分が組長だと言い出したのも、柄本に組を取られまいとした行動の結果で、椿の事も、争いに巻き込まないよう迅速に手放《てばな》した。

ただ元々不器用な性格で、口下手。愛想も悪く、組員に対してもぶっきらぼうな態度を取っていたせいで、そこを柄本にうまく利用されたってところか。

「じゃあこれで、大手を振って柄本をふん縛《じば》れるわけだが、件《くだん》の奴は今、どこにいるんだ？　さっき組員と一緒にホールを出て行ったが」

「おそらく北城の屋敷じゃないですかね。柄本は、なぜか屋敷の中をコソコソ嗅《か》ぎ回っていたんです。何を探してるのか知らねえが、特に組長の書斎にこだわってましてね。俺がいるうちは、絶対に入らせまいと陣取ってたんですが」

伊織兄の言葉に、真澄が返す。

柄本が北城の屋敷で家捜ししていた？　柄本にとって致命傷になりうる椿のＳＤカードはすでにこちらの手にある。奴らの目的がソレでないとしたら、あの家にはまだ俺達の知らない何かが隠されているのだろうか。

「仕方ねえな。北城組の組員が信用できないなら、俺んとこの組員使うしかねえか」

俺はメールで手早く組員に指示を出す。

ぽちぽちメールの文章を打ちながら、ふと、椿の事を思い出した。

彼女はしきりに屋敷に帰りたがっていた。あの手この手で、時には俺に嫌われてマンションを追い出されようという画策までして、脱出しようとしていた。

それが柄本の横領に関する事だとしたら、トラのぬいぐるみの件を真澄に伝えた時点で、帰る理由はなくなる。

確かに、真澄と電話したあとの彼女は、心なしか余裕を取り戻したようだった。

しかし、それでもずっとソワソワしていた。隙があればマンションを脱出しようとする雰囲気が常に感じられた。

それは単に――非常に不本意な話だが――俺と結婚したくないからだと思っていたけれど、本当は別に理由があるのだろうか。

横領の件以外で、彼女が屋敷に帰りたがる、理由。

それが、柄本の家捜しに繋がる……？

俺が頭をひねりながらメールを打ち終えて送信すると、すぐにピリリとスマホが鳴った。

俺は二人に断ってから、通話ボタンを押した。

「おう、どした？」

電話先の相手はウチの組員。総会が終わって、ねぐらのマンションに帰っているはずだ。その組員は酷く焦った様子で、声が震えている。

『よっ、よよっ、よ……』

「よ？」

『ヨメさんが逃げましたっ！』

は？

目がテンになる。逃げたって、あそこから？　鍵がなければ絶対出られないオートロックのマンションだぞ。もしかしてロビーのガラス扉でも割ったのか？　いや、それだとセキュリティ会社の警報が鳴って、俺にも連絡がくるはずだ。

『とにかく、すげえ方法で脱出したので、みんなもう、すげえびっくりしてんですよ。いやほんとスゴイ。ヨメさんの行動力すげえ舐《な》めてました。すげえですよ、彼女！』

「すげえすげえうるせえ！　今からそっち行くから、待ってろ」

組員に怒鳴りつけて、電話を切る。ポケットにスマホを片付けた俺を見て、伊織兄と真澄が不思議そうな顔をした。

「どうした。ずいぶん余裕のない感じだが」

「椿ちゃんが逃げたんですよ」

いったいどうやって逃げたんだろう。二十二階建ての最上階の部屋で、廊下やロビーには一切窓がない。通気口はあるが、人間の入れるサイズではない。あのマンションの設計図を引いた時から、我ながら要塞みたいなマンションになったなあと感心していたくらいなのだ。そしてロビー付近には防犯カメラも設置しており、神威会の息がかかったセキュリティ会社と契約している。何かあれば必ず警報器が反応するようになっているのだ。

だが真澄は、何か心当たりがあるのか、「はあ」とため息をついて、頭痛を覚えたように額を手で押さえる。

「秋國。お嬢を甘く見てたな。檻が堅牢であれば脱出は不可能とタカ括《くく》ってたんやろ」

まったくもってその通りなので、ムッと不機嫌に眉をしかめてしまう。

今だけはヘラヘラ笑顔のポーカーフェイスを維持する余裕もない。

「さっきも言ったが、お嬢を舐《な》めたらあかん。あれは世間知らずで箱入り娘やけど、行動力は際立《きわだ》ってるし、何を言うても諦めへん。ほんで、これがマジで頭痛の種なんやけど」

真澄は疲れた様子で俺を横目で見た。

「あの『ジャジャ猫』は、めちゃくちゃ肝が据《す》わっとるんや。多少の無茶は物ともせえへんで。そこだけはさすが組長の娘やなって思うくらいの根性持っとるわ」

世間知らずだから、怖い物知らず。その上肝が据《す》わって、根性もある。

うーん、これだけ聞くと無敵だな。抗争時の鉄砲玉役にうってつけじゃないか。当然椿にそんな真似はさせないが。

「そういうところ、いかにも秋國の好みって感じだな。大人しい女は嫌いなんだろ」

「別に大人しい女が嫌いってわけじゃないですよ。つまんねえ女が好きじゃないだけで」

「同じ事じゃないか」

伊織兄がクックッと笑う。うーん、完全にからかいモードだな。

「しかしさっきの電話の剣幕で言うなら、椿ちゃんは俺の予想がつかない方法で逃げたって事だよな。根性があって、肝も据《す》わってる奴が取りそうな脱出方法……」

そこまで考えた俺は、はた、と思いついてしまう。

「ま、まさか二十二階のベランダからダイブしたなんて事は……!?」

「いや、それはさすがに死ぬだろ」

「しかしあながち否定もできないですね。ダイブはないにしても、あいつなら命綱を用意して飛び下りるくらいはしそうです」

ツッコミを入れる伊織兄に、冷静に彼女を分析する真澄。

なんだか、俺より椿を理解しているふうの真澄は気に入らないが、今は文句を言っている場合ではない。

俺は慌てて部屋を飛び出し、タクシーを拾ってマンションへ向かった。

伊織兄と真澄は、なぜかついてきた。伊織兄は明らかに野次馬根性で、真澄は妹分でもある椿が何をやらかしたのかと心配しているのだろう。

ホテルから十分ほどで、マンションに到着した。

俺は手早く精算を済ませて、オートロックを解錠し、ロビーに入る。

「あっ、総長！」

エレベーターの近くに待機していた組員が俺に気づいた。

「こっちですよ、こっち！　もー皆、びっくりっすよ！」

さっそくエレベーターの扉を開けて、俺達を案内してくれる。そして二十一階で降りると、そこには更に数人の組員が待っていた。

「あ〜、そうちょー、見てくださいよ、これ〜」

のんびりした口調の組員が自分の部屋の扉を開けて、俺達を中に入れた。そのままリビングを直進して、ベランダに出ると——

「うわあ」

「わっはっはっは」

「………」

俺、伊織兄、真澄が、三種三様の反応をした。

なぜなら、ベランダの端の隔《へだ》て板がものの見事にぶち壊されていたのだ。

ひゅー、とうすら寒い北風が、俺の身体を撫でていく。

「えーと」

戸惑いつつ、破壊された隔《へだ》て板の向こうを見た。すると、隣のベランダの隔《へだ》て板もぶっ壊されている。更にその次も、その奥も。

「ヨメさん、どうやらコレを使って、上の階から飛び下りたっぽいですよ～」

組員が、上から垂れ下がっている太い紐のようなものを持ち上げた。よく見てみると、それは俺がクローゼットに保管していたシーツだった。

「あ、これ、俺の結婚式ん時の引き出物だ」

伊織兄が目聡《めざと》く気づく。そう……伊織兄の豪華絢爛な結婚式。引き出物もまた金のかかった良品ばかり入っていた。

そのうちのひとつがこれ。イタリア製の高級シーツである。柔らかな肌触りに、さらっとした手触りがたまらない。今のシーツが古くなったらコレに取り替えようと思って、ほくほくクローゼットに寝かせていたものだ。無情すぎる！

「なるほどねえ。多分だが、秋國んちで一番頑丈そうな『布』が、これだったんだろうな」

上の階から垂れ下がるそれを見ながら、伊織兄が楽しげにコメントする。

「カーテンも狙い目やが、あれは生地が厚いせいで裁断するのが大変や。それに秋國に隠れて作らんといかんかったやろうし」

真澄の意見を聞いて、俺も納得する。確かにクローゼットにしまっていたものを拝借するのが、一番バレずにすむ。しかし椿ちゃん、これはオシオキ案件ですよ？

「それにしても無茶するなあ……」

俺はベランダから下を見た。目が眩むような高さだ。一瞬とはいえ、上から下りる恐怖はいかほどだろう。男ならタマヒュンものである。

つまり、これほどの事をしでかしても、椿は屋敷に帰りたかったわけだ。

……マジで俺との結婚が嫌って理由だったら、割と本気で泣くかもしれない。

だが、これは俺が楽観視しているせいかもしれないが、違う気がした。

なんだかんだと最近は、俺んちに馴染んでいたように思えたし。ツバキの世話も進んでしていたようだし。

「本当、退屈しない女だよ。たまらんね」

ポケットに手を入れて、隔《へだ》て板の残骸を跨《また》ぎつつ、まっすぐ進む。いくつかのベランダを越えて、やがて角部屋に出た。

「ああ、ここから非常階段に飛び下りたのか。やるねえ」

高さはマンション一階分ほど。これならベランダ床に手を置いて、ギリギリまで足を降ろしたら、そう怖い高さではない。……とはいえ、普通の女なら絶対無理だろう。昔から古武道を習い、身体の鍛錬を欠かさなかった彼女だからこそ可能だった逃走経路だ。

ああ、ゾクゾクする。場違いなほど、興奮している。

好きだという気持ちが高まって、今にも射精してしまいそうだ。

まんまと逃げられて悔しい気持ちと、楽しい気持ちと、こうでなくてはという気持ちがごちゃまぜになって、自然と口元は緩んでいた。

「椿ちゃんの行先は……まあ、考えなくても分かるか」

「北城の屋敷。今頃はおそらく、柄本達も帰っていると思うが」

真澄はそう言って、苦々しい顔をしながら腕組みした。

「柄本はさっき俺にドヤ顔で勝利宣言したくらいだし、茶菓子でも出して、もてなしているんじゃないか。彼女を自分の味方につければ、組員も抱き込めそうだし」

伊織兄がもっともな事を言う。確かに、椿は前組長の娘だ。血は繋がっていなくても、長年築いた情がある。彼女がお願いしたら、言う事を聞く組員もいそうだ。

柄本にとって椿は、大切な駒。

だから、丁重に扱う事はあっても乱暴はしないだろう。なぜなら、そんな事をしてもメリットがひとつもないからだ。最悪、北城組の組員を敵に回してしまうのだから。

しかしそう思っていた俺は、少々柄本という男を見誤っていた。

俺のスマホがピリリと鳴る。発信元は、先ほど北城屋敷を探《さぐ》るようにメールで指示した組員からだった。

「おう、首尾はどうだ？」

電話に出ると、組員はひどく切羽詰まった様子で『総長っ！』と声を荒らげた。

なんだろう、さっきからからやけに組員が焦ったり慌てたりしている。

『ヨメさんが……椿さんが、柄本に拉致されました！』

俺は訝《いぶか》しげに眉を潜《ひそ》めた。

今まさに『ありえない』と思っていた事を、あいつはやらかしたのだ。想定外だったので、反応が遅れてしまう。

『バンにヨメさん放り込んだあと、柄本組の組員がぞろぞろ乗り込んでいました。そんで俺、今はタクシー拾って追いかけてんですけど、埠頭《ふとう》のほうに向かってます。でかい倉庫がいっぱい並んでるとこです！』

「分かった。車の尾行はバレやすいから、お前は適当なところで切り上げろ。俺が今からそっちに向かう」

電話を切り、伊織兄と真澄に軽く説明して、俺はダッシュでエレベーターに向かった。

「総長！　今の電話、どうしたんです」

「ヨメさんの場所、分かったんすか？」

廊下を走っていたら、次々と組員に声をかけられる。どうやら皆、椿の事が気になって仕方ないようだ。

「柄本に取られた。今から取り返しに行く」

ついでに死なない程度に殴る蹴るなどの暴行を加えるつもりである。あいつ、人のヨメを何だと思っているんだ。舎弟頭《しゃていがしら》のヨメを拉致ってただですむと思うなよ？

ロビーに下りて、ガレージに向かっていると、後ろから真澄が声をかけてきた。

「俺は一旦北城の屋敷に戻る。柄本が抱き込んだ組員も一緒に連れて行っているなら、今残ってる組員は、少なくともあいつの派閥に入ってへんっつう事や」

「説得の余地があるって事か。そっちは任せた。……それにしても柄本は、変なところで詰めが甘いな。息のかかった組員を何人か屋敷に置いておけば、真澄が帰ってきても、監視ができるだろうに」

俺が不思議に思った事を言うと、真澄はニヤリと笑い、自分の腕をパシッと叩いた。

「あいつは頭は回るけど、こっちはからっきしやねん。せやから、何をやるにしても組員をぎょうさん揃えるんや」

「はは、なるほど。それはそれは……」

殴りがいがあるというか。痛めつけがいがあるというか。

「俺についてくれる組員を見繕《みつくろ》ったら、埠頭《ふとう》に行くさかい。無茶はするんやないで」

「ほお、心配してくれるのか」

俺が笑みを浮かべて尋ねると、真澄はクソ真面目な顔して「いや」と首を横に振った。

「お前の顔、めっちゃヤバイからな。確実に柄本殺す顔しとる。せやから先走るなっていう意味や」

「あーうん。善処します」

まったく守る気のない返事をして俺が車に乗り込むと、少し遅れてやってきた伊織兄から「秋國～」と声をかけられた。

「俺はとりあえず帰るよ。あとで報告だけよろしく」

「了解です」

彼は、俺が『負ける』なんて可能性は一ミリも考えていない。俺も考えないが。

伊織兄は俺の返事を聞いたあと、満足した顔をしてきびすを返し——

「ああ、そうだ」

思い出したように、声を出す。

「秋國の大切なヨメさん、あいつに拉致られてるわけだが……。もし乱暴されていたら、どうするんだ？」

こちらをチラと見て、意味深に口の端を上げる伊織兄。

俺はニッコリと笑い返した。

「世の中には死んだほうがマシって事もあるって、あいつが思い知るだけですよ」

拉致っているという事は、彼女を運ぶためにその身体に触れているのだ。その時点で半殺しは決定している。

しなやかでいい匂いのする、あの髪を掴んでいる可能性もあるなあ。細切《こまぎ》れにするか。

更に彼女の服を引き裂き、俺でもまだ数回しか触れていない肌に触っていたのだとしたら。

「ちょうど埠頭《ふとう》だし、どう料理するにしても隠蔽《いんぺい》はしやすそうだし」

さすがにそこまで命知らずではないと思うが。

俺は車のエンジンをかけて、スピードを上げて走り出す。

自分はずっと冷静だと思っていたが、運転して分かった。俺はどうやら相当焦っているらしい。

柄本はどうして椿を拉致したのだろう。デメリットはありまくりで、メリットはひとつもない。理由が分からないというのが、逆に不安を誘った。

早く。――早く。時折捕まる赤信号に焦《じ》れて、苛立《いらだ》ちが募《つの》っていく。

それでも、椿に何かを思う事はなかった。

彼女が逃げ出したから、こんな事態になった。それは事実だが、俺は彼女の意思を否定する事だけはしない。

元々、問答無用で彼女を連れ込んだのだ。椿が納得していないのは分かっていた。

そして俺は――状況に応じて従順になれる女は、好みではない。

全て理解して、彼女の意思の強さが愛しいから、妻にするのだ。

ならば、俺にできる事は決まっている。

椿が何をしようと俺は全て受け入れるし、どんなピンチになっても助けるし、俺から逃げるなら地の果てまで追いかけて連れ戻すだけ。

三十分ほど車を走らせていたら、埠頭《ふとう》に到着した。

倉庫街と一言で言っても、うんざりするほど広い。

だが、見当はついている。倉庫に椿を連れ込んだのなら、それは間違いなく柄本が所有する倉庫であるはずだ。

柄本組がよく使うペーパーカンパニーの名前で借りている倉庫はふたつあった。周辺を注意深く観察すると、裏側に黒いバンを停《と》めているでかめの倉庫を発見する。

どうやらここが目的地のようだ。

俺はこの場所を組員や真澄にメールで知らせてから、少し離れたところで車を停《と》め、徒歩で近づく。

正面の入り口に見張りが二人。裏口に一人。

とりあえず……殴っとくか。

俺は丁度いい感じの細長い金属片を見つけて、財布から十円玉を取り出すと、物陰からぽいっと投げる。放置されていたドラム缶にコンッと当たって、正面の見張りが顔を見合わせた。

そしてノコノコと近づいてきた二人を、後ろから金属片で思い切り殴った。

急所は外しているので、死んではいないと思う。

気絶した組員の腕を背中に回して、ポケットから結束バンドを取り出すと、親指同士を合わせてきつく縛った。足も、靴や靴下をぽいぽい脱がせて、親指を結束バンドで縛る。

この拘束方法は、結構効率がいいので気に入っている。縄やロープなんか持ち歩けないし、縛る範囲が狭いので隙間がなく、縄抜けされる心配もない。

裏口にいた見張りも同じ要領で拘束し、開いていたドラム缶の中に押し込んだ。

すると、離れたところで車の停《と》まる音がした。走ってくるのは……真澄だ。

大柄でクッソ重そうな体躯をしているくせに、靴音を消して走れるところは、さすが北城組で長く若頭を張ってた男だなあと思う。真澄は神威会の中でも武闘派として知られているのだ。俺とガチで喧嘩したらいい勝負になるだろう。

「おう、どないや」

「意外と早い到着だな。今、見張りを転がしたところだよ」

足でドラム缶をごろごろ動かす。

中を確認した真澄はムッと口をへの字に曲げた。

「こいつら柄本組の組員やな」

「ああ、そうなのか。そういえば真澄は屋敷に戻ったんだろ。どんな感じだったんだ？」

「それが肩すかしもええとこや。結論から言うと、柄本に寝返った組員なんか一人もおらんかった」

真澄はカシカシと頭を掻《か》いたあと、簡単に説明した。

元々、北城組っていうのは北城を慕う奴らで構成された組だ。真澄はもちろん組員も、北城あっての集まりだった。

そんな彼が突然病死したのだ、その悲しみは、計《はか》り知れるものではない。

いきなり次期組長を名乗った真澄への反発は、その動揺からくるものだった。

しかし同時に『ならば柄本が組長にふさわしい』と思ったのかといえば、そうでもない。柄本はあくまで顧問。別の組の組長だ。いかに彼が人格者を気取っていたとしても、所詮《しょせん》は『余所者《よそもの》』。

親の跡は子が継ぐもの。その基本的な考えを、彼らは忘れてはいなかった。

上納金横領の話が浮上し、柄本は真澄が犯人だと遠回しに触れ回った。真澄への反発心を更に煽《あお》り、自分の派閥に入れるために。

しかし、組員の反応は……柄本が望んでいたものと違っていた。

「あいつらは、俺の事は気に入らんけど俺が北城組のシノギをポケットに隠すなんてセコイ真似はせえへんって言い切ったんや。でもそれは、俺の人柄がどうとかやなくて、お嬢が俺の事をそう評価してたからなんやと」

非常に不本意な様子で、真澄が言う。

俺は逆に笑ってしまった。確かに椿なら、『真澄さんは嫌いだけど、北城組の立場を悪くする事だけはしないわ』と断言するだろうと思ったのだ。それも鮮やかに、不敵に笑ってみせるだろう。

う〜ん、たまらん。俺もそんな風に言われたい。

「なるほどね。北城組の結束は奴が思っていた以上に固かったわけだ。目論見《もくろみ》が外れて手駒が増やせなかった柄本は、仕方なく自分の組員使って行動したんだな」

「ああ。それにうちの組員はみんなお嬢の味方や。そんなお嬢を拉致るのを手伝うなんて、死んでもやらんやろ。むしろ柄本が袋だたきや」

「はは、それは言えてる」

真澄と話しながら、俺は倉庫の入り口に近づいた。分厚い鉄のドアの隙間に耳をあてると、遠くから話し声が聞こえてくる。

「う～ん、柄本がなんかわめいてる感じがするな。椿ちゃんの声は小さくて、聞き取りづらい」

漂う雰囲気からして、最悪の事態ではないようだ。ちなみに俺にとっての最悪の事態とは、柄本がとち狂って椿をレイプしてる系だ。そんな事をしていたら、組員に連絡してよく切れるノコギリを用意してもらわねばならない。ほら、色々切断するところがあるからね。

俺は次に、ドアの隙間を覗いた。

「どうやら、内側からでけえカンヌキで施錠してるっぽいな」

「ふん。そんなら裏口ぶち破ればええやろ。あっちのドアは頑丈でもなさそうやしな」

真澄が顎《あご》をしゃくる。しかし俺は笑顔を浮かべて「いやいや」と手を横に振った。

「俺にしてみれば大事なヨメさんが奪われたんだぜ。裏口からなんてセコイ真似はしねえよ。やるなら正面からだ。そうでないとホラ、恰好良くないだろ」

「……恰好良い、悪いの問題か？」

「当たり前だろ！　ここで鮮やかに椿ちゃんを救出して、『忍さん格好いい、好き、抱いて～！』って俺にメロメロになってくれないと困るんだから！」

俺が力説すると、真澄は頭痛を覚えたように額に手を当てた。

その時、俺のポケットにしまっていたスマホがブルブル震える。すぐに電話に出ると組員が『総長～！』と、とても元気な声で言った。

『倉庫破りに必要だろうと思って、モンケン持ってきましたよっ』

「でかした。後で褒美をやる」

具体的に言うと、焼き肉を馳走してやる。

本当、俺んとこの組員はしっかり俺を理解してくれているので、ありがたい。誰も俺がコソコソ裏口から侵入するなんて考えていないのだ。

時を待たずして、倉庫街の向こうからトラックがスピードを上げて走ってくる。

やがて俺達の前で停《と》まり、荷台に載《の》せていたクレーン車が地面に下ろされた。

モンケンとは、クレーンの先からつり下がってる鉄球の事だ。他にも鉄杭とか、何かを打ち込んだり建造物を壊したりするための『重り』をそう呼んでいる。

「お前、まさか」

真澄が呆気《あっけ》にとられた顔をした。

俺はぺしっとクレーン車の横っ腹を叩いて、にやりと笑う。

「声を聞いた感じだと、少なくともドアの近くにはいなかった。それなら、これが一番早いだろ」

「それはそうやけど。お前、絶対派手好きやろ……」

「スカッとして気持ちいいじゃん。よーし、頼むぞ！」

俺が号令を掛けると、クレーン車の操縦席にいる組員が「アイサー」と返事した。

鉄球がちょうどドアにぶつかるように、クレーンを動かす。

「それにしてもお前ら、やけに準備がいいじゃないか」

重機をレンタルするのも、鉄球用意するのも、そう簡単な話ではない。すると、俺の近くに寄ってきた組員達が、それぞれの得物《えもの》を手にしてにかっと笑う。

「俺ら、ヨメさんの事結構好きなんですよ」

「あ？」

思わずドスのある声で睨《にら》むと「誤解誤解！」と慌てて組員が手を横に振る。

「総長、ちょっと心狭すぎっすよ～」

「ヨメさんが来てまだ二週間足らずですけど、脱出するためにあちこち見て回ったり、俺らと話して情報を引き出そうとしたりしてる椿さん、可愛かったんすよ」

「自分で言うのもなんですけど、俺なんか見た目のガラ悪いのに、過剰に怖がりもしなければ、逆にヨメって立場で偉そうにもしなくて。すごい自然体なところも感じよかったですし」

なー、と同意を求めた組員に、周りがうんうんと頷いている。

「更に言うなら、ヨメさんは見事あのマンションを脱出したんですよ。スゲーですよね！

俺思わず感動しちゃったんですよ。あんな手、使う⁉　みたいな」

「確かに、やけに非常階段の場所を気にして廊下歩いてるなあと思ってたんですよ。ベランダの隔《へだ》て板ぶち壊して進むとか、発想が俺と同じで好きになりましたね～」

あはは、と楽しげに笑う。

敵地に突入直前だというのに、なんとも朗《ほが》らかな雰囲気だ。

「総長。俺、これでも応援したいと思ってんですよ」

「何が」

思わず尋ねると、鉄棒片手に担いだ組員がニコッと笑う。

「ヨメさんと総長の仲ですよ。あのヨメさんなら絶対、総長をうまくコントロールしてくれると思うんで」

「コントロールってどういう意味だよ！」

「ところ構わず喧嘩を売りにいく姿勢とか、ちょっとは収まるかな～とか」

「抗争と聞けば喜んで飛び入り参加するのも減るかな～とか」

何だよ。俺はバーサーカーか何かか。喧嘩大好き凶戦士みたいに言うんじゃねえ。否定はできないが。

　すると、俺が車を停《と》めたあたりから四人ほど、黒服の男達が走ってきた。皆臨戦態勢らしく、鉄バッドや角材などを手にしている。

「真澄さん、俺達も一枚噛ませてください！」

「柄本組の奴らがいきなり屋敷を占拠しようとして、今はあっちも攻防戦してるんです。その中で、せめて手助けしようって話し合ってきました！」

「お嬢を助けるんでしょう？　全力でいきましょう」

　真澄からすでに一連の話は聞いているようだ。皆、やる気充分といった様子。

「お前ら」

　まさか来るとは思わなかったのか、真澄が驚いた顔をする。

「……俺、真澄さんのやり方は、乱暴な手も多くて好きじゃないです。だけど、お嬢は守りたいんです。……親父にとって、たった一人の娘さんなんだから」

　覚悟を決めた北城組の組員に、真澄は軽く目を瞑《つむ》ると、大きく頷いた。

「そうか。……俺も、この界隈ってものをちょっと勘違いしていたみたいやな」

　カシカシと頭を掻《か》いて、重そうな鉄製の扉を見上げる。

「金さえ稼げばええ。暴力だけが組員を従わせる方法。そう思ってたけど、お嬢を見ていたら、それは違うんやなって思えたわ。……お前ら、あとで俺の話を聞いてくれるか」

　俺んとこの組員が、複数人で鉄球を引っ張る。振り子のようにして、ドアにぶち当てるという算段だ。

それに目を向けながら、真澄はフッと笑った。

「俺なりの北城組を守りたいって覚悟。聞いた上で——俺を組長に置いてええか、考えてくれ」

「おうっ！」

四人の男達が一斉に手を挙げた。

まるでそれを合図にしたように——

「行くぜ〜っ！」

ギリギリまで引っ張られた鉄球が、ぶうんと弧を描く。

そして、見事鉄板にぶち当たり、派手な破壊音を立てて扉が開いた。

第七章

気が付くと、私は薄暗い建物の中で椅子に座らされて、身体は椅子の背もたれごとビニールロープでぐるぐる巻きになっていた。

錆《さ》び付いた鉄と、潮の匂い。私の周りには、朽ちたコンテナや、錆《さび》だらけのスチール棚、そして大量の段ボールが無造作に転がっていた。

照明はついていないが、天井付近の通気口らしき小窓から、太陽の光がわずかに差し込んでいた。それを明かり代わりに、ここは体育館みたいな場所であるとなんとか推測できたが、それ以上の事は分からなかった。

私の意識がはっきりしてきた頃、コンテナの裏から柄本さんが現れた。

「ああ、やっと目が醒《さ》めましたか」

「私、どれくらい寝ていたの？」

お腹《なか》を殴られた時、薬を嗅《か》がされたのは覚えている。お腹《なか》はまだじんじんと痛むから、さほど時間は過ぎていないだろう。

「一時間程度ですよ。「さて、私はこれでも多忙でしてね。あなたにあまり時間を掛けたくないんです」ですから単刀直入で行きますね」

そう言いながら、柄本さんは腕時計を確認した。確かに、心なしか彼は少し焦っているように見える。いつもの余裕さがない。

そういえば、屋敷で見た柄本さんの手駒はみんな柄本組の組員で、北城組の人は一人もいなかった。

……もしかして、私を拉致った事、すでに北城組にバレている？

だから、彼らがこの場所を突き止める前に、私から情報を引き出そうとしているのか。

「まずはこの箱を開けてください。鍵穴のない錠前がかかっていましてね。それなら破壊しようと考えたのですが、なかなか頑丈な箱で、手で壊すのは無理そうなんですよ」

私はむっと唇をへの字にする。

「さっきも言ったけど、それはあなたが望むようなものが入ってるわけじゃ――」

言葉の途中で、パンと乾いた音がした。叩かれたのだ。少し遅れてひりひりと頬が痛む。

「時間がない、と言ったでしょう?」

「………」

「言っておきますが、あなたに言う事を聞かせる方法はいくらでもあります。この倉庫には、柄本組の組員が集結していますからね。全員であなたに乱暴する事だってできる」

私はぎろっと柄本さんを睨《にら》んだ。

――ここは我慢だ。下手に挑発して彼を『その気』にさせるのは一番よくない。しかし、簡単に箱を開けるのも得策ではない。今は、あの箱が私の命綱なのだ。開けたら最後、用済みになった私をどうするか――。どう考えてもろくな扱いはされないだろう。なら、うまく時間稼ぎをして、ここから逃げる活路を探し出さないと。まずはこのロープをどうにかしたい。

一瞬、待っていたら忍さんが助けにきてくれるかな、と思った。

でも慌ててその考えを打ち消す。楽観視していい状況じゃない。そもそも私は、あのマンションから逃げ出したのだ。彼は怒っているかもしれないし、自業自得だと、私を見捨てているかもしれない。

自分の身は自分で守る。小さい頃から自分に言い聞かせて、そのために強くあろうと努力してきたのだ。

柄本さんは平手打ちして少し気が晴れたのか、私から距離を取る。

場所が暗いのが幸いして、彼の姿はほとんど見えなくなる。つまり彼から見ても、私の姿はよく見えないという事だ。

音が出ないように、もぞもぞと腕を動かしてみる。スパイ映画で見るような、肩の関節を外す技が使えたら抜けられそうだけど、残念ながら、それは習得できなかった。

それなら、足元に何かないか。すり足で探《さぐ》りつつ、私は柄本さんに話しかける。

「あなた、そういえば私の事が好きだって言ってたわね」

「ええ」

「こんな仕打ちをして……それでも好きだと言えるの？　酷すぎるわ。いっそ嘘でしたって認めてくれたほうがマシよ」

必殺、話題そらし。コツは悲壮さを滲《にじ》ませて言う事である。言葉尻を強くしたり、余裕のある態度を取ったら、彼はこの会話が『時間稼ぎ』だと気づいてしまうだろう。

柄本さんはフッと鼻で嗤《わら》う。

足に、コツンと硬いものが当たった。目線を下げると、ガラスの破片が落ちていた。

「それは誤解です。私は本当にお嬢を愛しているんですよ」

「……嘘よ」

真に迫った感じで否定する。彼が私から背を向けた。今がチャンスとばかりに両足でガラス破片を挟み、慎重に上げる。腕は椅子ごとロープで縛られているけれど、肘《ひじ》から指先は自由に動く。柄本さんにバレないように、そっと破片を手で摘《つ》まんだ。

「本当ですよ」

彼が振り向いた瞬間、思わず破片をぎゅっと握り込んでしまった。皮膚に食い込んで、鋭い痛みを感じる。

「あなたさえ籠絡すれば北城組を掌握できると言っても過言ではありません。邪魔なのは真澄くらいでしたが、彼も今回の横領疑惑で立場を失いますからね」

「やけに私を持ち上げてくれるけど、私の人望なんて大した事ないわ」

ゆっくり手を開いて、ガラスの破片でビニールロープを擦《こす》る。……これが頑丈なワイヤーロープだったら詰んでいた。真澄さんレベルの大男ならともかく、女相手にそこまで用意する必要はないと思ったのだろう。

「それはあなたが見誤っていますね。北城組長の一人娘という価値は、あなたが思う以上に高いんですよ。しかも、その組長が亡くなり、忘れ形見となっているなら尚更です」

そういうものかな。正確には、父と私は血が繋がっていない。真澄さんだって、それを指摘して私という『組長の娘』に価値はないと断言していた。

……いや、でも、そういえば、あの時は傍《そば》に柄本さんがいた。もしかして、私に言っているそぶりで、本当は彼に言っていたのだろうか。私に価値はないから執着しても意味はないぞと。

ぷつり、とロープが一本切れる。少し腕に力を入れると、ロープの拘束が少し緩んだ。よし、これならすぐに抜け出せそうだ。私は柄本さんに見えないように、そっと破片を床に落とした。

「さて、余談はここまでにして、本題に入りましょうか」

柄本さんは改めて、私の前に手提げ金庫を差し出した。

「最後のお願いです。これを開けてください」

ここで言う事を聞かなければ、酷い目に遭《あ》わせるというわけか。

私は神妙な顔をして少し考えるそぶりを見せたあと、諦めたように俯《うつむ》く。

「……分かったわ。その錠前はね、指紋認証になっているのよ」

「なるほど。道理で鍵穴がないわけですね」

柄本さんは納得して笑顔になり、私の手をぐいと掴む。

「おや、気づきませんでした。手の平に傷がついていますね」

「怒りのあまり、自分の爪を食い込ませてしまったのよ」

悔しそうな表情を浮かべて苦々しく言うと、柄本さんは「そこまで悔しかったんですか?」と笑いつつ、錠前に私の人差し指を押し当てた。

かちりと解錠の音がする。柄本さんはすぐに錠前を外し、ぱかりと金庫を開いた。

しかし彼の余裕の笑みは、中身を見た途端、瞬時に消え去る。

「何ですか、これは」

彼が金庫から持ち上げたもの。それは、桐で出来た小さい箱だった。

私はため息をついて、内容を明かす。

「それは私のへその緒よ」

「……は?」

「だから組には関係のないものだってずっと言っていたでしょう。父が私を拾った時、私のおくるみの中に入っていたものよ。父はそれを大切に保管していて、私が結婚してあの屋敷を出る事になったら、持って行きなさいと言っていたの」

これが嘘偽りのない、本当の事だ。

しかし柄本さんはぐぐっと桐箱を握りしめると、腹いせのようにそれを投げ捨てる。

「ふ、ふざけるな！　こ、こんなゴミのために、お前はわざわざ秋國のマンションを脱出して、取りに帰ったというのか？　それこそ真澄にでも頼めばよかったじゃないか。

ぬいぐるみの洗濯なんてつまらない雑用を頼んだタイミングで！」

そう言うと同時に、私の頬を裏手で張り飛ばす。さっきよりも強い衝撃に椅子が傾き、私は椅子と共に床に転がった。そして私が痛みに顔を歪める間もなく、彼は私の上で馬乗りになり、胸ぐらを掴み上げた。

「どうせ他に隠している事があるんだろう。北城が残した財産を粗方《あらかた》調べたが、ヤクザの組長にしては少なすぎる。裏金を用意して、お前に託しているのは分かっているんだ」

「そんなの知らないわ。真澄さんにこの事を頼まなかったのは、あの人に頼んだら捨てられると思ったから。あなただって今、中身が分かった途端投げ捨てたでしょう」

これは、嘘だ。

本当は真澄さんにはもちろん、柄本さんにも知られてはいけない事実が、あの桐の小箱に隠されている。

けれど、それは裏金とかそういうものではない。ただ私の出生に関する事なのだ。

柄本さんは、私の言葉を信じなかった。はっと鼻で笑い飛ばすと「おい！」と暗がりに声をかける。

「クスリを用意しろ」

私は目を丸くした。奥に待機していた男達がごそごそと物音を立てる。そして、一人の男が柄本さんに近づき、注射器を渡した。

「これを打つとね、とても口が軽くなるんですよ」

「自白剤って事？」

「いいえ」

柄本さんはニヤリと笑った。注射器の針先から、液が一滴ぽたりと落ちる。

「もっと強いクスリですよ。私の言う事をなんでも聞くようになるんです。魔法みたいでしょう」

よく分からないけど、恐らく覚醒剤にも等しいもの、という事だろうか。

もうタイミングを計ってはいられない。私はぐぐっと腕に力を入れて、ロープを緩ませた。そして両手でロープを掴んで身体をくぐらせ、柄本さんの首に手をかけ、喉仏を押し潰す。

「ぐっ⁉」

喉が詰まった柄本さんは、乱暴に私の頬を拳で殴った。痛いけど、これなら耐えられる。真澄さんの太い腕で殴られたら、頬骨が折れていたかもしれないけど。

私は柄本さんの腹を思い切り蹴り上げて、馬乗りになっていた彼の身体から這《は》い出る。

だが、もう少しというところで足首を掴まれた。

「この女を押さえ込め！」

柄本さんが指示した瞬間、わらわらと男達が現れて身体を拘束する。複数でがんじがらめにされると、さすがに身動きがとれない。

「まったく……油断ならない女だ。こんな女はヤク漬けにして無力化するに限る」

蹴りのダメージが残っているのか、はあはあと息を切らせながら、柄本さんはよろよろした足取りで私に近づいた。

彼の顔から眼鏡がずれ落ち、床にカチャンと落ちる。

「もちろん殺しはしない。利用価値はたくさんあるんだからな。まずはお前を餌に北城組を手駒にし、あとはその身体を使って稼いでもらおうか」

私の腕をひっつかみ、注射器を構える。

「ああ――昔から、身体だけはいい女だと思っていたんだ。真澄が秋國にお前をくれてやった時、どれだけ俺が歯ぎしりしたか。しかし、コレでお前は俺のものだ」

私はぎゅっと目を瞑《つむ》る。逃《のが》れられない。あんなにも覚悟して、こんな事態になった時に自分の身だけは守れるようにと努力していたのに。

いざとなると、こんなにも無力だった。

そうだ、私はいつもそう。忍さんに対してもそうだった。彼に通じると思った体術がまったく効かなくて、私は彼に組み伏せられて……

でも、違う。

彼は、こんな奴とは違う。

愛してると言っていた。私は最初は信じられなかったけど、こうして比べてみると全然違う。愛しているの意味がまったく違う。

柄本さんは、自分が有利になるから、私を欲しがっていた。

でも忍さんは……本当に私を愛してくれていたんだ。そして、私に愛されようとして、優しくしてくれた。時にふざけたり、おどけたりして、私を楽しませようとしてくれた。

そして私は、そんな彼に好意を持つようになっていったのだ。

——助けて。

閉じた目から涙が零《こぼ》れる。

そんな都合のよい話はない。私はあのマンションから逃げたのだ。彼にとってみれば、私は裏切ったも同然だ。

だから助けてもらえるわけがない。これは、意地っ張りな私が引き起こした自業自得。

それでも願わずにはいられなかった。ムシのいい話だと分かっていても、それでも、助けてほしかった。

「助けて、忍さん！」

大声で叫ぶ。柄本さんが狂ったように笑い出す。

その時——

耳をつんざくような音が倉庫内に響いた。まるで爆弾が爆発したような破壊音。

「なっ……!?」

さすがに柄本さんも驚いている。

同時に地響きも起きていた。地面がぐらぐらと揺れている。

──地震？

そう思った瞬間、入り口の大きな扉が、まるでオモチャのようにはじけ飛んだ。ガァンと派手な音を立てて、その扉は勢いよく壁にぶつかり、地面に落ちる。

そして低いうなり音を立てながら入ってきたのは。

「ク、クレーン車？」

時々工事現場で見かける、黄色い重機。そしてクレーンの先には巨大な鉄球がぶら下がっていた。

あれでドアをぶち破ったんだ。やる事が派手というか、問答無用というか。

そういえば、こういうやり方を好みそうな人……一人、心当たりがあるんだけど。

「行けー！　柄本組の連中、全員ふん縛《じば》れ！」

クレーン車を操縦していた人が大声を上げる。ウオー！　と吠える男達。その数……いや、数えられない。すごく多い。しかも何人か北城組の組員が混じってる。

「な、なんだ。何が起きて……!?」

柄本さんが戸惑った顔であたりを見回した。すると、乗り込んできた男達の中から一人、ものすごい勢いでこちらに向かってダッシュしてくる人影があった。

「てめぇー！　人のヨメに何してんだコラァ！」

そのまま跳び蹴りした。顔面にクリーンヒットした柄本さんは地面に転がる。

その顔は、姿は。

「しっ、忍さんっ！」

隻眼《せきがん》で勝ち気な笑みが似合う人。まごう事なく忍さんだった。

「椿ちゃん」

ニコッと微笑む。周りの喧騒が場違いなほど、その笑顔は優しかった。

「ほらよっ」

手に持っていた何かを私に投げてよこす。慌ててハシッと掴むと、それは木刀だった。

それをギュッと両手で握って構え、私の身体を押さえつけていた組員を次々となぎ倒す。

ようやく身体が自由になって立ち上がると、私の隣に忍さんが立った。

「なあ」

「なに？」

「木刀投げておいて何だが、こういう時のセオリーはまず『助けにきてくれてありがとう大チュキ！』って俺に抱きつくところじゃないか？」

私は思わず笑ってしまった。さっきまで泣いていたから、泣き笑いだ。でも涙は見せたくないから、手の甲で目を擦《こす》る。

「相変わらずふざけてるんだから。そもそも、そんなセオリーをあなたは求めてないでしょう?」

木刀を軽く振ると、忍さんはおどけた顔をして「いやいや、そんな事ないよ」と手を横に振る。

「でも……ありがとう。この木刀はどこで用意したの?」

「北城組の組員が屋敷から持ってきたものだ。椿ちゃんは前に居合道は駄目だったと言っていたけど、あれは単に真剣が持てなかったからなんだろ。木刀なら完璧に型を熟知していると、真澄から聞いたんだよ」

そう、私は真剣を持つ事ができなくて、居合道を諦めた。木刀でならいくらでも型を倣《なら》えるのに、抜き身の刀を持った瞬間、手が震えて、何もできなくて。

居合道自体は、今や人を斬《き》るための武道ではない。いわば自己鍛錬の一種だ。

でも、物心ついた頃からヤクザの界隈で生きていた私は、本能的に理解していた。

それは人を殺すための凶器。型のとおりに振るえば、簡単に首も切断できる、恐ろしい武器なのだと。

だから怖かった。屋敷で柄本さん達から逃げようとした時に刀を握れなかった。

「甘い……んだろうね」

私は木刀を正面に構えながら、俯《うつむ》く。

「こんなだから、私は真澄さんに邪険に扱われるんだろうね」

私の性根が甘いから。いざとなれば人を殺せるような覚悟もないから。そんな弱い人間はヤクザの界隈にいらないと――

すると、忍さんは突然、私の頭をくしゃりと撫でた。

私が顔を向けると、彼はやけに真面目な顔をして口を開く。

「バーカ」

「な……!?」

まさか罵倒されるとは思わなくて、私は目を丸くする。忍さんはいつになく真剣な様子で言葉を続けた。

「顔色変えずに人が斬《き》れるような女なんか、こっちから願い下げだよ。誰も椿にそんな覚悟は求めてねえ。俺も、真澄も、そして北城のおやっさんもな」

私は呆然として、忍さんを見つめた。彼はニカッと笑顔になると、私の頬を優しく撫でる。

「椿は、今の椿だからカッコイイんだ。ゴミ溜めみたいな汚ねえ世界で、俺が憧れるくらい鮮やかに、綺麗に、生きているんだよ。ただ守られる事を良しとせず、ひたすらに自分を鍛《きた》えて……それでも暴力に酔う事はなく、清廉であり続ける」

そう言うと、忍さんは私の唇に親指で触れ、そして、軽く口づけた。

「……！」

「そんな椿に俺は惚《ほ》れた。間違いなく最高の女だ。俺の隣に立てる女は、お前しかいない」

反抗心が強くて、思い通りにならなくて、意地っ張りで、肝心な時に臆病。

そんな私の事を、彼は好きだと言ってくれた。

ああ——こんなにも、私の事を理解してくれる人はいない。私の全てを受け入れてくれる人はいない。

ありがとう。

私を見つけてくれて。好きになってくれて、ありがとう。

私は目を硬く瞑《つむ》ってから、こくんと頷いた。

いつもふざけていて、本気か冗談か分からなくて、何を考えているのか読めなくて、隙あらば私に意地悪な事をしてくる人だけど、こんなにも鮮やかに心の中に割り込まれては、もう逃げられない。

堕《お》ちてしまった。いや、きっと……あのマンションでの日々の中で、私はすでにもう恋に落ちていたんだろう。

私と忍さんが見つめ合っていると、倒れていた柄本さんが組員に助けられながらようやく起き上がる。

周りの喧騒は止む事がなく、むしろヒートアップしていた。

柄本さんの組員もそれなりの数を揃えているけれど、忍さん側は、秋國組の組員に合わせて北城組の組員も加わっており、おまけに神威会の武闘派として有名な真澄さんが全力で暴れ回っている。

柄本さん側の組員が全員捕縛されるのも時間の問題だろう。

「おう、おはようさん。どうだ、目覚めの気分は」

私の肩を抱き寄せて、挑発的な笑みを見せる忍さん。柄本さんは悔しげに顔を歪ませた。

「最悪だ。なんでここが分かった。どうして真澄がここにいる。あいつはシノギの横領犯だぞ！」

大暴れしている真澄さんを指さし、柄本さんが訴える。だが忍さんは笑顔のまま、ナデナデと私の頭を撫でた。

「横領については、お前が犯人だという証拠を椿ちゃんが完璧に揃えてくれたよ。伊織兄にも話がついている。そんで、この場所が分かったのはうちの組員のフットワークの成果だ」

柄本さんが私をギロッと睨《にら》む。

「そんなバカな。どこにそんな証拠を用意していたんだ。あの金庫の中にはゴミしかなかったのに」

するとと、忍さんがにんまり笑顔で人差し指を立てる。

「トラの洗濯」

そのワードに、柄本さんの顔色が変わった。

「椿ちゃんがトラを真澄に託した。その意味を察する事ができなかったのが、お前の敗因だ。ついでに言えば、予想外に北城組の組員の人望を得られなかった事も、かな？」

「だ、黙れ！」

柄本さんは近くにいた組員から鉄棒を奪い取り、こちらに向けた。

「やっとあの邪魔な組長が死んだから、長年練ってきた計画を実行に移したのに。お前のせいで台無しだ。世間知らずの箱入り娘のくせに生意気な事をしやがって！」

すっかり化けの皮が剥《は》がれてしまった柄本さんは、いつもの敬語でインテリヤクザという雰囲気がすっかり抜け落ちていた。おそらくこれが『素』なんだろう。

「長年練ってきた計画のわりには、浅知恵だな」

「九鬼伊織の腰巾着は黙ってろ！」

忍さんはおどけるようにひょいと肩をすくめた。そしてニヤと唇の端を吊り上げると、一歩前に出る。

「じゃあちょっと真面目に。お前、なかなかイイところまで行ったよ。真澄を踏み台にしてのし上がろうという野心の強さも悪くねえ。自分を過信して策に溺れたところはお粗末だったが、それだけなら俺は、別に北城組がどうなろうとどうでもいいと思ってた」

ざわっと空気が変わる。

私は思わず身体が震えて、忍さんの背中を見た。

「でもなあ、椿に手を出したのは最悪の悪手だったな。それだけで俺を敵に回したんだから。おまけに組員に身体を拘束させて危ない注射を打つ直前だったようだし？　ははは、それって殺されてもいいって事だよなあ？」

笑っている。これ以上ないくらい、忍さんは笑顔だ。後ろ姿でも分かる。

しかし柄本さんは身体が硬直したように、顔を強張《こわば》らせたまま動かない。

「なあ、お前。——『覚悟』はできてるか」

もう一歩、前に出る。柄本さんがじりじりと後ろ足で身体を引いた。

「な、なぜだ」

「あ？」

「なぜそんなにも、その女にこだわる。多少体術ができるくらいしか取り柄のない、ただの世間知らずだぞ。俺は何年もその女と過ごしていたから分かる。こいつの価値は、北城組の組員を懐柔するくらいの役割しかない！」

私を指さして喚《わめ》く柄本さん。幼少の頃から彼にお世話になっていたけれど、その恩とか情といった感情が、みるみるうちになくなっていく。

柄本さんは妙案を思いついたように「ははっ」と笑い出した。

「そ、そうか。お前も椿をうまい事使って稼ぐつもりだな。そいつ、だてに鍛《きた》えてねえから身体だけは上物だろ。具合はどうだった。甘い言葉でだまくらかして、ボロボロになるまで、があっ！」

彼の言葉が途中で遮られる。忍さんがのしのし走っていって、柄本さんの腹に前蹴りを食らわせたからだ。

たまらず腹を抱える柄本さんの髪を、忍さんは乱暴に掴んで持ち上げた。

「もう喋らなくていいぞ。それ以上椿を侮辱したら、本当に殺してしまうからな」

手を離し、次は横っ面に横蹴りを入れる。

勢いよく飛ばされた柄本さんは、段ボールの山にぶつかった。

私は思わず目をそらしてしまう。やっぱり――暴力は、怖い。

「椿ちゃん」

私を呼ぶ声が聞こえた。顔を上げると、忍さんが私に背を向けたまま言葉を続ける。

「後ろを頼む」

「……あの、柄本さんは」

「安心しろ。ちゃんと生かしておく」

私はぎゅっと木刀を握りしめ、彼と背中合わせになった。

「生かしておくっていうのは、虫の息なら大丈夫って事じゃないからね？」

念のために釘を刺しておくと、彼はようやく顔を私に向けた。

「ほんと、敵《かな》わねえなあ」

にへらと笑い、彼は私の好きな笑顔を見せた。

ようやく安心する。私は改めて正面を向き、木刀を構えた。

「背中は任せて」

彼が柄本さんに集中している間、私は全力で彼を守る。

私は、数人の組員を相手に突進し、木刀を振り上げて薙《な》ぎ払った――

乱闘騒ぎは、結局一時間ほど続いただろうか。柄本さんを含めた柄本組を全員拘束し、同時に北城の屋敷を強襲した組員も、北城組の組員にしっかり捕まった。

そのあと柄本さんは神威会の会長である九鬼伊織さんと面を通して、破門を言い渡された。

真澄さんに濡れ衣を着せて北城組の金を横領していたのはもちろんだけど、彼はもっと恐ろしい計画を立てていた。

それは上納金を今以上に稼ぐために新たな市場に着手する事。それには人数が必要で、だから彼は北城組を乗っ取ろうと、十年前から顧問として北城組に取り入っていたのだ。

その市場とは、いわゆる人身売買。臓器ビジネス。

私の父は、この市場と、クスリの市場に手を出す事を固く禁じていた。それは人道的な見地からではなく、足がついた時に逃《のが》れにくいというハイリスクを考慮してのものだった。これらの市場は組織ぐるみで一網打尽にされる恐れがあるのだ。つまり、そのビジネスに手を出した組だけではなく、組と関わっている大本の組にも警察の手が伸びやすい事。金にはなるが危険すぎるという事で、父は禁止していたのだ。

でも柄本さんは、自分は絶対捕まらないという自信があったんだろう。着々と計画を進めて、父が病死したタイミングで真澄さんを陥れる計画を実行に移したのだ。

結局、柄本さんは警察に出頭する事になった。色々とあくどい方法でお金を稼いでいたので、叩けばいくらでも埃が出るのだ。しばらく塀の中で頭を冷やせ、という事らしい。

そして柄本組は事実上の解散。何人かは別の組が引き入れたけど、大半は半グレ集団のところに転がり込んだらしいと真澄さんが言っていた。

——忍さんの、古巣。

組がなくなったとしても、彼らは心機一転して犯罪から足を洗おうとは思わないらしい。でもそれはたぶん、忍さんもそうなんだろう。彼もまた、半グレ集団を抜けたあと、ヤクザ組織に身を置いたのだから。

「結局、そういう生き方しかできないんだ。他の生き方が分からねえんだ。基本的に俺達は……バカだからさ」

後日、あらましを説明してくれた忍さんは、少し寂しそうに笑っていた。

第八章

フライパンに油を引いて、いくつかのホールスパイスを炒める。そしてニンニクとしょうがのすりおろしを投入したのち、あらかじめ準備していた飴色の玉葱とお肉、ホールトマトを入れて、強火にかける。

ぐつぐつしてきたところで、クミン、ターメリック、コリアンダー、そしてチリパウダーを豪快にどさどさ入れて、いい匂いがしてきたところで火を止める。

「にゃあー」

夕ごはんの猫缶を食べ終えたツバキが、私の脚にすり寄った。

「あら、お腹《なか》いっぱいになった？　ほら、お水も飲まないとだめだよ」

ツバキはどうも、水を飲むのを面倒くさがる。なので、水分摂取を兼ねてウェットフードをあげているけど。

「うーん、猫用ミルクなら飲むのかな」

ツバキの頭を撫でながら、むむうと眉間に皺を寄せる。

猫の飼い方はまだよく分からない。忍さんに相談したら、彼もよく分かっていなかったので、結局定期的に獣医さんに見せて、適切なアドバイスをもらうのがもっとも効率が良いのだと学習した。今度行った時、相談してみよう。

その時、玄関の扉が開く音がした。ツバキがシュタタッとリビングのドアに向かって走る。

「ただいまマイハニー！」

「にゃー！」

「おっ、ツバキ。お前は可愛いマイキャットだな」

帰宅した忍さんがツバキを抱き上げて、大きな手でぐりぐりと喉を撫でた。ぐるぐる喉を鳴らすツバキは目を瞑《つむ》って気持ち良さそうにしている。本当に忍さんの事が大好きなんだなあ。……うん、本当に、どうしてその名前にした？

「たまには普通に帰れないの？」

「普通ってなんだよ」

「普通にただいまだけ言えって事よ！」

「いや無理。だって家に愛しいヨメがいるんだぜ。冷静でいられるか！」

「毎日毎日、マイハニーだのマイラブヨメだの、変な呼び方されるほうの身にもなってほしいんだけど……」

ぶつぶつ文句を言いつつ、私は炊飯器のフタをぱかっと開けた。深皿にターメリックライスをこんもり盛る。

「めちゃくちゃいい匂いがするんだけど、もしかしなくてもカレーか？」

「そうよ。スパイスカレーにしてみたの。ちなみに辛め。大丈夫？」

「全然問題ない。むしろ辛いほうが好きだ」

上機嫌な忍さんに、私は思わず笑ってしまう。だって彼、辛いものがいかにも好きそうな感じなんだもの。日常でも刺激を求める人だからね。

私達はいつものようにカウンターで横並びになって、スパイスカレーを食べた。

さほど料理が得意というわけではないけれど、忍さんは毎日嬉しそうに「うまいうまい」と連呼しながらごはんを食べてくれる。

うーん。手作りごはんをおいしそうに食べてもらえるって、やっぱり嬉しいな。

食事を終えたあとは、食器を軽く水でゆすいだあと、食器洗浄機に入れた。

「椿ちゃん、今日は酒飲む？」

冷蔵庫から缶ビールを取り出しながら、忍さんが尋ねる。

「じゃあ、忍さんと同じもの、もらおうかな」

「オッケー。つまみは柿ピーでいっか」

戸棚からお菓子を取り出して、ソファに座る。私も片付けを済ませたあと、彼の隣に座った。ツバキはふわふわラグソファの上でのびーっと横になっている。

ぷしゅっとプルタブを開けてしゅわしゅわの缶ビールを飲むと、すっきりしたのど越しが心地良い。ふんわりとアルコールの匂いがした。

「そうそう、言おうと思ってたんだけど」

ぽりぽりと小さいおかきを食べながら、忍さんが言う。

「先日の脱走騒ぎ。組員がもう大騒ぎしてたぜ。俺もびっくりしたけど」

「うっ」

できれば忘れてほしい事を言われて、私は喉を詰まらせる。

「いや〜あまりに鮮やかアンド物理的破壊で、さすが俺のヨメって思ったけど、同時に心配したんだぞ。元気いっぱいなのはいいけど、危険な事はしないでほしいなあ」

「ご、ごめんなさい……」

私は素直に謝った。あの時はとにかく屋敷に帰って、隠し戸棚から金庫を持ち出す事ばかり考えていたし、ちょっと意地になっていた。

私の出生に関しては、できれば誰にも知られたくないけれど……。それでも相談はできたはずだ。忍さんなら、私よりもずっとスムーズに金庫を持ち出してくれただろう。

「それは何についての謝罪なのかな？」

「えっと。心配させてしまった事と、隔《へだ》て板を壊した事と、それから……一時的とはいえ、逃げてしまった事自体に対して、よ」

俯《うつむ》いて言うと、忍さんは満足したように頷いた。

「うんうん。分かっているようでよろしい。でも、いけない事をしたからには、それ相応のおしおきは覚悟しろよ」

私の肩を抱き寄せて、顎《あご》をくいと摘《つ》まみ上げる。私はうっと唇をへの字にした。

「え……」

「え？」

「えっちな事、する……の？」

横に目を泳がせつつ、もじもじと言うと、忍さんはキョトンとした顔をした。そして間を置かず、いきなり「わははっ」と笑い出す。

「な、何よ！　ち、ちがうの!?」

違っていたら恥ずかしいどころの話ではない。いますぐ穴掘って埋まりたい。

しかし忍さんは「いやいや」と手を横に振って、目尻の涙を拭いた。そんな、涙ぐむほど笑わなくてもいいのに。

「ほんと椿ちゃんは可愛いなあ～。可愛いのレベルが最強すぎて、もう、どうしてくれようかと思うよ」

こんにゃろ、と言いながらぎゅーっと抱きしめられる。

……悪い気は、しない。むしろ嬉しい。百パーセントまっすぐな愛情を向けられると、こんなにも心が温かくなるんだ。……一度自分の気持ちを認めてしまうと、その心地良さが如実に感じられる。

「で、さ」

「ん？」

「そろそろ俺に惚《ほ》れてくれた？　フォーリンラブってくれた？」

ずずいとこっちに詰め寄る。圧がすごい。

私は思わず顔をしかめてしまった。だからそういうところが、なんだかふざけているように見えて嫌なのに。

「別に……」

プイと横を向くと、忍さんはなんとも情けない声で「ええ〜！」と嘆いた。

「椿ちゃんを助ける俺、すごくかっこよかっただろ。イケメンだっただろ。あれで惚《ほ》れない女はいねえと確信してたのに」

「自信過剰にもほどがあるわ」

「鉄球まで持ち出したのにさ〜」

ちぇー、と唇を突き出してへの字に曲げたあと、缶ビールを飲む。

拗ねている時の仕草は妙に子供っぽいというか、どれが忍さんの素なんだろう。

あの倉庫で見せた、怖い忍さん。私に対してふざけた態度を取る忍さん。

もしかしたら、どっちも彼の素なのかもしれない。単に、飾れない性格なだけで。

私は横を向いたまま、缶ビールをくいと飲む。

「……面白くないのよ」

「んん？」

「悔しいの。口に出して認めたら、私、あなたに負けっぱなしって事じゃない」

本気で分からないのか、忍さんが心底不思議そうな顔をして首を傾《かし》げる。

私は「だから〜！」と、彼に顔を向けて説明した。

「最初にこのマンションに来た時、私と喧嘩したよね！」

「喧嘩？　ええっと、イチャイチャじゃれあった記憶はあるが……」

「ちがーう！　合気道で、その、私は本気であなたから逃げようとしたでしょ。何なら倒してやると思ってた。でも……力では敵《かな》わなかった」

俯《うつむ》く。あれは私にとって、決定的な敗北だった。特に自分が強いと自信を持っていたわけではないけど、相手が大の男でも対処できるように、私は昔から努力してきた。その頑張りが全て無駄だったのだと、忍さんに組み伏せられてから痛感した。

柄本さんに対してもそう。結局、私の努力は自己満足に過ぎなかったのだ。

「それと、俺に惚《ほ》れてくれないのと、どう関係するんだ？」

忍さんが神妙な顔をして尋ねる。私はむむっと眉間に皺を寄せた。

「身体で敵《かな》わなくて、心まで敵《かな》わなかったら……私、完全にあなたに敗北してるって事でしょ。だから悔しいの。面白くないの。悪かったわね意地っ張りでっ！」

最後には逆ギレ気味に怒ってしまった。

忍さんはパチパチと目を瞬《またた》かせて、そしていきなりお腹《なか》を抱えて笑い出す。

「わっはっはっはっは」

「今のところ、笑うところじゃないー！」

「ひっひっひっ、ひー！」

次は引きつったような笑い声を立てる忍さん。私はたちまち不機嫌になって、缶ビールを飲み干す。

「いやいや、怒らないで椿ちゃん。笑って悪かった。しかし笑わずにはいられなかったんだ」

「なんでよ！」

コンと缶をローテーブルに置いて喧嘩ごしに言うと、忍さんはまたクスクス笑う。

「だってさ、俺は最初から椿ちゃんに負けていたんだぜ？　こっちこそ完全敗北だ。両手を上げてお手上げってところ。椿ちゃんが俺って男を認識してくれるずっと前から、俺は……負けていたんだよ」

私は目を丸くした。忍さんは穏やかな笑みを見せて、私の手を握る。

「最初に見たのは、ある年の正月。そして弓道の大会。俺は何度も遠くから椿ちゃんを見ていて、恋に堕《お》ちたんだ。その強いまなざしと、凛とした姿に、見惚れていた」

笑顔だけど、真剣な口調。私は思わず言葉を失ってしまう。

「椿ちゃんが傍《そば》にいたら、俺の人生はきっとマシなものになる。そう思うくらい、綺麗だったんだ。その姿も、心も、生き方もな」

そう言って、忍さんはにへらとおどけた笑顔になる。

「だから俺は、椿ちゃんが望むならなんだってやる。椿ちゃんが俺を愛してくれるなら、土下座するし、裸踊りするし、足も舐《な》める。いやそこはむしろ積極的に舐《な》めたいが」

「舐《な》めないで!?」

とっさにツッコミを入れると、忍さんは「あははっ」と明るく笑った。

「とにかく、それくらい俺は必死って事。今だってそうさ。どうやったら愛してもらえるのかなってスゲー頭の中で考えてる。そんな俺が、椿ちゃんに勝てるわけないだろ?」

「う……っ」

両手を掴まれ、ずいずい身を寄せられて、私はいよいよ逃げ場をなくした。

そんなふうに言われて、愛を乞《こ》われて、そして……こんなにも私を愛してくれて。ずるい。

……忍さんは、ずるい人だ。

「さあ椿ちゃん。何を望む？　どうしたら俺を愛してくれる？　足を舐《な》めてもダメなら椅子になろうか」

「何言ってるのよ！　本当にもう」

悪態をつきながらチラと彼を見ると、黒い隻眼《せきがん》が、私をまっすぐに見つめていた。

彼の辛く痛々しい過去。悲しい思い出。これからも進むであろう、普通の人生から外れた道。険しく、時に容赦のない彼の世界。

——少しでも、私が温める事ができたら、それはとても嬉しい事だと思った。

彼の日常に、優しい平穏のひとときをあげたい。こんなふうに冗談か本気か分からないような事を言い合って、笑い合いたい。その時を彼が幸せに思ってくれるなら……私もまた、きっと幸せになるはずだ。

ああもう、だめだ。これ以上は、ごまかせない。

「どうもこうもない」

ぎゅっと目を瞑《つむ》ったあと、私は彼を正面から見た。

「何も望まないわ。だって私、もうあなたの事……好きだもの！」

はっきり言った。言ってしまえば後戻りはできない。撤回はきっと許されない。だけど私は決めたのだ。忍さんの愛を受け入れる。私は彼を愛する。……具体的にどうやったら『愛している』という証明になるのかは分からないけど、それは、これから見つけていくだろう。

忍さんは目を丸くしたあと、ぱあああっと顔を綻《ほころ》ばせた。なんて嬉しそうな顔をするの。こっちが照れてしまいそうになる。

「やったー！」

忍さんはそれこそ子供みたいな歓声を上げて、私をぎゅーっと抱きしめた。

——寝室。

そういえば、このベッドを二人で占拠するのは、今日この日が初めてになる。

「あっ、う、ん……っ」

はしたない声。自分の口から出ているとは思えないほど、甘い。

私が自分の気持ちを認めると、忍さんは有無を言わさず私を横抱きにして、寝室に連れ込んだ。そしてあれよあれよと服を脱がされ、彼も脱ぎ、お互い一糸まとわぬ姿で愛撫が始まった。

服、というのは、ある意味心のガードでもあるのだと、私は今この時、思い知った。

裸になると、不思議と気持ちが解放されるのだ。なんだかソファで絡んだ時よりもずっと素直に快感を覚えて、同時に私自身、我慢が効かなくなっている。

それは――きっと、服、だけではなくて。

「乳首、もう硬くなってる」

うつ伏せにした私の上に覆い被《かぶ》さった忍さんは、私の乳房を捏《こ》ねながら、くすりと笑う。

「……っ、だって、気持ち……いいんだもの」

自分の気持ちに正直になれたから、というのも理由にあるんだと思う。

「今日の椿ちゃんは素直だなあ」

楽しそうに笑った忍さんは、私の耳朶を食《は》み、ちゅくちゅくと舐《な》めた。ぞくぞくする快感に私は身体を震わせる。

「んんっ、素直なのは……いや？」

振り向いて尋ねると、忍さんは少し驚いた顔をして、すぐに笑みを見せた。

「いや。嫌がる椿ちゃんも好きだし、素直でいい子な椿ちゃんも大好物だ」

そう耳元で囁いて、後ろから両手で、両方の乳首をきゅっと摘《つ》まむ。

「ひゃぁっ、あ！」

思わず上半身が上がった。ベッドに肘《ひじ》をつき、乳首をいじられる気持ちよさにうち震える。

忍さんの熱い舌が、首の後ろから下に向かって這《は》う。

ぐりぐりと乳首を擦《こす》られ、私ははくはくと短く呼吸を繰り返した。

次にくるんと仰向けに転がされて、彼の舌はデコルテから乳房に向かった。

「舐《な》めてほしい？」

意地悪に尋ねる。私は目を横にそらしたあと、こくりと頷いた。

「ちゃんと言ってほしいなあ」

「うう」

忍さんは何かと私に恥ずかしい事を言わせたいらしい。私は目線を横にずらしながら、ぼそぼそと言った。

「今更、言わせないで」

「つまり弄《いじ》ったり、吸ったり噛んだりされたい？」

「そうよっ！」

やけくそに頷くと、忍さんは耐えきれないようにくっくっと笑って、舌を伸ばした。

同時に、不埒《ふらち》な手はゆるりと内腿を撫でて、そっと大きな手を秘所に当てる。

「俺のお姫様は気が強いなあ」

ちゅくり、と彼の中指が秘裂の割れ目をなぞる。ぞわっと産毛《うぶげ》が立つような身体のざわつきを感じた。

忍さんは熱い息を吐きながら、私の乳首に食らいつき、唇をすぼめて、ちゅうといやらしい音を立てて吸う。

「ふっ、あ……ンっ」

どうしてこんなに気持ちがいいんだろう。

忍さんが、舌の上で乳首をあめ玉のように転がす。まとわりつくねっとりした感触は、私に快感しかもたらさない。

秘所を弄《いじ》る忍さんの指が、蜜口をくるりと撫でた。

とろりと零《こぼ》れる蜜をぬぐうように自分の指に塗りつけて、彼の中指は膣内に侵入していく。

「は……ァ……」

なんて甘やかなため息。自分の声が色づいているのが分かる。

「とろとろ。ほんと乳首が弱いな、椿ちゃん」

ふっと隻眼《せきがん》を和《なご》ませて、忍さんはぬぷっと指を抜いた。そして次は、人差し指と中指を同時に挿《さ》し込んでいく。

「……っ、あ、んんっ」

さっきよりも強い圧迫感。私の膣内で、彼の二本の指が交互に動く。

「ひ、ンっ、や、それ……はっ」

まるでお腹《なか》の中をまさぐられているみたい。少しくすぐったいような、うねうねした感じがたまらないような。

彼は指を上に曲げて、指の腹でこしこしと擦《こす》るように動かす。

「やあっ、あ！」

身体がびっくりしたように跳ねた。太腿から先がガクガク震えて、私は忍さんの身体をぎゅっと抱きしめる。

「ここ、気持ちいい？」

もう片方の手で乳房を掴み、乳首を咥《くわ》えながら挑発的に私を見て微笑む。

「わ、分かんないっ。でも、なんか」

はあ、と息を吐いて、私の腰が焦《じ》れるように揺れた。

「今、おかしくなりそう……だった」

自分でも理解できないくらい、身体のコントロールが効かなかった。

忍さんは薄く目を細める。

「ここはGスポットだ」

「じー、すぽっと？」

「すごく気持ちいいところ。ここでイケるようになると、ポルチオマッサージが効くようになる」

「ぽるちお?」

何か、わけの分からない事を言っている。私が渋面を浮かべると、忍さんはくすくす笑った。

「そのうち嫌でも分かるようになる。性感っていうのは回数を重ねる事でどんどん気持ち良くなれるし、身体も敏感になるんだ。俺が椿ちゃんをそういう風にするから、大丈夫」

「へ、変な事は、しないでよ?」

思わず釘を刺してしまった。彼の物言いが、なんか私を改造でもしそうな感じだったのだ。忍さんは声を立てて笑い「しないしない」と言った。

そして彼は、二本の指をぬちりと抜き出す。

「ほら、こんなに濡れてる」

私に見せつけるように、二本の指を開いたり閉じたりした。その度《たび》に蜜が糸を引いてとろりと垂れる。

思わず顔が熱くなってしまった。だってそれは、私が気持ち良く感じている証拠だから。

「椿ちゃんは俺のものなんだなあって、実感するよ」

ぺろりと彼は蜜を舐《な》め取った。私はびっくりして目を丸くする。

「だ、ダメよ。そんなの舐《な》めたら、お腹《なか》壊しちゃう」

「椿ちゃんは綺麗だから問題ない。むしろ、よりいっそう興奮するなあ」

ふふと笑った忍さんは、身体を起こし、私の膝を掴んでぐいと広げた。そして舌なめずりをして、私を妖《あや》しく見つめる。

「ほら、俺のもこんな風になってるし」

開かれた秘所に擦《こす》りつけてくるもの。それは彼の性器だった。

——赤黒く、グロテスクな見た目をしたそれは天井を向いて脈打ち、たくましくて酷く硬かった。

「これが椿ちゃんの狭い膣にねじ込まれるんだ。あの時の感触、覚えてるか？」

あの時とは、私がお酒に酔った勢いで最後までした事を言っているのだろう。

記憶はもう……なんか、すごかった、という、語彙力のない感想しか思い出せないけど。

「ちょっと、忘れてる。なんだか必死だったから、私も」

「そっかー。そういやあの時は、俺に嫌われようと一生懸命だったなあ」

忍さんは思い出したようにクスクス笑った。私はむっと唇をへの字に曲げる。

「やっぱりあの時は、私をからかって遊んでいたのね」

「怒るなよ。だってあまりに可愛かったからさ。ついつい」

軽い調子で言った忍さんは、にいと口の端を上げた。

「おわびに、めちゃくちゃ気持ち良くしてやるよ」

何をするの？　私がその疑問を投げかける前に、彼は行動に移してしまう。

あろう事か、私の秘所に顔を近づけて——舌を伸ばしてぺろりと舐《な》めたのだ。

「————！」

びりりっと身体に電流が走ったみたい。

身体中が痺《しび》れるような、それでいてゾクゾクした震えが止まらない。

「やっ、忍……さんっ！」

気持ちいい。気持ち良すぎて、おかしくなってしまう。

彼は内襞を指でめくり、秘裂の中心を何度も舌でなぞる。

そのたびに身体が揺れた。がくがくと膝が笑って、なにがなんだか分からなくなる。

知らず、足で彼の身体を押しのけようとすると——忍さんは、力強い手で私の内腿をしっかり押さえ込んだ。

逃げ場をなくした秘所を、彼は尚も舌で蹂躙《じゅうりん》する。

蜜口にちゅっと吸い付いて、ナカから零《こぼ》れる蜜を何度もしゃぶる。

硬くした舌先で秘芯を突き、人差し指と中指を膣内にずぶりと入れた。

「は、はっ、ああっ」

もう何も考えられない。私ははしたない嬌声を上げながら、ぎゅっとシーツを掴んだ。

何か、大きなものが、やってくる。

ああ——そういえばこの感覚、前も、あった。彼と初めて性交してしまった夜。

膣奥を何度も突かれて、私はこの感じを味わった。

彼はちゅくっと音を立てて秘芯に吸い付く。じゅぶじゅぶと膣内を抽挿《ちゅうそう》する二本の指。ぱたぱたと交互に動いたり、鉤《かぎ》状に曲げて襞《ひだ》をえぐるように出し入れしたり。

「んっ、アっ、しのぶ……さ……んっ！」

ひゅっと息を吸い込んだ途端、その衝撃はやってきた。

頭の中が白く爆《は》ぜる。それと同時に圧倒的な快感が押し寄せた。私の全ての感覚を覆い尽くして、飲み込まれてしまう。

「気持ち良かっただろ？」

私が達したのを確認した忍さんは、ニヤニヤした意地悪な笑みを見せて顔を上げる。

思わず涙目になってしまった私は「もうっ！」と彼の胸を叩いた。

「気持ち、良かった、けどっ。これ……私、怖くて苦手……なのよ」

言葉が途切れ途切れなのは、その合間に呼吸しているからだ。

冬なのに汗が噴《ふ》き出ている。ホッカイロになったみたいに身体が熱い。

「安心しろよ。どんなに怖くても俺がすぐ傍《そば》にいる。安心して何度もイけばいい」

「何言ってるのよ……もぅ」

「でも、気持ち良かっただろ？」

身体を起こした忍さんは私を抱きしめて、耳元で囁いた。まるでいたずらをするように、彼の大きな手が秘裂をこしょこしょとくすぐる。

私はついビクビクと身体を震わせて、頷いた。

「……ん」

返事をすると、忍さんは楽しそうな顔をする。

「本当に照れ屋だなあ。もっと積極的にセックスを楽しんでもいいんだぞ？」

「そっ、そんなの、無理！」

前回はあくまで『フリ』だったから、恥ずかしい事も言えたし、多少は積極的になれたのだ。しかし今は無理。恥ずかしい。でも、前よりずっと気持ちいい……

忍さんは軽く笑って、私の唇にキスをした。

「まあいいか。なんだかんだと、椿ちゃんは気持ち良くなってくれているみたいだし」

「うぅ……」

「恥ずかしがり屋なところも、素敵な魅力だもんな？」

ツンツンと乳首を突かれて、私は顔を熱くして震えてしまう。

そんな私を彼は愛おしそうに見つめて、私に覆い被《かぶ》さり、膝をついた。

「あー、トロトロ。絶対気持ちいいやつ。入れなくても分かる」

自分で性器を掴み、私の蜜口に先端を擦《こす》りつける。

ぬちぬちと粘《ねば》ついた音がして、恥ずかしくなる。次に起こる事を想像して身体がより熱くなった。ドキドキと心臓は早鐘を打ち、私はひどく自分が興奮している事に気が付く。

「なあ、ヨメさん。俺を欲しがれよ」

ぐりぐりと先端で秘所を弄《いじ》りながら、彼は笑みを深くする。

「もっと俺を望んでくれよ。こんな俺でも人並みに愛されているのだと、分からせてくれ」

それはまるで、願いだった。

私は……彼の過去を、詳しくは知らない。ただ、昔からまっとうな道を歩んでこなかった事だけは分かっている。仄暗い世界を生きる最中、彼が何を思い、何を望んでいたのか、私はちゃんと理解していない。

でも、忍さんは私に、そんな事を求めていないように思えた。彼が自分の過去を少しだけ語ってくれたのも、私が柄本さんから聞いて尋ねたからだ。

きっと彼は、私に過去を知られたくないのだろう。

いくらヤクザの娘といっても、私は、彼らが生きる闇のような世界から隔絶されて生きていた。お父さんも真澄さんも、そして柄本さんすら、私に見せないようにしていたのだ。

それはやっぱり、隠したいからなんだと思う。

知られて嫌われたくない。怖がられたくない。だから、頑《かたく》なに見せないようにしているのだ。その意思を――、ある意味弱いとも言える彼らの気持ちを。

……私は無碍《むげ》にしたくない。

そっと忍さんの顔に触れた。硬い頬に、留《と》め具でしっかり固定された眼帯。

残されたもう片方の瞳はまっすぐに私を見つめている。

その瞳の中に、いつまでも私を置いていたい。

「好きよ」

そう呟いて、自分からキスをする。

「だから欲しい。証が欲しい。ねえ、私にも分からせてよ。あなたの愛を知りたいの」

愛していると、愛されているのだと。理解し合いたい。

忍さんは嬉しそうに笑った。

「それ、殺し文句」

「そうかな？」

「俺がどれだけお前を愛してるか知りたいなんて、夜通しどころか一日中セックスされる事案だぞ」

次は私が笑ってしまった。

「確か忍さんって、アラサーでしょ。そんな体力あるの？」

「おおっ、言ったな？　よし決めた。絶対やる」

ニヤリと忍さんが唇の端を上げて、蜜口に先端をあてがう。

「覚悟しろよ――」

ずく、ずく。彼の性器が侵入してくる。

「その腹が満杯になっても許さねえからな」

硬い先端が隘路《あいろ》をえぐるように突き進む。

「は……っ、うっ」

圧迫感がすごい。息が詰まりそうになる。

忍さんはねっとりと私の唇にキスをし、人工呼吸のようにたっぷりと息を吹き込んだ。

「呼吸しろ。ゆっくり……な」

言われるまま、私は息を吸い込んだ。そのタイミングで、彼は己の杭を勢いよく挿《さ》し込む。

「はぁあっ！」

奥を突かれて、私の身体が跳ねた。

忍さんは私の腰を力強く抱きしめて、唇に口づける。

まるで巨大な獣に捕まってしまったみたい。私の身体は忍さんの身体で覆い尽くされて、互いの太腿がぴったりとくっついている。

どこにも逃げ場がなくて、ただ彼に蹂躙《じゅうりん》されるしかない、そんな体勢だった。

「いくらでも種付けしてやるから、早く孕《はら》めよ」

口元で囁き、忍さんは腰を引く。

ずるりと杭が引き抜かれて、隘路《あいろ》をくすぐる感覚にぞわぞわと身体が震えた。

「は、ンっ！」

ぱん、と太腿がぶつかる。さっきよりも勢いよく先端が膣奥へねじ込まれる。彼は私の腰をしっかり抱きしめて固定し、自分の腰で何度も引いては押し込んだ。

ぱん、ぱん。肌のぶつかる音は、汗で濡れているのか湿り気を帯びている。

「ほんとお前ん中は気持ちいいな」

忍さんがかすれた声で呟く。声色はうっとりと甘く、やけに色気があった。

「狭くて、襞《ひだ》が俺のものにまとわりついて、奥は俺を離さないように吸い付いて――」

うわずった声で話しながら、何度も抽挿《ちゅうそう》を続ける。

「ああ、これが、愛されてるって事なのかな」

そう呟いて、野獣のように荒々しいキスをする。口の中に舌を挿《さ》し入れて文字通り蹂躙《じゅうりん》する。

じゅくじゅくといやらしい音を立てながら舌同士をからめ、舌を奪い合い、歯列を舐《な》めて唾液に濡れた唇で私の舌を吸い取る。

「んんっ、ふ、ああっ！」

たまらず声を上げた私は、忍さんの背中に手を回した。

その肌触りは、でこぼこしてざらざらしていた。背中に入れ墨が入っているんだろう。

彼は何を背負っているのだろう——。私は大きな背中をぎゅっと抱きしめた。

全てを受け入れる。私だって忍さんを大事にしたいと思った。いつまでも愉快に笑ってくれるなら、私はきっと、どんな事だってやる。

それは——でも、忍さんも、同じだよね?

「愛してる……っ!」

彼を強く抱きしめて、言った。抽挿《ちゅうそう》を続ける杭がずくっと膣奥を穿ち、思わず身体がのけぞりそうになる。

「忍さん、好き。だから……ちょうだい……っ」

「椿……」

忍さんは少し驚いた顔をした。しかしすぐに笑みを浮かべると「ああ」と頷く。

「いくらでもやるよ」

ぐりぐりと杭の先端が膣奥をえぐる。きゅんと下腹に痛みを感じた。

子宮口が下りているのが分かる。

「だから、決して俺から離れるな!」

そう強い語気で言った後、忍さんはぐっと下唇を噛んだ。びくりと彼の大きな背中が震え、杭の先端から勢い良く精が放たれる。

「は……う、ン……っ」

まるで連動したように、私の身体もびくびくと痙攣《けいれん》する。

たっぷりと、果てがないほどの精は、容赦なく私の子宮に注ぎ込まれていく。

ドキドキした。

胸が高鳴って、嬉しさで心がいっぱいになった。

「満たされてる。身も、心も」

きゅうきゅうと子宮口が開いたり閉じたり。鈍痛に似た感覚を味わいながら、私は汗ばむ忍さんの頬に両手で触れた。

「ね、これが、幸せって事なのかな」

幸せを感じていいのかな。自分や忍さんの立場上、そう考える事もある。

しかし忍さんは、そんな私の心のモヤを晴らすように、にっこり笑った。

「ああ。文句なしの、俺とヨメさんによるウルトラハッピーライフの始まりだ」

どんな時でもふざけた言動は忘れない。きっとこれは、彼なりのユーモアなのだろう。

私はくすっと笑った。

「何それ、頭悪いよ？」

辛口でツッコミを入れて、私と忍さんはどちらともなく、柔らかに唇を重ねた。

エピローグ

父の四十九日は北城の屋敷で行われ、全ては滞《とどこお》りなく進んだ。

悲しみは、もうない。それは忘れたのではなく、悲しみを乗り越えた上で、自分が納得できた形で受け入れられたからだと思っている。

供養が終わって、私は会食の用意をして……気づいたら、そのままなし崩しに宴会のようになってしまった。普通の法要で終わらないところは、なんというかヤクザだなあと思う。でも、終始しめやかに行われるよりは、こうやってワイワイ騒ぎながら故人を偲《しの》ぶほうが、お父さんは喜びそうだなと思った。

宴もたけなわ。私は宴会会場と化した大広間から離れて、久しぶりに庭を散策する。

長い冬もそろそろ終わり、春の兆《きざ》しが見えていた。

庭の梅がたくさんの蕾を作っていて、そろそろ開花の時期だと知らせてくれる。

「この庭、気に入ってたんだけどな。またしばらく来られないんだろうなあ」

石畳の道を歩きながら呟く。もうすぐ姓も変わってしまうし、なかなかここに帰る事はできなくなる。

それが嫁入りって事なのかと思うと、ほんのり寂しかった。

私はきょろきょろとあたりを見回してから、着物の袖より小さな桐箱を取り出す。

これは、父との約束。

しばらく前、私は忍さんのマンションを脱出して北城の屋敷に赴《おもむ》き、そして手持ち金庫を持ち出した。

紆余曲折あって、金庫の中にあった私のへその緒入りの桐箱は、柄本さんが投げ捨ててしまったけれど。大乱闘のすえ、私はこっそり拾っておいたのだ。

ぱかりと中を開けると、綿に包まれたへその緒がある。だがその裏には、小さく折りたたまれた手紙が隠されていた。

中身はもう読み終えていたけれど、私はもう一度それを開く。

父の字だ。そして、私の出生の秘密が書かれていた。

『お前が結婚する時、隠し戸棚の金庫の中を見なさい。そこに、椿のルーツを書いておいた』

病床で、父が遠い目をしながら言っていた。

『余計なお世話かもしれないが、己のルーツを知るのは大事な事だ。それを読んだ上でどう生きるかは、お前自身で決めるんだ。決して、他人に人生を振り回されないように』

——それは実質上、父の遺言となった。

私は最期《さいご》に父と交《か》わした約束を守るため、あんなにも頑《かたく》なに結婚を嫌がり、マンションから脱出しようとしていたわけだ。もちろん、柄本さんの悪行についても、何とかしなければと思っていたけれど。

——私のルーツ。本当の両親は、近くて遠いところに住んでいた、今は亡き人達だった。神威会と長く敵対し、数年前に協定を組んだ流誠一家。その前総長と愛人の子供が私だった。当時は流誠一家で酷い跡目争いがあり、私の安全を優先したかった本当の父は、密《ひそ》かに親交を持っていた北城組の組長に私を託したのだという。

今は一見平穏を保っているけれど、いつ、何が起こるか分からない。それが極道という世界の常だ。神威会と流誠一家の協定だって、いつ破られるかも分からない。

そんな中、私というイレギュラーな存在は、争いの火種になりかねなかった。

——誰も知らないほうがいい。これは、私はお墓まで持っていくべき、父との秘密である。

「こんなところにいたのか。お姫様」

後ろで草を踏む音がした。私は慌てて桐箱を袖の中に隠して振り向く。

「忍さん。あれ、宴会はどうなったの？」

「みんなまだ飲んでるぞ。俺はちょっと休憩」

彼は和装姿だった。喪服だけど、紋付き袴がとても似合っている。肩幅のある美丈夫だから、彼は基本的に何を着てもサマになるのだ。ちょっとずるいと思わなくもない。

「いや～、椿ちゃんの喪服姿ってマジでいいよな。色っぽくてヤバい」

「そ、そう？」

思わぬところから褒められて、私は照れてしまう。忍さんは腕を組んでうんうんと頷いた。

「北城のおやっさんの葬式ん時から、やべえ脱がしたいと思ってたし」

「不謹慎がすぎる！」

ぺしっと肩を叩くと、忍さんは「いやあ」と照れたように笑った。彼を照れさせるような事を一言も言った覚えはないのだが。

「何をコソコソ、イチャイチャしてるんや」

忍さんの後ろから、真澄さんが呆れた顔をしてやってくる。彼も紋付き袴の喪服姿だ。クマみたいな彼は、喪服を着ても大迫力である。

「真澄さんも休憩に来たの？」

「いや、伊織さんが組員並べて順番に一発芸しろって無茶振りし始めたから、逃げてきた」

「それはひでえ。不謹慎な人だよな～ははは」

「あなたが言わないで」

私は冷静にツッコミを入れた。裏手チョップで胸を叩くと、忍さんはなんだか嬉しそうな顔をする。

「ほんま、見事に飼い慣らされたな」

真澄さんがジト目で言って、私は思わず唇を尖《とが》らせる。

「な、何よ。別に飼い慣らされてるつもりは――」

「お前やなくて、秋國や、秋國」

真澄さんがむすっとした顔で、忍さんを指さした。

えっ、忍さんが飼い慣らされてる？　誰に？

「いやあもう、メロメロだよ～。椿ちゃん毎日可愛いんだもん」

ぎゅっと忍さんに抱きしめられる。

「気色悪い声出すなや。神威会の狂犬が聞いて呆れるわ」

「いや～それはそれ、これはこれ。俺、椿ちゃんだったら何されても幸せ感じるんだ。緊縛されて射精管理されて椅子になって足の裏舐《な》めても嬉しいと思う」

「まごう事なく、ド変態やな」

「言ってる意味が分からないんだけど……」

しかし内容の詳細を聞きたいと思わない。

なんか聞いたら最後、実行してくれとか頼んできそうなんだもの。絶対ろくな事にならないだろうから、嫌だ。

「ああ、喪も明けた事だし、そろそろ本格的に結婚式の計画を進めないとなあ」

私を後ろから抱きしめながら、忍さんがのんびりした口調で言う。

そういえば、大々的な結婚式をするとか、最初の頃に言っていたっけ。私はあの時断固拒否したけど、今はそう思わない。むしろ楽しみになっている。

「ふふ、椿ちゃんにはいっぱいお色直ししてもらわないとな。白無垢に、ウェディングドレスに、カラードレス。う～ん、いっぱい着せたい！」

「そ、そうね。私も、色々着てみたい……かも」

照れつつ言うと、忍さんは「マジかっ」と嬉しそうに顔を綻《ほころ》ばせた。

真澄さんが「やってられんわ」と呟いて、ポケットから煙草を取り出して吸い始める。

「そうや、秋國。お前にはちゃんと言っとこう思っとった事がある」

ふうっと紫煙を吐いた真澄さんに、忍さんは首を傾《かし》げた。すると彼はギロリと殺意を込めて忍さんを睨《にら》み、ドスのある低い声で脅すように言う。

「親父に言われたから渋々お前に託したけど、俺自身はまだお前を認めてはおらんのや。一度でもお嬢を泣かしてみい。タマなくなると思え」

私は思わず目を丸くした。忍さんは「うーん」と、何故か困ったように唸《うな》る。

「啼《な》かせるなっていうのは難しいなあ。だって椿ちゃんは昨晩もそれはもう可愛くて切ない声で」

「そっちちゃうわアホか！」

「何言ってるの⁉」

私と真澄さんの声が綺麗に合わさった。忍さんがけらけらと明るく笑う。

「いやあ、意外……でもないか。実は結構真澄って椿ちゃん一筋だし、二人の仲も悪くないよな。信用し合ってる兄妹《きょうだい》みたいで」

「はあ？」

「口も態度も悪いけど、不器用な性格がすげえ出てるだけ。真澄は本当は椿ちゃんを一番心配していたし、椿ちゃんも何だかんだ真澄を信頼してた。トラとかさ？」

くす、と笑う忍さん。私と真澄さんは互いに目を合わせて……互いにパッとそっぽを向いた。

「あれはあれよ。真澄さんくらいしか頼めなかったんだから仕方ないじゃない」

「俺はあれや。こんな世間知らず、簡単に悪い男に引っかかるさかいな。見ておれんのや」

ブツブツと二人して文句を言ってしまう。忍さんは「わはは！」とおかしそうに笑った。

そして改めたように真澄さんと私に身体を向けて――にかっと笑った。隻眼《せきがん》の黒い瞳が白い太陽に反射してきらりと光る。

「安心しろ。世界一幸せにしてやるからな！」

力強くガッツポーズをする。

ふと、風に乗って梅の甘い香りが鼻孔をくすぐる。
暖かくも和やかな春は、すぐそこまで近づいていた。

書き下ろし番外編

無敵なヤクザの怖いもの

夏の季節、到来。

昨今は、毎年のように気象庁が観測史上の最高気温を更新している。そして今年の夏も例に漏れず猛暑が続くと、テレビの天気予報でお天気キャスターさんがややゲンナリした顔をして言っていた。

夏は暑くて好きじゃない。だけど、嫌いというわけでもない。

私は炎天下のアスファルトを歩きながら、隣にいる忍さんを見上げる。

今日は買い出しだ。近々、秋國一家は毎年恒例のバーベキュー大会を開くため、その準備をするのである。

そういえば、父が存命だった頃も、夏は必ず北城屋敷の庭でバーベキューをやっていたっけ。小さい頃の私は、その日がとても楽しみだった。

バーベキューの日は無礼講らしく、ヤクザならではの上下関係が薄まって、皆一緒にわいわいと楽しく過ごしていたのだ。全日本強面《こわもて》大会優勝が狙えそうな真澄さんですら機嫌よく笑っていたし、……柄本さんも、楽しそうだった。

「お父さんって、バーベキューの日はいつも大量のお肉を用意するから、組員総出で食べても食べきれないほどだったのよ。忍さんのところも、そんな感じなの？」

私が尋ねると、彼は「ははは」と楽しそうに笑った。

「北城さんらしい。確かにウチも似たようなもんだな。肉と酒が足りてねえバーベキューなんぞ、主役がいねえ映画も同然だよ」

忍さんは足取り軽く歩いている。どんなに炎天下でも彼の歩調は変わらない。私の身体はそろそろ暑さから来る怠《だる》さを訴えていて、日陰が欲しいと思っているくらいなのに、忍さんにとってこれくらいの暑さはなんてことないようだ。

「具体的に何を買うの？　お肉とお酒はわかるけど。野菜も食べなきゃ駄目よ」

「椿ちゃんって、時々『オカアサン』が言いそうなことを言うよな～」

忍さんはけらけら笑う。ちなみに、歩道を歩く人々は彼を明らかに避けていた。

眼帯は悪目立ちするだろうと彼なりに考えたのか、今日はサングラスをかけているものの、これがまた……怖いくらいに似合っているのだ。更に、高身長で逞《たくま》しい身体にグレーのサマージャケットという姿も、まるでスポーツ選手のようである。

妙な迫力があるというか、大物の貫禄があふれ出ているというか、とにかく圧倒的な存在感を放っているのだ。こういうところは真澄さんといい勝負かもしれない。

「お母さんのつもりはないけど……。忍さん、お母さんにそんな事言われてたの？」

少年時代の忍さんって、どんな感じだったんだろう。今と変わらないなら、ガキ大将って感じだったのかな。元気いっぱいのいたずら坊主だったなら、容易に想像できる。

「いや、そんな記憶はないな。ただ、世間一般の『オカアサン』って、そういう事言いそうじゃないか？　体にいいものを食え、みたいにな」

明るい口調で、忍さんが言った。

私はどこか、彼の『お母さん』の呼び方に違和感を覚える。うまく言えないけど、まるで家族ではなく他人を指すような感じだった。ともすれば、想像上の存在、というような。

「忍さんって……ご両親は……」

疑問を口にしかけて、私は慌てて口を閉ざす。

ヤクザは脛《すね》に傷を持っていることが多い。特に忍さんは半グレ集団に所属していたほどなのだから、彼の家庭環境はあまり良いとは言えなかったかもしれない。

もし、家族の話が辛いものだったなら、気軽に聞いていい話じゃないよね……

私はかぶりを振って、改めて忍さんを見上げた。

「えっと、その、野菜はともかく、どこで食材を買う予定なの？　お父さんはこういう時、いつも牧場に行ってたけど」

ちょっと無理矢理かもしれないけれど、強引に話題を戻した。忍さんは私の考えなんて全てお見通しなのか、どこか優しい雰囲気で私を見つめる。そして、少し驚いた様子で「牧場？」と問い返してきた。

「ええ、牧場。牛さんがたくさんいるところよ」

「スゲーな北城さん。肉のこだわりがありすぎかよ。まさかの現地調達か？」

「スーパーで売ってるお肉の量じゃ、足りないって言ってたわね」

私がそう話すと、忍さんはますます不思議そうに首を傾げる。

「足りない？　スーパーの肉を買い占めれば嫌でも足りるだろ」

「いいえ。足りないって。だってお父さん、バーベキューの日はいつも牛一頭購入してたもの」

忍さんがごふっと盛大に咳き込んだ。

「牛一頭⁉」

「そう。明らかに多すぎよね。屋敷に置いてある業務用冷蔵庫がお肉でパンパンになっちゃうの。だから組員に持って帰ってもらってね……」

「明らかに供給過多してるじゃねーか！」

忍さんはすかさずツッコミを入れたが、不意にくっと笑い出した。

「ほんと、豪快。北城さんはやっぱ大物だったな」

「確かに。毎年迷わず牛一頭だもんね」

私もくすくす笑う。

「俺は普通に、流通の力に頼るつもりだぞ。近くに外国資本のでっかいスーパーがある。そこで買い物して、荷物は配達してもらうんだ」

「すごく効率のいい買い物の仕方で、いいと思うわ」

そう言うと、忍さんは「そうだろ」と、実に楽しそうに笑った。


外国資本の大型スーパーは、普通のスーパーマーケットの十倍はあるのではないかと思うほどの広大さだった。隣に併設されている立体駐車場も、とんでもない高さである。

そのスーパーはちまたで人気らしく、休日である今日は、家族連れも多かった。

「わあ、すごいわね。ここだけアメリカって感じがするわ」

「確かに、ちょっとしたテーマパークに見えるな。……というか、今日は何か催《もよお》しもやっているみたいだぞ」

忍さんがちょいちょいと指をさす。視線を向けると、スーパー横の広場に人だかりができていた。

なんとなく近づいてみると、そこはいわゆる移動遊園地だった。広場の外側には屋台が並び、内側には子供向けのウォーターパークやボールプールが設置されている。

「涼しそうだし、楽しそう！　子供がはしゃいでるわね」

水着姿の子供たちが笑顔で遊んでいる。きらきらと水しぶきが光っていて、ここで写真を撮れば、何とも平和な一枚って感じになるだろう。

「なるほど。あの大型スーパーに行く家族連れをターゲットにしてるんだな。なかなか商売上手じゃないか。今後の参考にさせてもらおう」

忍さんは腕組みをしてニヤニヤしながらロマンのない感想を口にしている。平和でいいなあラブアンドピース！　と和やかに思っていた私の気持ちがぶち壊しである。

「奥のほうにも何かあるみたいよ。迷路かしら」

「どれどれ」

ウォーターパークを横切って、先に進んでみる。

するとそこは、一見迷路の入り口にも見えるが、何ともおどろおどろしい看板が掲げられていた。

『お化け屋敷』。

壁や天井は黒い幕で覆われて、入り口だけがぽっかりと開いている。

「へえ～！　お化け屋敷もやってるんだ。これなら大人も楽しめそうね！」

私はわくわくして言った。私は昔からお化け屋敷が大好きだったのだ。時々、父が遊園地に連れて行ってくれたのだが、私が気に入るアトラクションは決まってお化け屋敷だった。お化け屋敷がない遊園地に連れて行かれた時は、それはもう不満顔をしていたのだと、父が笑いながら話していたこともある。

「ジェットコースターも好きだけど、お化け屋敷は何が出てくるか分からない楽しみがあるのよね。道中は怖いけど、外に出た時の安堵感がくせになって……また入りたいって思うのよ」

お化け屋敷にも色々あって、中には全然怖くないのもある。そういうのは残念だと思うけど、本格的なお化け屋敷は本当に面白い。スタッフが全力で客を怖がらせようとするので、ドキドキする。この気持ちは、ジェットコースターに乗る直前の気分に似ているかもしれない。

「お買い物の前にちょっと入ってみる？」

わくわくしながら忍さんを見上げると……

彼は、やけに強張《こわば》った顔をして硬直していた。

「忍さん？」

「ああ。ええと、だな」

忍さんはいつになく困った顔をして、ぽりぽりと頬を掻《か》く。

「実は俺、お化け屋敷……苦手なんだ。怖くて」

「………」

私はあんぐりと口を開いて、忍さんを見つめる。

が、今、この男、なんて言った。多くの敵を前にしても不敵に笑っていたあの忍さんが、お化け屋敷を怖がっているの!?

私があまりに驚いていたからか、忍さんはちょっと拗ねたように私を睨《にら》んだ。

「椿ちゃん、顔に出てるぞ。『あの最強無敵で超カッコイイ忍さんがオバケ嫌いなんて信じらんない～！』って」

「いやそこまで思ってないわよ」

私は即座に否定する。最強無敵とか、超カッコイイとかはあんまり思ってない。

「で、でも意外ね。忍さんはオバケを見たら指差して笑うタイプだと思っていたわ」

「うむ、それは間違っていない。オバケを見たら笑うとは思う」

忍さんは難しそうな顔をして頷いた。

「オバケや幽霊は全然怖くないんだが、あのお化け屋敷の雰囲気がな。基本的に真っ暗で、四方八方から何かが驚かせてくるだろ」

「そうね、確かに」

お化け屋敷とはそういうものだ。例えば古井戸のオブジェがあって、そこからお岩さんが出てくるのかなと予想していたら、突然天井から首つり死体のオブジェが落ちてくるような驚かせ方をしてくる。

「あれが怖いんだよな……。後ろに気配を感じて振り向いたら、横から鉄球が飛んでくるかもしれないだろ？」

「いえ、お化け屋敷で鉄球は飛んでこないわよ」

私は冷静にツッコミを入れる。だが忍さんは真剣だ。

「暗闇の中、まさに三百六十度、全方位に警戒しなくてはいけないから、すげえ疲れるんだ。油断したら突然複数人がバット持って現れて袋だたきに遭《あ》う恐れもあるし」

「そんなお化け屋敷があったら即刻通報されて捕まるわよ」

私はさらにツッコミを入れる。一体、忍さんはどんな無法地帯なお化け屋敷を体験したのだろう。

「『ここ』は大丈夫だと思うんだが。どうしても苦手意識があるんだよな」

「お化け屋敷は普通、どこも『ここ』みたいな感じだと思うけど」

私は頭が痛くなって首を横に振った。私のものさしで忍さんを測ってはいけないのだと、つくづく思う。話したがらない過去も含めて、彼にはまだまだ謎がいっぱいだ。

……でも、いつかはそういう話も、聞ける日が来るのかな。来るといいな。

私はそっと忍さんの手を握った。

大きくて、硬くて、温かい手。

この人にどんな過去があろうと、これから何をしようと、私は彼についていくと決めたのだ。例えその先に待つものが地獄であったとしても、躊躇《ためら》わない。

「今は、無理に入る必要はないわよ。でも、いつかは一緒にお化け屋敷に入ってみたいわ。……その時に、あなたが体験したお化け屋敷の話をしてくれる？」

それは、彼に過去を語らせるということ。怖かったことも、嫌だと思ったことも、弱音も本音も、何でもいいから話してほしい。

「私はもっと、忍さんのことを知りたいの」

少しだけ勇気を出して、そんなことを口にしてみる。恐らく私の顔は、照れて赤くなっているだろう。

忍さんは驚いたように目を丸くしたあと、何だか嬉しそうな顔をした。そして突然、私を抱きしめる。

「わっ!? ちょ、こんなところでやめてよ！」

恥ずかしいどころではない。ちょうど通りかかった高齢者の夫婦が、あらまあお熱いことという顔をしているじゃない！

「いやだ。椿ちゃんが可愛いこと言うのが悪い」

「可愛いことなんて言ったつもりないけど!?」

「まったくもう。どうしてくれよう。今すぐキスしたくてたまらない」

ぎゅうぎゅうと私を抱きしめて、ため息交じりに呟く。絶対やめてください！

「あ〜俺、お化け屋敷以上に怖いもの、見つかったわ。いや、今更自覚した」

ようやく私を解放した忍さんは何だか困ったような笑顔で私を見つめる。

「椿ちゃんが俺から離れるのが、何より怖い。だからずっといろよ。……俺の傍にな」

いつも通りの軽快な口調。だけど目が真剣で、その言葉には重みがあった。

私は彼の隻眼《せきがん》をまっすぐに見返して、頷く。

「当然よ。むしろ私が離れてやらないんだから。覚悟しなさいよ」

売られた喧嘩は買う勢いで、私は忍さんの手を力強く握りしめた。すると忍さんはぷっと噴《ふ》き出し、楽しそうに笑い出す。

「ははっ、ほんと椿ちゃんは俺殺しのスペシャリストだわ。最強無敵の女だな」

「何よそれ！」

私達はいつも通りの言い合いをしながら、青い夏空の下を歩き出す。

——願わくば、こんなふうに何でもないのどかな日々が続きますように。

忍さんの傍にいたら、きっと波瀾万丈な人生になるのは目に見えている。

……でも、願うのは自由よね、と密かに思った。

恋愛小説「エタニティブックス」の人気作を漫画化！

EC Eternity COMICS

旦那様、その『溺愛』は契約内ですか？

漫画 玄野さわ Kurono Sawa
原作 桔梗楓 Kikyo Kaede

生活用品メーカーで働く七菜《なな》に、ある日、とんでもない特命任務が下される。それは新製品モニターとして、鬼上司・鷹沢《たかざわ》と“夫婦”想定で同居すること!?　戸惑いつつも仕事と割り切り、引き受ける七菜。すると、鷹沢からずっと好きだったと告白され、さらには「この同居を通じて、君の夫にふさわしいかも試してほしい」と言われて!?

B6判　定価：704円（10%税込）　ISBN 978-4-434-27988-1

ブラック企業で働くOLの里衣《さとい》。連日の激務で疲れていた彼女は、あろうことかヤクザの車と接触事故を起こしてしまった！　事故の相手であるイケメン極道の葉月《はづき》から請求されたのは、超高額の修理代。もちろん払えるはずもなく……。彼の趣味に付き合うことで、ひとまず返済を待ってもらえることになったけど…でも、彼の趣味は『性調教』で——!?

B6判　定価：704円（10%税込）　ISBN 978-4-434-26112-1

本書は、2022 年 4 月当社より単行本として刊行されたものに、書き下ろしを加えて文庫化したものです。


この作品に対する皆様のご意見・ご感想をお待ちしております。

おハガキ・お手紙は以下の宛先にお送りください。

【宛先】

〒 150-6019 東京都渋谷区恵比寿 4-20-3 恵比寿ガーデンプレイスタワー 19F
（株）アルファポリス　書籍感想係

メールフォームでのご意見・ご感想は右のＱＲコードから、
あるいは以下のワードで検索をかけてください。

アルファポリス　書籍の感想　検索

ご感想はこちらから

エタニティ文庫

訳《わけ》あって、溺愛《できあい》ヤクザの嫁《よめ》になりました。

桔《き》梗《きょう》 楓《かえで》

2024年10月15日初版発行

文庫編集－熊澤菜々子・大木 瞳
編集長－倉持真理
発行者－梶本雄介
発行所－株式会社アルファポリス
〒150-6019 東京都渋谷区恵比寿4-20-3 恵比寿ガーデンプレイスタワー19F
TEL 03-6277-1601（営業）　03-6277-1602（編集）
URL https://www.alphapolis.co.jp/
発売元－株式会社星雲社（共同出版社・流通責任出版社）
〒112-0005 東京都文京区水道1-3-30
TEL 03-3868-3275
装丁イラスト－えだじまさくら
装丁デザイン－AFTERGLOW
（レーベルフォーマットデザイン－ansyyqdesign）
印刷－中央精版印刷株式会社

価格はカバーに表示されてあります。

落丁乱丁の場合はアルファポリスまでご連絡ください。

送料は小社負担でお取り替えします。


ISBN978-4-434-34635-4 C0193